CASEI COM UM NAGA

Agência Prime

REGINE ABEL

CONTENTS

CASEI COM UM NAGA

Ela obteve mais do que esperava.

Quando Serena chegou a Trangor para participar da Primeira Caçada, a última coisa que ela esperava era ser forçada a se casar com um Ordosiano... ou ser executada. Ela não sabe nada sobre o povo dele, nada sobre ele, exceto que ele possui presas, escamas e uma cauda longa e estranha. Serena só tem que fazer o papel de esposa por seis meses, e então ela estará livre para ir embora. Mas Szaro parece ter outros planos. Ele é grande, intimidador e definitivamente não é humano. No entanto, como ela pode permanecer indiferente quando ele faz de tudo para agradá-la?

Desde o momento em que ele colocou os olhos em Serena, Szaro ficou fascinado pela delicada fêmea humana. De aparência enganosamente frágil, ela é uma caçadora destemida e habilidosa. O gosto persistente do cheiro dela em sua língua é inebriante. Reivindicá-la para salvar sua vida não é algo difícil para ele. Superar suas diferenças e convencê-la a ficar de bom grado é um desafio que ele adora. Mas isso provará ser mais do que qualquer um deles pode suportar?

DEDICATÓRIA

Para todos que tiveram a coragem de fazer a coisa certa, mesmo com um alto custo para si mesmo. Mais cedo ou mais tarde, e geralmente quando você menos espera, o Karma o protegerá.

CAPÍTULO 1
SERENA

Mexendo meus pés inquieta, eu olhei para meus rivais da Primeira Caçada enquanto esperávamos para embarcar nas naves de transporte. Todos os grandes nomes vieram jogar. Não é de se admirar, considerando os prêmios mais do que generosos em jogo. Embora eu fosse uma caçadora durona, eu não tinha ilusões de que poderia ganhar o grande prêmio. Com cinco milhões de créditos, aquela bolsa beirava o obsceno. No entanto, ao contrário da maioria das outras caçadas, esta garantia que todos sairiam vencedores com base em seu desempenho. Portanto, a participação foi apenas por convite, enviada a caçadores bem estabelecidos da Federação de Caçadores Galáctica.

Vinte naves enchiam o enorme hangar do acampamento base da Federação — um dos poucos edifícios não nativos em Trangor. Nenhum de nós jamais havia pisado neste planeta "primitivo". Até recentemente, todos acreditávamos que fosse um mundo selvagem, habitado apenas por feras selvagens. Mas, assim como na Terra, uma única espécie senciente dominava a cadeia alimentar - pessoas parecidas com cobras chamadas de Ordosianos. Nós não sabíamos muito sobre eles. Eles não se interessavam em se misturar com forasteiros e, especialmente, não nos queriam vagando pelo mundo deles. O fato da Federação ter conseguido garantir a permissão deles para realizar essa caçada foi um milagre.

Um sino ressoou no grande salão, silenciando a conversa entre os caçadores. Bron Kflen, o Mestre Caçador da Federação, subiu em um pequeno pedestal para se dirigir a nós uma última vez antes de embarcar. O macho Edocit - uma espécie de dríade - tinha sido uma lenda em seu auge.

— Caçadores, bem-vindos à Primeira Caçada de Trangor — disse Bron com uma voz estrondosa — Vocês estão aqui porque são os melhores dos melhores. Nós queremos uma caça eficiente, com mortes limpas e misericordiosas e o mínimo de dano possível aos órgãos de seus alvos, pois eles serão usados para pesquisas médicas vitais. Portanto, além da taxa fixa para cada morte, iremos conceder um bônus de crédito para mortes limpas, ganhando pontos adicionais para obter o grande prêmio. Portanto, lembrem-se de reivindicar suas presas abatidas com os sinalizadores fornecidos para que nossas equipes de extração possam recuperá-las rapidamente.

Um burburinho excitado percorreu a multidão. Esses tipos de caça eram poucos e distantes entre si. Enquanto alguns caçadores nadavam em créditos até os olhos, outros mal ganhavam o suficiente para ganhar a vida, manter e atualizar seus equipamentos e pagar a taxa de entrada da maioria dos eventos gerais. Isso forneceria um bom reforço para aqueles com bolsos rasos. Eu não chegava nem perto de me qualificar como rica, mas não lutava para sobreviver. Isso fortaleceria minha poupança confortável.

— Nós colocamos seus speeders ou planadores nos naves que os levarão ao setor que vocês selecionaram para caçar — continuou Bron — Lembrem-se de que vocês deve caçar *exclusivamente* Flayers. *Nada mais*! Os Ordosianos só permitiram isso para controlar sua população.

Aparentemente, essas criaturas se reproduziam em uma taxa ridiculamente alta. Todos os anos, durante a estação do nascimento, qualquer Flayer adulto que não fosse acasalado, doente ou velho era expulso de seu território para dar lugar aos recém-nascidos. Esses párias invadiam as terras, causando estragos entre as espécies vulneráveis que encontravam. Nosso trabalho era erradicar essa ameaça itinerante.

— Antes de sua partida, verifiquem novamente se o seu mapa foi devidamente sincronizado e se ele mostra claramente as áreas de caça autorizadas. NÃO, repito, NÃO ultrapassem os limites autorizados. Os Ordosianos consideram essas outras áreas como terrenos sagrados. Eles irão executá-los se vocês forem pegos nas áreas proibidas.

Como eu, a maioria dos quase 100 caçadores na sala checaram novamente se o mapa integrado em nossos braceletes funcionava corretamente.

— Um rastreador irá avisá-los se vocês chegarem muito perto da fronteira, e ainda mais se vocês a atravessarem. Se isso acontecer, voltem imediatamente e rezem para não terem sido vistos — disse Bron severamente — Se vocês forem pegos invadindo ou prejudicando gratuitamente a fauna ou a flora local, nós não moveremos um dedo se os Ordosianos retaliarem. Nós levamos muito tempo para garantir este evento com os locais. Cuidem bem para não estragar tudo para todos. E joguem bem uns com os outros. Se algum de vocês for pego colocando deliberadamente em perigo seus concorrentes, seja por meio de sedução ou qualquer outro método dissimulado, você será banido e perderá quaisquer ganhos que possa ter adquirido.

Um sorriso esticou meus lábios quando alguns caçadores se encolheram. Neste mundo altamente competitivo, alguns mostravam poucos escrúpulos quando se tratava de obter vantagem.

— Mas chega de discursos e advertências. Em alguns segundos, o número de suas naves será comunicado aos seus braceletes. Boa sorte e boa caçada! — Bron concluiu.

Aplausos entusiásticos se espalharam por toda a sala, acompanhados por sons de notificação discretos quando todos receberam seus números. O número treze da sorte para mim. Eu peguei minha mochila no chão aos meus pés, a coloquei no ombro e fiz meu caminho até o transporte designado junto com quatro homens. Embora apenas um quinto dos caçadores presentes fosse do sexo feminino, nossos números aumentavam constantemente a cada temporada.

Meu coração afundou ao reconhecer um rosto familiar embarcando na minha frente. Baron - nome verdadeiro Bayrohnziyiek - era um babaca genuíno. Claro, o homem Zamoriano tinha que ir no mesmo setor que eu havia escolhido. Ele era tão alto e grande quanto era brutal e implacável, além de propenso a trapacear e ferir seus rivais. Como todas as pessoas de sua espécie, ele se parecia vagamente com um orc de pele cinza com quatro braços, quatro olhos e uma longa juba reta mantida em uma única trança. Eu não conseguia acreditar que ele havia sido convidado para um evento que buscava ser limpo e ético. Aparentemente, sua alta classificação de caçador convenceu o comitê de seleção a deixar isso passar.

Eu precisava ficar longe desse imbecil. De qualquer forma, ele estaria caçando a maior presa: Flayers machos maduros. Eles eram mais difíceis de matar, mas valiam mais créditos e pontos. Eu ia me focar nos de tamanho médio. Eu poderia matá-los mais rápido e com menos risco de ferimentos graves. Para mim, essa caçada não era para tentar ficar rica. Eu só queria encher minha conta bancária, participar dessa experiência única contra uma fera totalmente nova e explorar um mundo no qual poucas pessoas poderiam se orgulhar de já ter pisado.

Assim que nos acomodamos nos assentos dos passageiros da nave, ela partiu rumo ao nordeste. As amplas janelas me deram minha primeira visão deslumbrante de Trangor. O céu azul claro tinha um leve tom esverdeado. Abaixo, densas florestas compostas de estranhas árvores de aparência pré-histórica, se espalhavam até onde a vista alcançava. Algumas lembravam vagamente dragoeiros, outras araucárias, e outras poderiam ser baobás cujos troncos foram cuidadosamente embrulhados em casca trançada.

Depois de uma viagem relativamente breve, a nave aterrissou em uma vasta clareira. Com base nas leituras do scanner fornecido pela Federação, embora esta área tivesse alguns bons bolsões de Flayers furiosos, seus números não seriam muito grandes para um único caçador humano. A maioria dos meus rivais tinha ido para sudoeste e noroeste, onde multidões de feras fervilhavam. Eu esperava que Baron seguisse esse caminho para ter uma chance de obter mais mortes.

Após desejar boa sorte à minha *competição*, eu tirei meu speeder do porão e verifiquei novamente se meus poucos suprimentos de sobrevivência ainda estavam guardados com segurança no espaço de armazenamento sob meu assento. Zonza de empolgação, eu parti em direção ao norte, enquanto os outros se espalharam em uma direção diferente. Ligando meu scanner de longo alcance, eu saí à espreita.

Para minha alegria, levou menos de dez minutos para os primeiros pontos aparecerem no meu scanner revelando Flayers próximos. Eu fui direto para um que parecia estar um tanto isolado dos outros. Para minha sorte, embora de tamanho decente, a besta não era um daqueles machos enormes e maduros que poderiam te despedaçar antes que você tivesse tempo de piscar. Este seria um bom aquecimento antes de começar a caçar presas mais desafiadoras.

Flayers eram bestas muito feias. A metade inferior de seus corpos se parecia com uma centopeia baixa com apenas quatro pernas de cada lado. Anexado a ela estava um torso longo que poderia pertencer a um humano gordinho. Ele possuía um par de membros semelhantes aos de insetos com apêndices semelhantes a foices que podiam cortar uma pessoa ao meio com um único golpe. Seu pescoço, de quase um metro de comprimento, terminava em uma cabeça redonda que era uma enorme boca cheia de dentes de adaga. Ao redor da boca e ao longo das laterais do pescoço havia pelo menos duas dúzias de olhos que lhe davam uma visão de 360 graus de seus arredores.

Felizmente, ele tinha uma audição ruim e sua visão tinha um alcance bem curto. No entanto, ele era muito sensível a vibrações no solo e no ar ao seu redor. Eu parei meu speeder a uma distância segura da fera e ativei meu escudo furtivo. Enfrentar uma dessas criaturas seria suicídio. Eles não só eram extremamente rápidos, como também uma vez que o tinham em vista, eles se tornavam implacáveis até que você fosse parar dentro de suas barrigas. E agora, meu alvo estava à procura de algo para comer.

Além do rosnado ocasional do Flayer e do vento assobiando nas folhas, o silêncio misterioso que nos cercava confirmava que o resto da fauna - até mesmo os pássaros - havia se protegido durante a debandada. É claro, estava longe de ser uma debandada nesta área, e foi por isso que eu a escolhi. Mas no oeste, grandes manadas de Flayers estavam devastando a região, devorando tudo em seu caminho como um enxame de gafanhotos. Aparentemente, isso ocorria uma vez por ano em Trangor, daí a necessidade de diminuir o rebanho para evitar que eles exterminassem espécies mais fracas.

O truque era basicamente derrubá-los. E então eles se tornavam tão indefesos quanto uma tartaruga de costas. Para minha sorte, o vento soprava do nordeste, afastando meu cheiro de minha presa. O que faltava para eles em visão e audição, os Flayers compensavam com a sensibilidade de seus narizes. Eu peguei minha besta e a carreguei com virotes. A arma de última geração com assistência de mira me permitia pré-travar os alvos, um ponto muito pequeno abaixo da escama protetora que cobria os joelhos de suas patas dianteiras. Depois de atirar, eu teria uma janela muito pequena para executar uma morte limpa. Caso contrário, as coisas poderiam ficar mais complicadas.

Com o coração batendo forte, a adrenalina bombeando em

minhas veias, eu silenciosamente encurtei a distância até minha presa. Parando a pouco mais de dez metros de distância, eu respirei fundo, me concentrei e disparei meus virotes. Mesmo enquanto eles disparavam uma fração de segundo um após o outro, eu mirei no rosto da criatura, bloqueando tudo ao meu redor, exceto meu alvo. O tempo pareceu desacelerar conforme meus virotes encontravam seus alvos, enterrando-se no tecido macio abaixo das escamas do joelho do Flayer. Suas duas patas dianteiras se dobraram e a besta se lançou para a frente. Enquanto seu torso se curvava, ele esticou o pescoço para frente para gritar, abrindo bem sua boca cheia de dentes.

Nos poucos segundos cruciais que eu tive para reagir, eu dei um zoom e mirei no ponto logo acima da protuberância roxa na parte de trás de sua garganta - o equivalente à úvula de um humano - e disparei. Eu xinguei baixinho quando o virote saiu da minha besta, sabendo que havia errado o tiro quando a criatura inclinou a cabeça para o lado. Sem piscar, me ajustei e atirei de novo, correndo assim que meu virote deixou minha arma. O som alto de estalo que me alcançou quando corri para a besta confirmou que meu segundo tiro havia atingido seu alvo.

Eu gritei de vitória enquanto a parte superior do corpo da criatura se debatia no chão e suas patas traseiras se arrastavam para trás em uma tentativa cega de fugir da fonte de dor. Sem desacelerar minha corrida, eu pulei nas costas da criatura enquanto sacava minha adaga. Sentando em seu longo pescoço, me sentindo como uma vaqueira em um rodeio enquanto ele tentava me repelir em sua agonia, eu agarrei a ponta do meu virote que se projetava na parte de trás de seu crânio, onde havia rompido seu único ponto fraco. Levantando-o, enfiei minha adaga para baixo, cortando sua espinha e todo o fluxo de sangue até o cérebro. Um tremor violento sacudiu a criatura, e então ela ficou imóvel.

Eu peguei a adaga e pulei de cima da criatura. Sem perder tempo, eu peguei minha arma de farol e atirei um único disco na abertura na parte de trás do crânio do Flayer. Um brilho azulado se espalhou ao redor da besta quando o farol começou a pulsar com um brilho fraco e luminoso. Além de confirmar minha presa para pontuação e pagamento, o farol enviou um sinal para a equipe de extração. Além disso, a cúpula brilhante que ele criou manteve a presa em uma forma de estase para que os órgãos não estragassem antes da recuperação. Ele também agia como um repelente contra qualquer animal selvagem errante que pensasse em desfrutar de uma refeição grátis.

Empolgada com esse começo promissor, eu limpei minha adaga e voltei ao meu speeder para procurar minha próxima presa. Nas horas seguintes, eu continuei meus esforços, exterminando um número muito maior de feras do que esperava. É verdade que eu enfrentei algumas situações difíceis, mas o que era uma caçada sem alguns momentos de arrepiar os cabelos?

À medida que o sol se punha no horizonte, eu decidi acampar em vez de voltar para a base. Eu estava muito ao longe no norte para justificar aquela viagem de volta. Com as montanhas Saroyan a uma curta distância daqui, eu provavelmente encontraria uma caverna ou algum tipo de saliência que fornecesse um abrigo decente para a noite. Eu decidi me mover para o nordeste, mais perto dos territórios Ordosianos. Eles seriam mais seguros com muito menos criaturas errantes, pois os habitantes locais são firmes ao eliminá-los.

Certamente, eu encontrei uma pequena e agradável caverna natural no meio do nada. Ainda assim, eu coloquei uma série de detectores de movimento em um amplo raio ao redor da caverna para caso algo aparecesse enquanto eu dormia. Eu peguei o colchão inflável do meu speeder. Embora eu pudesse lidar com qualquer coisa, eu aproveitava meus confortos sempre que possível. Esse design inteligente permitia que o colchão se compactasse até ficar com a aparência de um livro grosso. Mas quando desdobrado, ele inflava para um colchão de casal. Não era chique, mas com certeza era melhor do que dormir em pedras e rochas duras.

Eu decidi comer algumas das minhas barras energéticas e beber um pouco de água. Como era meu costume na trilha, eu raramente me preocupava com refeições adequadas. Acender uma fogueira e cozinhar um peixe atraía o tipo errado de atenção. Porém, assim que a caçada terminasse, eu me mimaria com uma refeição cinco estrelas em um restaurante luxuoso a caminho de casa. Ao me preparar para a noite, eu puxei os resultados da pontuação para a rodada de hoje no meu datapad. Para minha surpresa, eu havia ficado em 22º lugar, muito acima do que eu esperava, considerando o calibre de meus rivais.

Meu queixo caiu quando eu vi Baron não só em primeiro lugar, mas incrivelmente muito à frente de todos os outros. Não havia como uma única pessoa ter alcançado tal pontuação sozinha. E, no entanto, não havia como trapacear. Você só poderia pontuar marcando uma presa. Como diabos ele estava matando tantos Flayers machos maduros tão rápido? Eu não duvidei nem por um minuto que ele havia encontrado uma maneira de burlar o sistema. Me irritou ver que ele ia ganhar o grande prêmio, sendo que eu sabia no meu íntimo que ele não o merecia.

Dando de ombros, eu me deitei para passar a noite.

CAPÍTULO 2
SERENA

A manhã chegou rapidamente. Embora eu pudesse ter dormido por mais algumas horas, decidi começar cedo. Pelos meus cálculos, eu ganhei entre 25.000 e 35.000 créditos no primeiro dia. Eu queria igualar, e talvez até superar, aquela pontuação hoje. Eu vim aqui esperando ganhar de 50.000 a 70.000 créditos durante todo o evento. Mas neste ritmo atual, eu poderia dobrar isso. Que boa caçada essa seria!

Assim que subi no meu speeder, eu liguei meu scanner de amplo alcance, pensando em ir para o oeste enquanto permanecia no norte. Esse plano mudou rapidamente quando, para minha surpresa, um grande número de Flayers apareceu no meu scanner. Eles pareciam estar espalhados ao longo da fronteira do território Ordosiano, a uma curta distância ao norte daqui. Eles estavam espalhados o suficiente para que eu pudesse enfrentá-los, desde que eu mantivesse o elemento surpresa. Com discrição, essas feras duronas eram fáceis de matar. Mas assim que você perdesse esse elemento surpresa, suas chances de sobrevivência caíam pela metade.

Eu me apressei para a localização da primeira criatura. Para minha consternação, era uma ampla planície aberta, a uma curta distância da floresta que marcava o início do território proibido. Isso poderia complicar seriamente as coisas se um bando de Flayers estivesse agrupado. Mas quando eu diminuí a distância até minha presa, meu queixo quase caiu com o espetáculo que me esperava.

Um enorme Flayer jazia de lado, morto, sem marcas e sem uma única alma à vista para reivindicá-lo. Eu olhei ao redor, mas não encontrei ninguém nas imediações. Não acreditando na minha sorte, aproximei-me com cuidado com meu escudo furtivo ainda ativado. Eu parei ao lado dele, ainda sem detectar ninguém por perto. Eu fiz uma varredura rápida na criatura, confirmando que a morte era recente. Eu não sabia quanto dano os órgãos haviam sofrido até agora, mas ainda valia uma boa quantia de créditos. Eu desci de meu speeder e me agachei na frente da besta. A matança foi fenomenal. Nenhuma marca visível de quaisquer outras feridas, exceto uma única punhalada logo abaixo da jugular e direto na espinha. Essa merda valia o máximo de pontos - supondo que a decomposição não estivesse muito avançada.

Sem mais hesitação, eu peguei minha arma de farol e reivindiquei a besta.

Eu pulei de volta no meu speeder e corri para o próximo Flayer indicado no meu scanner. O mesmo presente celestial me esperava. Eu deduzi então que os Ordosianos estavam eliminando as criaturas que vagavam um pouco perto demais de seu território, deixando a recompensa para eu poder reivindicar. E foi isso que eu fiz. Infelizmente, eu tive que dispensar o quinto que vi, pois a criatura miserável caiu apenas alguns metros dentro do território Ordosiano. Embora eu não pudesse ver nenhum dos habitantes por perto, eu não ia me arriscar por ganância. No momento em que eu alcancei a oitava presa, uma sensação de mal-estar começou a se infiltrar. Essas foram mortes extremamente recentes. Mas não deveria haver tantos Flayers maduros - quase anciãos - nesta área. De onde diabos eles estavam vindo?

Quando eu me inclinei para reivindicar a besta, a impressão repentina de estar sendo observada me fez levantar a cabeça. Eu levei um momento antes de perceber o ser me observando. Meu sangue congelou em minhas veias e eu controlei o pânico instintivo que queria se instalar quando reconheci a silhueta imponente de um Ordosiano na linha das árvores. Embora eu soubesse que ainda estava nos campos de caça autorizados, eu verifiquei minha braçadeira duas vezes para ter certeza de que não havia quebrado a regra deles. Minha braçadeira estava pulsando constantemente em volta do meu pulso como um aviso de que eu estava chegando perto demais dos territórios proibidos.

Eu olhei de volta para o Ordosiano, apenas para ver que mais dois haviam se juntado a ele. Quando eu estava prestes a surtar, o primeiro - que parecia ser o líder - fez um gesto para os outros seguirem enquanto continuavam seu caminho para o norte, me ignorando. O comportamento deles não era ameaçador de forma alguma, mas ainda me fez pensar se talvez eu devesse voltar e correr.

Tecnicamente, Flayers mortos não reivindicados eram jogo justo.

Na verdade, eu não estava quebrando nenhuma regra. Se eles quisessem que eu caísse fora, eu não duvidei nem por um minuto que eles diriam isso. Do meu jeito ousado demais para o meu próprio bem, eu decidi seguir em frente. Eu encontrei e reivindiquei mais três Flayers mortos antes de finalmente encontrar os guerreiros que estavam me deixando rica esta manhã. Havia seis deles, os três que eu havia encontrado anteriormente entre eles. Fascinada, eu permaneci a uma distância segura para vê-los lutar contra a criatura. Infelizmente, ela os seguiu dentro do território proibido, além do alcance da minha reivindicação gananciosa.

Para minha surpresa, o método deles não poderia ser mais diferente do que eu esperava. Eu tinha tanta certeza de que, para conseguir mortes tão limpas, eles usavam algum tipo de arma de choque ou outro meio de paralisia. Em vez disso, os Ordosianos atacavam com as próprias mãos, mas especialmente com as caudas. Eu tinha visto fotos dos seres parecidos com Nagas. Com a parte superior do corpo notavelmente humana - além de suas características faciais e o capuz de cobra-rei em volta da cabeça - e a parte inferior do corpo consistindo na cauda de uma cobra, eles eram uma maravilha de se ver.

De onde eu estava, eles pareciam ter dois metros de altura, e sua cauda sinuosa atrás deles media pelo menos mais três metros. Dois dos Ordosianos basicamente agiam como iscas, cada um tentando atrair o Flayer em uma direção diferente, quase paralisando-o com a confusão. Os outros quatro, mudando a cor de suas escamas em uma camuflagem bastante eficaz, se jogaram na besta, dois de cada lado. Pelo menos foi o que eu pensei. Em vez de pegar suas pernas com as mãos - como acreditei que eles estavam tentando fazer no início - eles usaram as palmas das mãos no chão como pivôs e depois chicotearam as pernas das presas com a cauda. Eles não apenas as derrubaram debaixo da criatura, como também cada um deles segurou duas pernas envolvendo suas caudas em volta delas.

Presa e impotente no chão, a besta ergueu a cabeça e tentou usar seu longo pescoço para atacar um dos Ordosianos que a imobilizavam. Mas um dos dois machos que a estavam atraindo - aquele que eu presumi ser o líder - voltou e pegou a cabeça do Flayer, envolvendo seu braço musculoso logo abaixo de sua mandíbula e sua cauda em volta do pescoço antes de apertar. Efetivamente imobilizada, a besta nem chegou a ver a lâmina que o líder apunhalou no ponto vulnerável logo abaixo de sua jugular até atingir o fundo da garganta. Ele então inclinou a adaga para cima para deslizar pela pequena dobra do osso protetor para cortar a espinha. A criatura estremeceu e então ficou imóvel.

Outra morte impecável.

Eles levaram apenas um minuto do começo ao fim para derrubar a besta, seus movimentos perfeitamente coordenados. A morte pela jugular era a melhor para qualquer um forte o suficiente para enfrentar a criatura de frente. Infelizmente, eu não poderia fazer isso com meus virotes - eles simplesmente atingiriam o osso protetor e não cortariam a coluna. Primeiro, você precisava esfaquear em um ângulo de 30 graus para cima e, em seguida, inclinar para baixo em um ângulo de 45 graus para baixo.

Mas assim que eles soltaram a criatura morta, suas cabeças se voltaram para mim, suas línguas bifurcadas de lagarto balançando em minha direção. Meu sangue congelou, percebendo que eles cheiravam ou sentiam minha presença. Nós fomos avisados de que a tecnologia furtiva não enganaria os Ordosianos, embora eles não tivessem entrado em detalhes sobre como exatamente aquela espécie contornava nossa camuflagem.

Eu hesitei por um segundo, debatendo se deveria fugir ou me revelar. No final, escolhi me revelar e desativei meu escudo furtivo. Não havia nada de errado em assistir, e fugir poderia implicar em uma intenção nefasta. Engolindo em seco, me aproximei um pouco, embora permanecendo a uma distância segura o suficiente deles e de seus limites. A maneira como todos eles simultaneamente inclinaram a cabeça para o lado enquanto me examinavam poderia ter sido assustadora se seus rostos mostrassem qualquer tipo de agressão. Em vez disso, eles demonstraram apenas curiosidade.

Eles não são os selvagens sedentos de sangue que a Federação tem insinuado.

Porém, eu não poderia culpar a Federação por descrevê-los como hostis para nos impedir de mexer com os habitantes locais e causar incidentes diplomáticos desnecessários.

— Fantástico trabalho em equipe — eu gritei em Universal — Estou impressionada.

Pela reação deles, eu acredito que eles apenas bufaram. Eu sorri timidamente, um pouco atordoada com o meu próprio comportamento corajoso. Quatro deles partiram para o norte. O líder e outro Ordosiano ficaram para trás. Eu abaixei minha cabeça em despedida, com a intenção de retomar minha jornada ao longo de sua fronteira para ver se minha maré de sorte havia terminado. Mas antes que eu pudesse avançar alguns metros, o líder deles me chamou.

— Humana! — ele gritou, sua voz poderosa, com um leve matraquear gutural que lhe dava um tom fodão, além de ser sexy pra caralho.

Eu parei e lancei um olhar curioso para ele. Meu queixo caiu quando, em vez de responder, ele e o outro macho ao seu lado agarraram cada um uma perna dianteira do Flayer e o arrastaram para mim, fora da zona restrita.

— Não pode ser... — eu sussurrei para mim mesma.

Eu segui em meu speeder para perto deles, parando alguns metros antes de desembarcar. Aqueles Ordosianos eram realmente impressionantes em carne e osso. Com minha altura de 1,82, geralmente eu não me sentia muito pequena perto de outras espécies. Mas esses caras, especialmente aquele que eu presumi ser o líder da caça, me faziam sentir como uma florzinha delicada. De onde sua cauda tocava o chão até o topo do capuz em sua cabeça, ele se elevava sobre mim pelo menos trinta centímetros. Seus ombros largos, bíceps protuberantes e abdômen insanamente trincado teriam deixado a maioria dos homens humanos morrendo de inveja.

E toda mulher de sangue quente molhando a calcinha.

Ok, a cauda de cobra, a língua bifurcada, as narinas cortadas e os olhos de lagarto eram um pouco estranhos, mas aquele capuz em sua cabeça era foda. Ele tinha lábios muito sexy e incrivelmente de aparência humana. Se ele tivesse pernas em vez daquela cauda, eu teria me sentido atraída por ele.

— Obrigada — eu disse, me sentindo um pouco intimidada.

Sua língua estalou em minha direção. Isso me irritou e de alguma forma quebrou seu nível de gostosura. Que informação ele estava reunindo sobre mim com sua língua? Nós sabíamos muito pouco sobre sua espécie. Seja o que for que isso disse a ele, ele parecia divertido, e um sorriso quase inexistente esticou seus lábios macios. Isso me irritou por algum motivo.

Sem dizer uma palavra, ele ergueu a cabeça do Flayer, virando-o para o lado a fim de expor o ferimento em seu pescoço. Ele deslizou para trás, permitindo-me disparar meu farol na abertura para reivindicar a besta. A cúpula de estase brilhante apareceu sobre o Flayer, e eu dei um passo para trás antes de olhar para o Ordosiano.

— Bem, obrigada novamente. Isso é muito generoso de sua parte — eu disse com uma risada nervosa, sentindo-me totalmente estranha por um motivo que eu não conseguia explicar.

Ele sacudiu a língua mais algumas vezes para mim, a fenda estreita de seus olhos verde-claros se arregalando levemente enquanto ele olhava fixamente para mim.

— Fique segura, humana — ele disse finalmente, antes de se virar e deslizar para longe com seu companheiro.

Eu permaneci paralisada, observando o balanço sensual de seus quadris - bem, principalmente seus quadris - enquanto eles se moviam em uma velocidade vertiginosa, sem dúvida para alcançar o resto do grupo. O movimento mais ou menos me lembrou o de um merengue ou um dançarino latino.

Sim, muito gostoso, exceto pelas partes de cobra.

Eu voltei ao meu speeder para buscar meu próximo alvo, apenas para finalmente obter a resposta para o mistério por trás da minha boa sorte anormal. Assim que eu parei ao lado da nova besta morta, eu olhei à distância para o outro Flayer que meu scanner estava captando. Para minha surpresa, cerca de 300 metros à frente, eu avistei Baron atraindo a enorme criatura. Ele disparou algo na direção do território proibido dos Ordosianos antes de entrar em modo furtivo. A besta continuou em direção ao projétil do Zamoriano. Assim que o alcançou, ela pisou naquele local e esfregou o rosto no chão.

Algum tipo de feromônio... Maldito! Ele os está atraindo para os Ordosianos matarem.

E ele provavelmente estava vindo para cá para reivindicar esta besta. Por instinto, eu pulei do meu speeder, desativei meu escudo furtivo e saquei minha arma sinalizadora para marcar a fera.

— EI! Esta é MINHA presa! — o Zamoriano gritou, saindo do escudo furtivo enquanto seu speeder corria em minha direção.

Segurando seu olhar inabalável, eu fiz um show ao ativar minha câmera corporal, garantindo que ela o capturasse ainda se aproximando em seu speeder enquanto eu atirava meu farol na criatura. À distância, o Flayer que ele atraiu continuou a mexer com qualquer cheiro que o tivesse cativado.

— Sua ladra de merda! — ele rugiu, pulando de seu speeder antes de parar totalmente para vir se elevando sobre mim.

— Controle-se, Bayrohnziyiek — eu disse na cara dele, assumindo uma postura ousada e arrogante, apesar de meu coração tentar sair do meu peito. Aquele alienígena bestial poderia agarrar cada um dos meus membros com seus quatro braços e me rasgar sem suar — Você não vai querer fazer nada de que possa se arrepender — eu acrescentei, apontando para a câmera corporal em meu ombro.

Ele cerrou as quatro mãos e mostrou seus dentes afiados para mim, as presas os emoldurando parecendo crescer ainda mais com sua raiva. Naquele instante, eu sabia, sem sombra de dúvida, que ele provavelmente teria me matado ou mutilado sem essa proteção abençoada fornecida pela Federação. Uma vez ativada, a câmera imediatamente enviava imagens ao vivo – tanto de áudio quanto de vídeo – diretamente para o acampamento base da Federação. Isso ajudava a descobrir a verdade de qualquer conflito e, muitas vezes, a evitar incidentes "infelizes". Quando grandes prêmios em dinheiro estavam em jogo, no calor da caçada e com a adrenalina correndo em suas veias, os instintos mais básicos das pessoas ofuscavam facilmente sua bússola moral.

— Você roubou de mim, sua *kahbra*! — ele gritou.

— Como eu posso roubar uma morte que você não realizou e não estava nem perto quando a reivindiquei? — Eu perguntei — Ou a dúzia ou mais que eu reivindiquei ao longo do caminho até aqui?

Seus quatro olhos se arregalaram, sua cor laranja se tornando um vermelho escuro quando sua cabeça se ergueu para olhar acima da minha cabeça, como se ele pudesse ver as bestas mortas que eu reivindiquei à distância. Por mais perigoso que fosse para mim provocar ainda mais sua raiva, eu precisava denunciá-lo e deixar as coisas registradas agora, com sua reação às minhas acusações.

— De acordo com as regras, um Flayer morto é jogo justo – primeiro a chegar, primeiro a se servir. Mas quem teria pensado que tantos Flayers vagariam por esta área considerada a mais segura? — eu continuei com falso espanto — Certamente, nenhum caçador ousaria usar feromônios para atrair as feras aqui para que os locais possam fazer todo o trabalho para eles e então colher a recompensa. Isso não seria apenas trapaça, como também grosseiramente antiético e poderia causar um pesadelo diplomático com os Ordosianos por colocar seu povo em perigo.

O rosto do Zamoriano se fechou — Eu não testemunhei tal comportamento — ele rosnou entre os dentes.

— Tenho certeza que não — eu respondi com uma voz doce e melosa — Mas eu me pergunto o que está fazendo aquele Flayer ali ficar tão fascinado com o chão — eu acrescentei, inclinando-me para o lado para que minha câmera pudesse capturar a fera à distância — Parece até que ele encontrou uma versão de erva de gato.

— Talvez seja isso — respondeu Baron.

— Talvez. Acho que nunca saberemos — eu respondi, com naturalidade, antes que meu tom e expressão endurecessem —

Mas, por mais que eu goste desta pequena conversa, preciso voltar à caça. Fomos trazidos aqui para ajudar a reduzir o rebanho de Flayers. Se eles continuarem a misteriosamente ameaçar a segurança dos Ordosianos em sua fronteira, suponha que a Federação tomará medidas radicais para erradicar o problema. Boa caçada para você.

Sem esperar por sua resposta, eu voltei para o meu speeder. O movimento na borda da minha visão me assustou. Para minha consternação, eu notei alguns dos guerreiros Ordosianos que eu tinha visto antes parados na floresta, olhando para nós. Não me fode! Eu esperava por Deus que eles não pensassem que eu estava envolvida com aquele idiota. Olhando para Baron, eu decolei. Depois de desligar minha câmera corporal, eu ativei meu escudo furtivo e continuei a jornada para o norte.

Eu não esperava encontrar nenhum outro Flayer morto não reivindicado. Na verdade, mesmo que encontrasse, eu duvidava que ainda quisesse reivindicá-los. O que inicialmente foi minha onda de 'sorte' agora deixava um gosto ruim na minha boca. Os Ordosianos estavam cientes de que Baron os estava usando como soldados para obter pontos fáceis? Eles ficaram chateados?

Os que eu encontrei não pareciam zangados... pelo menos não comigo.

Isso ainda pode causar um conflito diplomático muito ruim que pode fazer com que os habitantes locais nos expulsem de seu planeta. Eu não estava pronta para sair. Eu queria fazer o trabalho e depois levar alguns dias para explorar todas as áreas autorizadas deste lindo mundo antes da partida da última nave de transporte desta rocha.

Por enquanto, eu queria chegar ao rio Bayagi, encher minhas garrafas de água e almoçar rapidamente. Depois, eu iria para o oeste, onde mais grupos dispersos de Flayers haviam sido relatados. Minha raiva explodiu novamente quando eu passei voando por muitas bestas mortas reivindicadas e avistei mais algumas vivas vagando perto da fronteira. Eu parei para matar algumas ao longo do caminho, mas não fiquei por perto para reivindicar aquelas que as patrulhas ordosianas já estavam enfrentando.

No entanto, quando eu diminuí a distância até o rio, não foi a hipnotizante cor da água que chamou minha atenção, e sim os dois grandes Flayers chegando perigosamente perto da fronteira Ordosiana. Nos últimos dez minutos, eu não vi uma única besta morta ou patrulha ordosiana. Mesmo se eu quisesse eliminá-los, eu teria dificuldade em sobreviver a dois de uma vez. Eu só podia presumir que o vento havia soprado os feromônios ao norte. O problema real era que meu scanner também estava pegando um monte de formas de vida próximas, dentro e ao redor do rio dentro do território Ordosiano. Eles eram animais ou...?

Eu nem consegui terminar esse pensamento. Um dos Flayers rugiu, seu companheiro ecoando segundos depois, e então incontáveis vozes à distância responderam com gritos de pânico. Por seu tom alto, isso não soava como os guerreiros que eu encontrei antes, e sim com suas fêmeas. Eu alcancei a borda do território Ordosiano apenas para ver as bestas avançando mais fundo na floresta na direção dos pontos espalhados em meu scanner. Meu estômago deu um nó doloroso quando sentei no meu speeder, ainda camuflado, lutando contra o desejo de ir ajudá-las.

Certamente, elas têm alguns guerreiros com elas para lidar com as feras, certo?

Mas meu cérebro congelou ao som de uma voz aguda chamando um nome e depois uma voz mais velha chamando outra. O tempo pareceu diminuir quando um dos Flayers mudou de direção para perseguir uma criatura menor de quatro patas que o atacou antes de desviar, longe das fêmeas em fuga.

Um animal de estimação, tentando proteger seus mestres.

Atrás dele, um jovem Ordosiano, talvez de cinco ou seis anos, o estava perseguindo enquanto sua mãe - eu presumi - gritava para ele voltar. Eu liguei minha câmera corporal, já sabendo o que faria. O Flayer golpeou com seu braço em forma de foice, atingindo a garupa do animal de estimação com as costas de sua 'mão'. A força do golpe fez a pobre criatura voar por uma curta distância antes de se chocar contra o grosso tronco de uma árvore. Dessa distância, eu não consegui ouvir o som que ela fez, mas pela maneira como ela caiu no chão e permaneceu imóvel, isso indicava que ela havia morrido ou sofrido ferimentos graves.

Ambos os Flayers voltaram sua atenção para a criança. Eles atacaram o pequeno Ordosiano, que finalmente percebeu o perigo que sua preocupação com seu animal de estimação o colocou. Ele gritou de medo, voltando-se para sua mãe, que também estava correndo em sua direção.

Eu não hesitei.

A vibração anterior da minha braçadeira – me avisando da minha proximidade com a fronteira Ordosiana - aumentou, e um som de alarme disparou assim que a atravessei. Eu o silenciei.

Correndo para a frente, eu peguei uma das três boleadeiras penduradas abaixo da minha bolsa de armas sob o cabo do meu speeder para facilitar o acesso. Como eu nunca chegaria ao alcance das feras antes que elas pegassem suas presas, eu disparei minha buzina, emitindo um som dolorosamente estridente que incomodou até a mim. Os Flayers viraram seus longos pescoços para olhar para trás em busca da origem do barulho. Enquanto os olhos ao longo do pescoço lhes davam uma visão de 360 graus, os da testa tinham uma visão melhor de "longo alcance". No entanto, como eu ainda estava no modo furtivo, eles não viram nada.

Ainda assim, isso os atrasou um pouco, me dando a chance de me aproximar enquanto eles voltavam a se concentrar em sua presa. Eu girei a boleadeira acima da minha cabeça, mirando na maior das duas feras antes de lançá-la. Para as criaturas, a arma parecia ter surgido do nada. A boleadeira encontrou seu alvo, envolvendo duas das patas traseiras do Flayer, fazendo-o tropeçar e cair.

Ele gritou, primeiro de surpresa, depois de agonia quando a arma - ajustada para letal em vez de captura - começou a apertar, os nanites do cabo remodelando-o em pontas afiadas que cortavam escamas, carne e ossos. Com sua presa quase ao alcance, o outro Flayer não parou para olhar seu companheiro ferido. Mas eu já tinha outra boleadeira girando só pra ele.

Com menos de dez metros entre eles e a fera, a mãe alcançou o filho e o pegou no colo. Ao mesmo tempo, a segunda boleadeira fez sua mágica, derrubando o Flayer de barriga para baixo. A fêmea pareceu congelar de terror quando, levada por seu impulso, ela deslizou no chão por mais alguns metros em direção a ela.

— CORRAM! — eu gritei para a mulher em Universal. Sua cabeça se ergueu e eu percebi que ela não conseguia me ver. Eu desativei meu escudo furtivo — VÃO! FUJAM!

Seus olhos se arregalaram quando ela me viu, com a mão levantada, segurando uma granada, me aproximando em alta velocidade perto do primeiro Flayer que já estava subindo de volta em suas pernas restantes. Ela se virou e saiu correndo, sua velocidade levemente prejudicada pelo peso de seu filho, mas ainda se movendo muito mais rápido do que a criança sozinha teria conseguido.

Eu joguei a granada de flash no chão, bem na frente da primeira fera, a cegando. Ela gritou de dor, balançando a cabeça, completamente desorientada. Circulando de volta, passei pelo segundo Flayer, também se recuperando em suas pernas restantes. Eu toquei minha buzina para chamar sua atenção, peguei minha última boleadeira e a arremessei na besta cega que ainda rugia. Ela se enrolou facilmente no pescoço e imediatamente começou a apertar, o serrando ao meio. O Flayer caiu no chão, se debatendo, enquanto o fio da boleadeira lentamente o decapitava. Meu estômago revirou. Este não era o modo dos Caçadores. Você deve fazer uma morte rápida, limpa e tão indolor quanto possível. Mas isso era sobrevivência.

Apesar de suas duas pernas faltando, o Flayer restante estava rapidamente se aproximando de mim. Eu mal consegui evitar o golpe letal de seu membro de foice antes de jogar uma granada de flash na frente dele. Circulando de volta, a navegação ainda mais desafiadora pelas árvores grossas que nos cercavam, eu agarrei a besta pendurada nas minhas costas. Eu mirei, bloqueando o som ensurdecedor dos gritos da fera. Seus gritos sufocaram quando meu virote atingiu perfeitamente o ponto vulnerável sob sua úvula. Ela caiu no chão. Eu pulei do meu speeder e corri em direção a ela para garantir uma morte rápida.

Embora esta tenha sido uma morte muito mais limpa do que a primeira, eu também não tinha intenção de reivindicá-la. Com o coração batendo forte, eu corri de volta para o meu speeder. Mas agora que os rosnados e guinchos das feras haviam silenciado, o som de cascos batendo no chão ressoou alto acima do sangue rugindo em meus ouvidos. Assim que eu comecei a acelerar, minha braçadeira piscou, indicando uma dúzia de pontos que se aproximavam rapidamente.

Meu sangue gelou quando eu vi as primeiras silhuetas de Ordosianos cavalgando em cima de Drayshans. Essas montarias eram incrivelmente rápidas. Por uma fração de segundo, eu considerei entrar no modo furtivo e fugir. No entanto, mesmo que eu conseguisse ultrapassá-los, os Ordosianos já tinham visto meu rosto, meu cheiro estava por toda parte e, se eles confrontassem a Federação sobre o invasor, o Mestre Caçador Bron seria forçado a me entregar.

Eu salvei dois deles. Certamente, isso justificará minha transgressão.

Controlando o medo que torcia minhas entranhas, eu parei meu speeder, me virei e esperei que uma dúzia de Ordosianos me cercassem. Seus rostos não continham nada da curiosidade anterior. Todos os seus olhos continham nada além de um brilho assassino.

CAPÍTULO 3
SZARO

A raiva fervia em minhas entranhas. Nós permitimos que os forasteiros entrassem em Trangor para diminuir o fardo sobre nós, controlando a fúria dos Flayers durante a época de nascimentos. Em vez disso, eles trouxeram um perigo maior à nossa porta. Apesar das táticas desavergonhadas do Zamoriano de nos fazer matar as feras em seu nome, ele teve o bom senso de ficar fora de nossos terrenos sagrados. Depois que a pequena e intrigante humana o confrontou sobre isso, ele foi embora.

Ou foi o que pensamos.

Assim que os detectores de proximidade dispararam, confirmando que um forasteiro havia invadido, nós pulamos em nossos Drayshans para confrontar o perpetrador. Eu mal podia esperar para colocar minhas mãos nele. Eu teria grande prazer em ouvir seus ossos sendo esmagados sob minha cauda.

Para minha surpresa, quando nos aproximamos da localização do intruso - muito perto de onde nossas fêmeas estavam ensinando nossos filhotes a nadar - um aroma familiar e delicado, misturado com medo, pousou em minha língua.

Não pode ser...

E, no entanto, lá estava ela, sentada em seu speeder. Perto

dali, os cadáveres violados de dois Flayers. Meu cérebro congelou de horror ao pensar em executar uma fêmea... *esta* fêmea. Por que ela fez isso? Por que ela iria transgredir sendo que foi tão respeitosa ao longo do dia?

Mas mesmo enquanto diminuíamos a distância até ela, a visão de Mandha e cinco outros caçadores correndo em direção ao nosso local me surpreendeu.

O que eles estão fazendo aqui?

— Intrusa! — Raskier gritou, enquanto seu Drayshan avançava sobre a fêmea.

— Espere! Não é o que você pensa! — a fêmea gritou de volta em Universal. Ela desmontou de seu speeder e ergueu as palmas das mãos, com cabeça baixa, no que presumi ser uma postura submissa — Suas fêmeas estavam sendo atacadas! Eu vim para ajudar!

Meu coração saltou ao ouvir suas palavras. Sim, nossas fêmeas e filhos estavam por perto. Com base em seu comportamento anterior, faria sentido que esse fosse o motivo de sua transgressão.

Mas, mesmo assim, ela transgrediu. As regras são claras.

Nós paramos nossas montarias perto dela. Entre meus Caçadores e os de Manda, a fêmea se viu completamente cercada. Eu desenrolei minha cauda do chifre traseiro de meu Drayshan e deslizei pelo recesso de suas costas, os outros me imitando. A fêmea engoliu em seco e olhou para nós, com os olhos arregalados, enquanto nos aproximávamos. Eu odiava o cheiro de seu medo.

— Eu juro, só vim aqui para proteger seu povo. Isso não foi para a caça — a fêmea continuou com uma voz um tanto trêmula — Eu nem mesmo os reivindiquei! Aquela mãe e seu filho não teriam sobrevivido. Aqueles dois Flayers mataram seu animal de estimação e o jogaram contra uma árvore ali — ela acrescentou, apontando para o noroeste — E então eles começaram a perseguir o pequeno. Então sim, eu quebrei a regra e transgredi deliberadamente. Mas não havia outra escolha. Eu não podia deixá-los morrer!

— Ela fala a verdade — disse Manda — As mulheres correram para a aldeia para pedir ajuda. As feras estavam atrás da minha companheira e do meu filho.

— Salha?! — eu exclamei.

— Sim. Eles estão abalados, mas bem — disse Mandha.

— Viu? — a humana disse, a esperança florescendo em seus olhos dourados, cor de mel, e um tom levemente mais pálido que sua pele morena — Eu não quis ofender nem desrespeitar. Eu só queria ajudar. Eu sou uma caçadora. Eu sabia que poderia salvá-los.

— Seja como for, ela invadiu — disse Raskier — Regras são regras.

Embora propenso a matar primeiro e fazer perguntas depois, Raskier se virou para me olhar com um olhar questionador. Todos os outros olhos se voltaram para mim.

— Sim, regras são regras — eu admiti.

— Vocês estão falando sério? — a fêmea exclamou, seu olhar passando rapidamente por cada um de nossos rostos antes de se fixar no meu — Vocês querem me punir por salvar seu povo? Por salvar sua companheira?

— Se *quiséssemos* te matar por isso, você já estaria morta — eu disse em um tom neutro — Mas você transgrediu. Circunstâncias atenuantes ou não, deixá-la ir sem repercussões criará um precedente perigoso com consequências potencialmente graves. Esta é uma decisão para os Anciãos tomarem. Você entregará suas armas e nos seguirá pacificamente até a aldeia.

Ela abriu e fechou a boca algumas vezes, como se procurasse as palavras para argumentar. Eu dei a ela um olhar severo, deixando claro que isso não estava aberto para discussão. Seus ombros se curvaram, derrotados. Ela removeu o cinto, a travessa nas costas e a bolsa de armas pendurada abaixo das alças de seu speeder e os entregou a Raskier e Mandha.

— Nós não vamos acorrentá-la e vamos permitir que você viaje em seu próprio speeder —eu disse calmamente — Mas tente fugir e as coisas ficarão muito menos agradáveis.

— Eu não vou fugir. Se essa fosse minha intenção, eu já o teria feito — ela respondeu rigidamente — Eu não sou uma pessoa ruim.

Orgulho e algo parecido com raiva se infiltraram em sua voz, substituindo seu medo. Isso reacendeu o fascínio que ela havia despertado em mim. Nossas fêmeas não lutavam. Elas ririam de nós por sugerirmos que elas poderiam tentar caçar. Eu observei essa humana delicada em algumas ocasiões ao longo do dia. Ela me impressionou com sua eficiência, trabalhando em torno de suas limitações para fazer abates razoavelmente limpos, nada como a carnificina que ela fez com esses dois Flayers.

— E se eu acreditasse que você fosse, as coisas estariam acontecendo de forma bem diferente — eu disse.

Sem esperar que ela respondesse, eu me virei para meu Drayshan, Dagas. Usando uma das três pontas de osso curtas e recurvadas em seu lado como suporte, eu me levantei no recesso de suas costas, deitando de bruços e envolvendo minha cauda em torno de seu chifre traseiro. Graças às suas patas traseiras mais curtas, nós ficávamos deitados em um ângulo de 30 graus sobre a fera, sua cabeça chata nos dando uma visão clara à frente. Eu fechei minhas mãos em torno de dois dos chifres que se projetavam dos lados de seu pescoço antes de lançar um olhar para a fêmea.

Isso pareceu tirá-la do torpor em que parecia ter caído enquanto me observava montar. Ela subiu em seu próprio transporte e silenciosamente nos seguiu enquanto corríamos para casa.

Um milhão de pensamentos preocupantes surgiram em minha mente. A fêmea não merecia morrer, especialmente depois de salvar a companheira e o filho de meu irmão. Quando ela se deparou com o primeiro Flayer que matamos, eu me perguntei se ela era uma acólita do Zamoriano. No entanto, sua surpresa e hesitação em reivindicar tinham sido genuínas. Com nossa camuflagem, ela não nos viu olhando para ela. Mas foi só quando ela se mostrou depois de nos observar executando aquele abate, e depois nos parabenizando por isso, que ela realmente despertou minha curiosidade.

Embora eu tenha obtido uma alegria maliciosa ao vê-la inconscientemente 'roubar' as possíveis mortes do Zamoriano, essa não foi a principal razão pela qual eu arrastei aquele Flayer morto para fora da área restrita para que ela pudesse reivindicá-lo. Se eu fosse honesto comigo mesmo, eu queria uma desculpa para vê-la de perto e conversar com ela - não que eu tivesse feito muito do último. Eu estava muito ocupado observando sua aparência e sentindo seu cheiro.

De todas as espécies que nos visitam, a dela é a que mais tem em comum com a nossa. Embora nossas fêmeas não tivessem seios proeminentes como as humanas, elas tinham a mesma constituição esbelta e delicada na parte superior do corpo. Ela tinha feições harmoniosas e era agradável aos olhos. Um capuz em vez do cabelo preto e encaracolado em sua cabeça a deixaria deslumbrante. Assim como em todos os membros de sua espécie que eu tinha visto até agora, ela usava muita cobertura corporal. Eu só podia ver a pele marrom-dourada em seu rosto e nas costas de suas mãos. Fora isso, ela estava escondida por um couro escuro que grudava em suas curvas sensuais, até mesmo em suas pernas. Se ela fosse Ordosiana, a cor de suas escamas - com base na coloração de sua pele - seria de tirar o fôlego.

E uma cauda em vez daquelas pernas esquisitas a teria tornado perfeita.

No entanto, todos aqueles pensamentos errantes desapareceram, minhas entranhas se contorcendo de preocupação enquanto as árvores se separavam para revelar a aldeia. Eu mostrei minha língua algumas vezes, provando o medo crescente da humana.

Ele havia diminuído durante nossa jornada até aqui, mas agora, seu destino seria decidido.

A tribo se reuniu na praça, os três Anciãos esperando próximos da estátua de Isshaya, a Grande Deusa, que cuidava de nosso povo. A multidão se separou, movendo-se para os lados da praça para abrir caminho para nós. Eu parei minha montaria na área gramada a alguns metros da praça pavimentada com pedras. Para meu alívio, a humana me imitou. Ela desmontou ao mesmo tempo que eu, seu olhar preocupado pesando sobre mim. Por alguma razão irracional, eu queria ir até ela, pegar sua mão e dizer que tudo ficaria bem.

Eu tinha a firme intenção de que tudo ficasse bem. Ela salvou a vida do meu sobrinho e irmã de acasalamento. Uma dívida de sangue havia sido feita. Meu irmão e eu tínhamos que honrá-la. Eu fiz um gesto para que ela me seguisse. Ela obedeceu, seus olhos movendo-se nervosamente de um lado para o outro, olhando para a multidão reunida ao nosso redor. Eu mal conseguia imaginar o quão intimidante isso deveria ser para ela. Além de examiná-la de perto, já que a maioria do meu povo nunca tinha visto um humano em carne e osso, todos estavam lançando suas línguas para ela para obter informações adicionais. Embora isso fosse normal para mim, eu me perguntava como ela via isso.

Salha avançou para ficar à frente da multidão, com a mão apoiada no ombro do pequeno Eicu. O jovem tinha visto apenas cinco verões e, no entanto, já era ousado.

Nós paramos alguns metros em frente aos Anciãos.

— Anciã Krathi — eu disse, inclinando minha cabeça para a mulher no meio, efetivamente a líder de nossa tribo — Anciã Jyotha — eu disse, repetindo o gesto em direção à mulher à sua direita, e a segunda em comando — Ancião Iskal — eu disse, saudando o homem à sua esquerda.

A humana lançou um olhar nervoso para mim no minuto em que comecei a falar, então ela também abaixou a cabeça para cada um dos Anciões quando o fiz: um gesto sensato e inteligente que não passou despercebido.

— Grande Caçador Szaro, você trouxe de volta a intrusa viva e solta — respondeu a Anciã Krathi em Universal, com o olhar fixo na fêmea.

A humana estremeceu e lançou um olhar de pânico para mim. Felizmente, ela segurou a língua. A voz factual e calma com a qual a Anciã falou me deu esperança de que o relato de Salha de ser salva pela humana predispôs a Anciã a uma resolução mais pacífica.

— Nós trouxemos — eu respondi em um tom firme e estoico — Como a companheira de meu irmão provavelmente já relatou a você, a humana transgrediu para salvar sua vida e a de seu filho Eicu. Nós observamos a fêmea humana ao longo do dia. Nenhuma vez ela violou nosso decreto até que ela viu dois de nossos em perigo. Como nenhuma ganância ou má intenção motivou essa ofensa, nós achamos melhor submeter o caso à sua sabedoria.

— De fato, nós ouvimos falar do resgate — disse a Anciã Krathi — Diga-me humana, sua Federação não a alertou sobre as consequências da invasão?

— Serena... meu nome é Serena, Anciã Krathi — a fêmea disse nervosamente — E sim, eles nos avisaram, e é por isso que eu respeitei suas regras até não poder mais. Deixar uma mãe e seu filho pequeno morrerem, sendo que eu possuo a habilidade para salvá-los seria moralmente errado.

Eu não sabia se ficava impressionado ou me encolhia por ela "corrigir" a Anciã ao dar seu nome. E, no entanto, essa ousadia teve o mesmo apelo inexplicável que eu senti quando ela nos parabenizou antes. No entanto, o tom educado de sua voz, e ela lembrando corretamente o nome da Anciã Krathi e pronunciando-o perfeitamente, lhe renderam algum favor com nossa líder.

— Até mesmo ao custo de sua vida? — a Anciã insistiu.

— Não deveria ser um ou outro — a humana... Serena retrucou, uma lasca de ultraje infiltrando em sua voz — Você teria preferido que eu os tivesse deixado para morrer?

— Claro que não — disse a Anciã Krathi com um gesto de desdém da mão.

— E, no entanto, eu fui trazida perante você para ser punida por fazer a coisa certa — argumentou Serena.

— Você foi trazida perante nós para ver se há alguma maneira de ser poupada — respondeu a Anciã Krathi, seu tom endurecendo.

— Por que tem que ser tão complicado? — Serena perguntou, claramente confusa — Por que você não pode simplesmente me deixar ir?

— Porque os outros forasteiros que vieram aqui com você para a Primeira Caçada estão pressionando, testando até onde eles podem ir e o quanto eles podem se safar — a Anciã Jyotha disse com uma voz gentil — O Zamoriano atraindo Flayers para nossas fronteiras para que nossos homens façam o trabalho em seu nome é apenas uma das muitas ofensas que os outros participantes cometeram até agora.

— Mas eu não tenho nada a ver com isso! — Serena argumentou com razão.

— Você não — admitiu o Ancião Iskal — No entanto, independentemente de suas razões altruístas, você cometeu a infração mais grave. O mapa que a Federação forneceu a você também inclui um rastreador que permite a eles E a nós saber onde um caçador esteve. No minuto em que você entrou nas terras proibidas, nós fomos avisados ao mesmo tempo que eles. Agora, todos em seu acampamento base estão cientes de que um dos caçadores violou a regra primordial. A forma como respondermos a isso afetará o quanto eles podem se tornar mais ousados.

— Mas minhas razões para fazer isso...

— Apenas abrirão portas para cada invasor fingir que também tinha motivos altruístas para fazê-lo — interrompeu a Anciã Krathi, gentilmente, mas com firmeza — Nós não desejamos mal a você... Serena. Mas temos coisas maiores a levar em consideração para o bem de nosso povo como um todo. Qualquer resolução para esta situação terá de ser um impedimento para os outros.

— Anciã Krathi — Mandha interveio, enquanto eu abria minha boca para argumentar também — uma dívida de sangue foi feita. Na verdade, duas delas — meu irmão fez um gesto para seu filho e companheira — Deve haver uma solução aceitável para a humana, Serena.

— Nós entendemos sua situação, Caçador Mandaha — disse a Anciã Krathi — A decisão não será tomada hoje. Serena ficará detida até que tenhamos discutido a situação com o representante da Organização dos Planetas Unidos, que estará aqui pela manhã.

— Você entrou em contato com a OPU? — Serena perguntou, atordoada, mas com o rosto cheio de esperança.

— Não, Serena. Você fez isso através de sua Federação — a Anciã respondeu.

— Eu fiz? — Serena perguntou, com uma expressão confusa. E então ela congelou. Seu rosto se virou para a câmera em seu ombro quando a compreensão surgiu nela — Certo... acho que fiz.

— Foi sábio registrar suas ações — continuou a Anciã Krathi — Vamos esperar uma boa resolução.

CAPÍTULO 4
SERENA

izer que eu estava enlouquecendo seria o eufemismo do ano. Isso não saiu como eu esperava. Que merda de pesadelo. Pelo menos, três coisas me deram esperança. Número um, os dois irmãos, Szaro e Mandaha, pareciam determinados a me salvar. Em segundo lugar, os Anciãos não pareciam ter pressa em me matar – embora eu não tivesse dúvidas de que o fariam sem hesitação se não conseguissem encontrar uma solução mais aceitável para mim. E terceiro, a OPU...

Quando eu enviei aquele vídeo para a Federação, eu acreditei realmente que conseguiria voltar para fora do território Ordosiano sem ser pega. Não havia guerreiros à vista. Eu não tinha certeza se eles poderiam nos rastrear, mas fazia sentido caso um de nós nunca retornasse, para que eles pudessem recuperar nossos restos mortais – presumindo que houvesse algum para ser encontrado. Mas o envolvimento da Organização dos Planetas Unidos revelou muito sobre seu desejo de manter um relacionamento pacífico com os Ordosianos.

Essa coalizão intergaláctica regulava não apenas o comércio interplanetário, mas também o conflito diplomático. Planetas considerados primitivos, como Trangor, caíam sob sua proteção.

Como as espécies mais avançadas deste planeta ainda não tinham alcançado a capacidade de viagem interestelar, elas nunca deveriam ter sido expostas à nossa existência, conforme a Primeira Diretiva. Uma expedição científica veio discretamente até aqui para recuperar amostras de plantas e animais para pesquisas farmacêuticas, descobrindo um tesouro que revolucionaria a indústria médica.

No entanto, os esforços de camuflagem dos cientistas foram facilmente frustrados pelas habilidades sensoriais quase sobrenaturais dos Ordosianos. Metade da tripulação foi massacrada, os outros mal escaparam com vida. Foram necessários alguns anos de observação cuidadosa para aprender a língua, seguidos de contatos ainda mais cautelosos que evoluíram para intensas negociações antes que os nativos começassem a se abrir para possíveis colaborações com consórcios afiliados à OPU.

E agora, eles estão vindo aqui para negociar minha libertação.

Havia algo maior em jogo aqui do que aparentava. Eu não sabia o que era, mas eu recebia de bom grado mesmo assim. Se a OPU quisesse me sacrificar por um bem maior, eu já estaria morta. Eles não perderiam tempo e recursos transportando alguém até Trangor.

Depois que os Anciãos nos dispensaram, o Grande Caçador me levou para uma espécie de casa. Mas, na verdade, um estúdio provavelmente seria mais preciso, pois possuía apenas um único quarto esculpido diretamente na montanha que cercava a vila. Em minha angústia, eu não consegui dar uma olhada adequada na aldeia em que havia sido trazida. A sala estava vazia, exceto por uma mesa com uma jarra de água e um copo vazio. No canto traseiro da sala, uma grande placa quadrada parecia embutida no chão. Uma enorme janela deixava entrar a luz do dia, mas estava posicionada de tal forma que não me dava uma visão adequada de qualquer atividade na aldeia.

— Você permanecerá aqui até que os Anciãos se reúnam com

seu representante amanhã — disse Szaro com sua voz exótica — Não tente escapar. Se precisar de alguma coisa, acene com a mão na frente daquele sensor na porta. Alguém virá o mais rápido possível.

— Tudo bem, mas... hmm... alguma chance de eu conseguir uma cadeira e uma cama? Eu perguntei.

— Oh sim! Humanos precisam de móveis para sentar — Szaro assentiu, parecendo um pouco envergonhado. Ele acenou para a parte inferior do corpo e cauda — Como você pode imaginar, não temos cadeiras. Mas traremos a você algo que possa servir a esse propósito. O que é uma cama?

Eu recuei. Não ter cadeiras fazia sentido, mas não ter camas?

— A almofada grande e grossa em que você dorme? — eu disse, como se fosse evidente.

Seus olhos semicerrados voaram para a placa no chão no canto da sala — Nós dormimos em placas de aquecimento — ele disse.

— Certo... Bem, alguma chance de eu recuperar algumas das coisas na minha mochila e no depósito do meu speeder? Eu tenho comida, um colchão inflável e minhas pílulas purificadoras de água aqui — eu disse.

— A água fornecida é segura para você beber — disse Szaro, indicando a jarra sobre a mesa — E sim, todos os itens que não são armas podem ser trazidos para você. No entanto, teremos que vasculhá-los para classificar o que você pode e o que não pode ter.

Eu odiaaaava quando as pessoas vasculhavam minhas coisas. Isso me fazia sentir violada. Mas, dadas as circunstâncias, fazia sentido que tivessem de fazê-lo. Eu dei a ele um aceno rígido.

— Muito bem. Eu irei cuidar disso — disse Szaro.

Ele se virou e deslizou em direção à porta.

— Szaro! — eu gritei quando ele estendeu a mão para a porta. Ele me olhou interrogativamente por cima do ombro — O que vai acontecer comigo?

Uma expressão estranha passou por suas feições alienígenas — Não lhe darei uma resposta que não possuo, mas prometo garantir que encontraremos uma solução aceitável — ele respondeu.

A sinceridade em sua voz teve um efeito calmante que me pegou de surpresa. Eu fixei o olhar nele e ele segurou o meu com firmeza. Algo se instalou dentro de mim e, para minha surpresa, um sorriso tímido apareceu em meus lábios.

— Obrigada por me defender lá fora — eu disse com uma voz suave.

A mesma expressão estranha passou rapidamente por seu rosto.

— Não, Serena. Obrigado por salvar minha irmã de acasalamento e meu sobrinho — disse Szaro.

Com um último sorriso, ele saiu da sala que me servia de cela. Vinte minutos depois, uma batida na porta me assustou. Dois homens entraram carregando um bloco quadrado de madeira com uma almofada em cima que me serviria de cadeira, minha mochila e meu colchão. Eu murmurei um obrigado. Eles assentiram e saíram sem dizer uma palavra.

Depois de arrumar meu colchão, comer uma barra energética e beber um pouco de água, eu comecei o longo jogo de espera enquanto o dia se estendia sem fim.

Eu não me lembro de ter adormecido, apenas de ter me mexido e virado bastante. Eu acordei cedo e descobri que algumas pessoas na aldeia também já haviam se movimentado. Eu não podia vê-los, mas podia ouvir alguns sons abafados. Como percebi ontem à noite, para minha consternação, o quarto não continha uma sala de higiene. Felizmente, eu não tinha bebido muita água. Isso não significava que minha bexiga não reclamaria em algum momento. Com sorte, o representante da OPU me tiraria daqui muito antes disso se tornar um problema.

Acostumada com situações difíceis, eu tirei um pedaço de pano da minha mochila e despejei um pouco de água do jarro para lavar o sono do meu rosto. À medida que os segundos se esticavam em minutos e depois em horas, eu lutei contra o desejo de chamar alguém acenando com a mão na frente do sensor. Eles viriam atrás de mim quando estivessem prontos. Ainda assim, eu fiquei confusa que, depois da relativa bondade que eles mostraram para mim nas circunstâncias, eles falharam completamente como anfitriões. Ninguém veio me perguntar se eu precisava de comida, usar o banheiro, se estava entediada — o que obviamente estava — ou se simplesmente estava bem. Eles confiscaram minha braçadeira e datapad, o que me deixou com nada além de meus pensamentos muito preocupados.

Meditar só ajudou por um certo tempo, e encostar o ouvido na porta não me permitiu ouvir nada inteligível. Os Ordosianos provavelmente falariam em sua própria língua de qualquer maneira, o que obviamente eu não entendia. Depois de andar um pouco, eu finalmente me sentei na cadeira improvisada que eles me trouxeram e comi uma das minhas barras energéticas, tanto para silenciar minha fome crescente quanto para me dar algo para fazer. Eu estava mastigando minha quarta mordida quando uma batida sólida na porta me assustou. Eu quase engasguei com a comida, mas consegui convidá-los a entrar.

Me levantei com um salto, ainda tossindo levemente, meu coração batendo forte enquanto olhava para o rosto solene de Szaro quando ele entrou na sala. Ele me encarou com uma expressão estranha. Eu lhe dei um sorriso nervoso, ao qual ele respondeu com um aceno de cabeça antes de acenar para alguém entrar. Eu estiquei o pescoço para olhar para trás. Meu queixo caiu ao ver um Temern.

Ele parecia uma ave do paraíso humanoide, com penas douradas, asas marrons e uma longa e fofa cauda branca. Os membros de sua espécie eram empatas altamente respeitados contratados como moderadores por grandes corporações, governos planetários e, é claro, pela Organização dos Planetas Unidos. O que quer que estivesse acontecendo com a minha situação, era maior do que eu imaginava. Você não enviava um Temern para negociar a libertação de um caçador de fama mediana.

— Olá, Sra. Bello. Eu sou Kayog Voln, o negociador enviado pela OPU para lidar com sua situação.

— Olá, Mestre Voln. Mas, por favor, me chame de Serena — eu disse com um sorriso.

— Só se você me chamar de Kayog — ele respondeu no tom gentil e musical que era comum ao seu povo.

Embora ele retribuísse meu sorriso, sua boca em forma de bico lhe dava uma rigidez que poderia ter sido perturbadora se não fosse pelo brilho gentil em seus olhos. Antes que eu pudesse responder, o mesmo homem que trouxe meus pertences ontem à noite trouxe uma segunda cadeira improvisada, que ele colocou do outro lado da mesa.

— Obrigado, Irco — disse Kayog ao homem Ordosiano, que acenou com a cabeça em resposta antes de sair.

Minhas sobrancelhas se ergueram. Kayog tinha acabado de chegar aqui e já estava falando pelo primeiro nome com os moradores locais?

Ele deve ter estado aqui antes.

Faria sentido para eles enviarem alguém que já tivesse um bom relacionamento com os Ordosianos para ajudar a tornar as negociações mais tranquilas.

— Vou deixá-los discutir em particular — disse Szaro, com a mesma expressão enigmática no rosto, me dando arrepios — Eu estarei lá fora quando vocês terminarem.

Ele trocou um olhar com Kayog, que ergueu as sobrancelhas questionadoramente. Szaro assentiu, como se para confirmar que o plano, por mais desafiador que fosse, seguiria conforme o combinado. Ele então saiu da sala sem dizer mais nada. Minha cabeça virou na direção do Temern e me forcei a silenciar meu pânico crescente.

— É agora que eu devo começar a surtar? — eu perguntei.

— Não, Serena. Não há necessidade disso — disse Kayog com uma voz suave enquanto se sentava — Por favor — ele acrescentou, apontando para o meu lugar.

Eu me sentei e juntei as mãos sobre a mesa para evitar que tremessem.

Suas asas se mexeram quando ele também cruzou as mãos sobre a mesa — Eu sei que você está extremamente estressada com essa situação, então eu vou direto ao ponto — disse Kayog com uma voz calma — Existe uma única saída para sua situação atual. Infelizmente não será negociável. Embora eles não desejem nenhum mal a você, os líderes Ordosianos insistem que essa regra seja mantida. Qualquer estranho que entrar em suas terras proibidas sem consentimento expresso perderá sua vida. Mas há uma lacuna. Se você se tornar Ordosiana, não será mais uma invasora.

Meu queixo caiu, e meus olhos quase saltaram da minha cabeça — Oh meu Deus! Isso é tão simples! — eu exclamei com uma risada nervosa — Então... o que eu tenho que fazer? Estudar sua cultura, seu idioma, seu hino nacional e depois passar em um teste? Eu posso fazer isso! Eu estudo rápido.

Kayog me deu um sorriso indulgente, embora desta vez não chegasse até seus olhos prateados.

— Acho que não — eu disse, com meus ombros caídos.

— Infelizmente não — ele concordou — Existem apenas duas maneiras de se tornar Ordosiano. Você deve ter um dos pais Ordosiano ou se casar com um.

O Temern deixou as palavras pairarem entre nós. Meu cérebro congelou, recusando-se a processar seu significado.

— Casar? Você está falando sério? — eu finalmente perguntei.

— Receio que sim, Serena — ele disse com uma voz simpática.

— Eu sou um ser humano com pernas e um útero! — eu exclamei — Eles são uma espécie de Nagas com caudas de cobra que põem ovos.

— Na verdade, os Ordosianos são vivíparos — rebateu Kayog — Suas fêmeas carregam seus filhotes até o fim e dão à luz filhotes vivos.

— Tudo bem, você ganhou essa — eu disse, acenando com a mão em desdém — Mas ainda assim não somos compatíveis! Quero dizer, pelo amor de Deus, as cobras não têm dois paus cobertos de espinhos? Eu vou ser despedaçada!

O Temern se mexeu em seu assento. Apesar das penas cobrindo seu rosto, percebi que ele estava corando. Eu quase me senti culpada por ser tão grosseira com o homem mais velho. Apesar de sua aparência jovem, a cor de suas penas indicava que ele não era um frangote.

— Verdade seja dita, Serena, eu não sei como são seus órgãos reprodutivos — ele confessou — Eu não tenho ideia se suas espécies são compatíveis, mas sei que esta é a única maneira de salvar sua vida.

Eu engoli em seco e passei a mão nervosamente pelo meu cabelo trançado. Eu com certeza não estava pronta para ser executada para que os Ordosianos pudessem fazer uma demonstração. Mas ficar presa pelo resto da minha vida em um casamento sem amor com um companheiro incompatível seria melhor?

— Eu sei que você está sobrecarregada. Eu posso sentir sua aflição, mas as coisas não estão tão sombrias — disse Kayog. Ele levantou uma mão apaziguadoramente quando eu dei a ele um olhar incrédulo — Eu não costumo lidar com esse tipo de questão diplomática. No entanto, depois de estudar o seu caso, meus companheiros e eu concordamos que esta seria a única maneira de salvá-la, e os Anciãos disseram isso quando fui encontrá-los. Eu sou o principal agente da Agência Prime e especialista em uniões interespécies. Szaro é um bom macho. Como empata, eu posso dizer que, em termos de personalidade, vocês dois são uma combinação perfeita. Eu não esperava isso.

— Szaro? *Ele* seria meu marido? — eu perguntei.

Embora ainda assustada com toda essa confusão, essa notícia me apaziguou muito mais do que eu pensava ser possível.

— Sim — disse Kayog com um aceno de cabeça — Entenda que ele está fazendo um grande sacrifício para salvá-la. Apenas uma pequena porcentagem de Ordosianos realmente se casa. A maioria deles fica feliz em fazer parceria com alguém por quanto tempo durar esse relacionamento ou simplesmente ter filhos. Mas o casamento é exclusivo e para toda a vida. Como o Grande Caçador da tribo Krada, ele é um macho nobre, muito procurado. Ao se casar, ele perde qualquer esperança de ter seus próprios filhos.

— Isso é uma merda — eu disse, minha frustração e raiva crescendo — Por que ele faria esse sacrifício por causa de uma dívida de sangue que nem é dele? Eu salvei a cunhada e o sobrinho dele.

— Mas ele é um homem de honra e princípios, *e* por acaso se preocupa com você — disse Kayog.

Eu bufei — Por favor, ele não sabe merda nenhuma sobre mim. Conversamos algumas vezes por poucos minutos.

— E, no entanto, você o fascina — disse Kayog, com naturalidade — E eu senti sua resposta a ele quando ele entrou na sala. Você não é indiferente a Szaro. Falando com você agora, sentindo seu caráter, eu posso reafirmar que vocês são uma combinação perfeita de personalidade.

— Seja como for, provavelmente não somos fisicamente compatíveis. E mesmo que sejamos, eu tenho uma vida que não envolve me estabelecer em um planeta primitivo. Esta é uma sentença de prisão perpétua!

Uma carranca marcou a testa do Temern, e ele me deu um

olhar intenso que me deu vontade de me contorcer na cadeira — Embora os Ordosianos se casem para a vida toda, divórcios ocorreram no passado, geralmente porque um dos dois parceiros cometeu um delito grave que os baniu da tribo. Então, se chegar a isso, você pode se divorciar dele e ir embora. MAS, de acordo com as regras da Agência Prime, se você aceitar esta união, deverá permanecer casada por pelo menos seis meses. Normalmente, nós também exigimos que o casamento seja consumado na noite de núpcias, mas no seu caso, esse requisito está permanentemente dispensado.

— Você está dizendo que, se eu me casar com ele, eu nunca precisarei dormir com ele e posso me divorciar dele em seis meses? — eu perguntei, meu coração acelerando.

Pela maneira como os músculos de sua mandíbula ficaram tensos, eu acreditei que Kayog estava beliscando seu bico em desgosto, presunção ainda mais confirmada pela falta de calor em seus olhos.

— Eu estou dizendo que você vai se casar com um bom homem que está fazendo um sacrifício para salvar a sua vida. Ele não exigirá nenhum privilégio conjugal de você. E se vocês dois realmente se sentirem infelizes nesta união, ela só poderá ser encerrada após um período de pelo menos seis meses — disse Kayog.

— E Szaro concordou com isso? — eu insisti.

Kayog soltou um suspiro — Sim, ele concordou. Mas devo alertá-la. Para toda a aldeia e para as outras tribos Ordosianas, sua união com Szaro será real. Mesmo que você esteja entrando nisso já planejando sair em seis meses, você precisa jogar o jogo até lá e não deixá-lo escapar de forma alguma. Você não precisa fingir que sente algo por ele - todo mundo sabe que não é um casamento por amor - mas você deve agir como se fosse uma união verdadeira. Eu nem consigo prever que reação pode resultar se você falhar em fazer isso. Você pode lidar com isso?

Eu balancei a cabeça — Sim. Sim, eu posso fazer isso. Mas...

Por que você está fazendo isso? Por que você está me ajudando? O que a OPU ganha com isso?

Kayog sorriu e inclinou a cabeça para o lado de um jeito típico dos pássaros — Levou anos para finalmente conseguir que os Ordosianos se acostumassem com estranhos – se é que podemos dizer assim — explicou o Temern — A flora e a fauna de Trangor são um tesouro para a indústria médica e farmacêutica. E os Ordosianos são seus guardiões. Este é um planeta selvagem e primitivo. Sem a vigilância constante e os esforços dessas tribos para manter o equilíbrio, enxames de bestas como os Flayers acabariam com espécies inteiras neste planeta, espécies que podem nos ajudar a produzir a cura ou tratamentos para algumas das piores doenças da galáxia. Nós precisamos manter um bom relacionamento com os locais e até fortalecer esse vínculo. E você pode ajudar muito nisso.

— Eu?! — eu exclamei, perplexa — Eu sou apenas uma ex-ginasta que virou caçadora de monstros. Eu não sou diplomata.

— Não, mas você tem uma alma linda, grandes valores morais e uma personalidade altruísta — rebateu Kayog — Isso faz de você a embaixadora perfeita para mostrar aos Ordosianos que forasteiros não são tão ruins.

— Entendi — eu disse, constrangida com a enxurrada de elogios — Então o que acontece agora?

— Agora, eu vou deixar você confirmar seu consentimento para Szaro. E então nós teremos um casamento humano acelerado para que sua união possa ser formalmente registrada no registro galáctico. Nós traremos todos os seus pertences pessoais atualmente no acampamento base da Federação para cá, e você pode me fornecer instruções sobre como obter quaisquer pertences fora deste mundo que você gostaria de transportar para cá.

Eu me senti zonza. Isso estava acontecendo rápido demais.

— Você está angustiada, o que é perfeitamente compreensível. Mas tenha coragem, Serena — disse Kayog com uma voz paternal que fez minha garganta apertar — De qualquer forma, tudo vai dar certo para você no final. Szaro é um bom macho. Se a sua união não der certo, considere como se você tivesse passado seis meses de férias no resort mais exclusivo do mundo. Nenhum outro forasteiro experimentará a profundidade da beleza e riqueza de Trangor e seus habitantes.

— É verdade, mas são seis meses sem trabalho ou renda que terei que compensar quando estiver livre — eu murmurei, imediatamente me sentindo arrogante por isso.

Sim, isso faria um estrago no meu pé-de-meia, mas não me colocaria na rua. E a ideia de realmente explorar Trangor de uma maneira que ninguém mais faria tinha um apelo inegável. Este planeta era a Austrália da galáxia. Eles tinham a fauna mais estranha e bizarra já vista, e a maior parte queria te matar apenas por diversão.

O Temern sorriu, seus olhos prateados se iluminando — Na verdade, você não deve sofrer muito. Você ainda será compensada por todas as mortes que realizou até agora como parte da Primeira Caçada. Além disso, como punição por atrair Flayers, colocar a população local em perigo e causar indiretamente sua situação atual, o nome Zamoriano Bayrohnziyiek Skortheatis foi despojado de todas as suas alegadas "mortes" ao longo da fronteira da tribo Krada. Em vez disso, elas foram atribuídas a você e adicionadas à sua pontuação pessoal, o que a coloca na liderança no momento. Além disso, assim que sua situação aqui for resolvida com os anciãos da tribo, você estará livre para retomar a caçada.

— Você está falando sério?! — eu exclamei, minha mente girando. Mesmo que eu acabasse sendo eliminada do primeiro lugar, isso ainda me colocaria em uma situação financeira muito confortável assim que eu recuperasse minha liberdade.

— Eu estou. MAS, lembre-se de que sua liberdade de movimento provavelmente será restrita nas primeiras semanas — alertou Kayog — Todo mundo sabe que você não está entrando feliz nesta união. Eles não lhe darão uma maneira fácil de fugir, nem serão tentados a fazê-lo. Isso criaria uma situação diplomática muito difícil para nós.

— Não se preocupe — eu disse com um aceno rígido — Eu vou cumprir minha parte no acordo. De qualquer forma, se eu fugisse, a OPU e a Federação me fariam lamentar o dia em que reneguei o acordo.

— Estou feliz por nos entendermos — disse Kayog com um aceno de aprovação — Você tem alguma outra pergunta?

— Ah, tenho certeza de que mais um milhão surgirá quando você partir, mas, por enquanto, eu realmente só quero terminar isso — eu disse honestamente, me sentindo um pouco desanimada — Eu vou continuar estressada como o inferno até que aquela assustadora Anciã Krathi diga que eu sou um membro da tribo e que a ameaça que paira sobre minha cabeça tenha sido removida.

— Muito bem. Embora eles possam parecer primitivos na superfície, e tecnicamente o são pelos padrões galácticos, os Ordosianos possuem uma grande quantidade de tecnologia, incluindo sistemas de comunicação de longo alcance. Você poderá entrar em contato comigo se precisar de alguma coisa, embora possa haver algumas horas de atraso antes que eu receba sua mensagem e antes que minha resposta chegue até você.

— Obrigada, Kayog — eu disse com genuína gratidão — Obrigada por salvar minha vida.

— Lembre-se de agradecer a Szaro também — disse o agente com voz suave — Sem ele, nós não poderíamos ter salvado você.

— Eu não vou esquecer — eu assegurei a ele.

Ele sorriu, levantou-se e foi bater na porta. Ela se abriu quase instantaneamente. Szaro olhou para mim antes de olhar curiosamente para Kayog. O agente assentiu em resposta à sua pergunta tácita. Para minha surpresa, os ombros do Ordosiano relaxaram quase imperceptivelmente com o que só pude interpretar como alívio. Ele temia que eu recusasse?

Kayog saiu da sala e Szaro entrou, parando na minha frente. Eu fiz menção de me levantar, mas ele gesticulou para que eu permanecesse sentada. Sua cauda se enrolou atrás dele cuidadosamente em um S e ele se abaixou sobre ele, no equivalente a uma posição sentada que o colocou quase no nível dos meus olhos. Nós nos encaramos em silêncio por alguns segundos. Ele parecia estar procurando o que dizer, assim como eu.

— Obrigada por se voluntariar para salvar minha vida — eu disse finalmente.

— Eu prometi que encontraríamos uma solução — ele respondeu gentilmente.

— Mas a que custo para você? — eu perguntei.

Ele não respondeu a princípio, seus olhos reptilianos estudando minhas feições — O tempo irá dizer. Nós não somos um casal tradicional, mas coisas mais estranhas já aconteceram.

Eu endureci ao ouvir essas palavras. Embora Kayog tivesse sugerido isto, o significado subjacente de Szaro deixou claro que precisávamos expressar abertamente as nossas expectativas mútuas antes de entrarmos em qualquer destas questões. No entanto, mesmo quando esse pensamento passou pela minha cabeça, uma lasca de medo floresceu dentro de mim. Eu não queria enganá-lo sobre o fato de que pretendia sair daqui assim que os seis meses terminassem. Mas e se isso o fizesse rescindir sua oferta de casamento comigo?

Kayog disse que ele havia concordado...

Sua língua se mexeu e seus olhos se estreitaram, fazendo minha ansiedade aumentar ainda mais.

— Eu consigo provar a preocupação que minhas palavras despertaram em você — disse Szaro — Eu a estou tomando como minha companheira, Serena Bello. Os Ordosianos se ligam por toda a vida. Eu não tenho controle sobre o que você fará, apenas sobre minhas próprias ações. Portanto, eu me esforçarei para ser o melhor companheiro possível para você enquanto eu respirar ou até que você decida que não sou digno.

— Isso não tem nada a ver com o seu valor — eu argumentei suavemente — Por suas ações até agora, você provou ser um homem íntegro. Mas nós somos espécies completamente diferentes e provavelmente não compatíveis.

— Acredito que nós somos muito mais compatíveis do que você pensa, Serena — disse Szaro com aquele som sexy subjacente de chocalho em sua voz — Haverá muito tempo para descobrirmos isso. Por mais estranho que eu possa parecer para você, sei que você não me acha repulsivo. Eu acho você agradável aos olhos, e sua natureza caçadora incomum para uma mulher me intriga. Eu não espero nada de você que você não esteja disposta a oferecer. Eu só peço que você mantenha a mente aberta, seja leal ao seu novo pessoal e se adapte aos nossos costumes. E se você não encontrar a felicidade aqui, eu não vou mantê-la contra a sua vontade.

— Isso é... isso é mais do que justo. E sim, eu posso fazer isso — eu disse, minhas bochechas queimando ao saber que ele percebeu que eu gostei da visão.

— Então estamos de acordo. Venha, minha companheira — disse Szaro, se endireitando. — Vamos tirá-la desta sala e finalizar o ritual de ligação do seu povo. Esta noite, nós seremos ligados de acordo com os costumes Ordosianos.

Meu estômago estremeceu ao ouvir a maneira possessiva com que ele me chamou de companheira. Isso deveria me assustar. Toda essa confusão deveria me fazer correr e gritar como uma louca. Mesmo assim, Szaro tinha um jeito estranho de me fazer sentir segura, como se tudo fosse ficar bem. Levantando-me da cadeira, o segui em direção ao destino louco que nos esperava.

CAPÍTULO 5
SZARO

Enquanto eu falava com minha companheira, a Anciã Krathi havia dado permissão a um funcionário humano para voar até Krada. Além de trazer os pertences de Serena do acampamento base da Federação, ele aparentemente também estava legalmente autorizado a presidir as ligações humanas. Kayog havia me avisado que nós apenas experimentaríamos a forma acelerada de seu ritual, me mostrando uma rápida visão geral do processo. Eu nunca imaginei que seria tão desdenhoso.

Enquanto eu estava cara a cara com Serena na praça em frente à estátua da Deusa, o homem ao nosso lado pediu que repetíssemos depois dele.

— Serena Bello, você aceita livremente este homem Ordosiano, Szaro Kota, como seu legítimo marido? — ele perguntou.

— Sim — respondeu Serena.

— Szaro Kota, você aceita livremente esta mulher humana, Serena Bello, como sua legítima esposa? — ele então me perguntou.

— Sim — eu respondi.

— Kayog Voln, você confirma ser testemunha de Serena

Bello e Szaro Kota trocando livremente seu desejo de se casar legalmente?

— Sim, eu confirmo — disse Kayog.

— Pelo poder que me foi conferido pela Organização dos Planetas Unidos, eu os declaro marido e mulher — disse o homem — Parabéns, você pode beijar a noiva.

Embora chocado com a brevidade dessa cerimônia - se é que poderia se qualificar assim – eu reprimi um sorriso. Anteriormente, Kayog havia explicado o beijo para mim, com o qual eu estava familiarizado, já que os Ordosianos o praticavam. Aparentemente, como isso havia causado problemas com vários companheiros que ele reuniu com humanos no passado, ele agora fazia questão de avisá-los para evitar constrangimentos futuros quando o oficiante solicitasse que o fizessem. Minha companheira levantou o rosto para mim, sua expressão ilegível quando me inclinei para pressionar meus lábios contra os dela.

Eles eram agradavelmente macios e quentes, assim como a palma da mão que ela pressionou em meu peito, como se fosse um apoio. O toque de Serena foi fugaz, assim como o beijo. Antes que eu pudesse saborear adequadamente a sensação, minha companheira se afastou de mim e me deu um sorriso tímido. Eu instintivamente estalei minha língua, saboreando sua resposta. Embora ela tentasse esconder, minha língua incomodava minha companheira. E, no entanto, ela constituía uma parte integrante de mim e da minha espécie como um todo com a qual ela precisaria se acostumar. E na presença dela, minha língua sempre coçava para sair.

Seu perfume tinha um gosto requintado. Delicado e fresco, como o ar puro das primeiras horas de um dia ensolarado, antes que o orvalho da manhã evaporasse das folhas e antes que o vento misturasse o cheiro do mundo desperto em um grande caldeirão. E por baixo de tudo, aquela pequena gota de calor, a mesma que emanou de Serena na primeira vez que nos falamos na fronteira, depois que eu trouxe o Flayer morto para ela. Sua tímida atração por mim me provocava da maneira mais peculiar. Eu pretendia saboreá-la em sua plenitude, assim que Serena deixasse de pensar em ir embora e começasse a aceitar nossa união.

— Por favor, assine aqui — o macho humano disse, me tirando de minhas reflexões.

Serena pressionou o polegar na caixa na interface do datapad. Eu repeti o gesto dela na caixa ao lado assim que ela terminou.

— Parabéns novamente — disse o homem, guardando o datapad na mochila pendurada em seus quadris — Eu desejo o melhor a vocês dois.

Embora ele falasse com nós dois, a maneira como seu olhar se demorava em Serena expressava claramente que ele achava que ela ficaria infeliz. Isso me irritou. Embora eu provavelmente nunca tivesse pensado em perseguir uma fêmea humana de uma forma romântica, Serena era minha companheira agora, e eu pretendia tornar isso permanente.

— Obrigada — Serena respondeu gentilmente.

Eu apenas balancei a cabeça e voltei meu olhar para os três Anciãos que estavam por perto.

— Parabéns, Serena e Szaro pela união. E bem-vinda, Serena Bello, à tribo Krada de Trangor e à grande família Ordosiana — disse a Anciã Krathi — Esta noite, nós celebraremos sua união de acordo com nossa tradição para que você possa se tornar oficialmente parte do povo.

— Obrigada, Anciã Krathi — Serena disse educadamente.

Os outros Anciãos sorriram para nós antes de partir, o resto da tribo que veio para testemunhar também se dispersaram com a mesma expressão impassível em seus rostos. Esta noite compensaria isso.

Depois de me despedir de Kayog, eu peguei no acampamento-base as duas bolsas grandes com os poucos pertences de Serena.

— Vou levá-la para nossa casa — eu disse, meu capuz coçando para encolher de vergonha.

Embora eu tivesse garantido uma localização privilegiada para minha residência, ela não estava nem perto de estar pronta para uma companheira. Ao longo dos anos, eu imaginei como construiria meticulosamente o ninho perfeito para minha companheira, projetado especificamente para ela como uma prova de como eu a conhecia e a adorava - um entendimento adquirido ao longo de meses, senão anos, de namoro assíduo. Em vez disso, eu estava dando as boas-vindas a uma companheira que eu não conhecia e mal entendia em uma casa que parecia uma tela em branco.

Como acontece com a maioria das propriedades premium, a minha foi esculpida diretamente na montanha, o que oferecia proteção natural nos dois lados da vila, emoldurada ao norte pelo Rio Bayagi.

— Receio que minha casa não esteja preparada para uma companheira, muito menos uma humana — eu disse me desculpando, enquanto abria a porta — Você deve me dizer o que precisa e eu cuidarei disso o mais rápido possível. Por enquanto, eu pedi a Irco que trouxesse essas duas cadeiras — eu disse acenando para elas ao lado da grande mesa de pedra que ocupava o espaço em frente à pia perto das grandes janelas.

Serena assentiu distraidamente enquanto seu olhar percorria o quarto vazio. A pedra cinza-clara das paredes, quase branca, não havia sido perfeitamente polida e alisada, pois seria retrabalhada assim que eu soubesse que tipo de design se adequaria para minha companheira. O chão também era um pouco áspero, embora muito limpo. Nenhuma decoração adornava as paredes, nenhuma estante exibia troféus ou lembranças. As únicas coisas para ver na sala, além da mesa e duas cadeiras improvisadas recém-adicionadas, eram a pia e os dois copos na prateleira acima dela.

Apesar de seu melhor esforço para manter uma expressão neutra, Serena não poderia ter ficado menos impressionada.

— A sala privada é por aqui — eu disse, morrendo de vergonha, por mais irracional que fosse. Negligência não era o motivo de minha casa ser tão vazia.

— Uma sala privada?! Você tem uma aqui? — ela exclamou, seu rosto se iluminando com uma mistura de alívio e alegria.

Embora a reação dela tenha me agradado, isso também me confundiu seriamente. Por que eu não teria um lugar para descansar?

— Sim, por aqui — eu disse, apontando para a primeira porta à esquerda do corredor da sala principal.

Eu abri a porta e a conduzi para dentro. Assim que ela entrou na sala, seu rosto caiu.

— Oooh, um *quarto* privado — ela disse, franzindo o rosto.

Eu pisquei, sem entender a profundidade de sua decepção.

— O que você estava esperando em vez disso? — eu perguntei, confuso com a reação dela.

— Eu achei que você estava se referindo à sala de higiene, o lugar onde você faz suas coisas com privacidade — explicou Serena. Ela então indicou a sala — Isto é o que nós chamaríamos de quarto. Mas, vocês não têm camas — ela acrescentou, lançando um olhar para a minha placa de aquecimento.

— Oh, nós temos um espaço de higiene — eu respondi com um pouco de alívio.

— Vocês têm? — perguntou Serena, virando-se para olhar pela porta aberta.

— Sim, mas não dentro desta residência — eu corrigi. Seus ombros caíram, a decepção se infiltrando em seu rosto. Isso doeu — Eu vou te mostrar onde fica depois que terminarmos aqui. Esta cômoda contém meus adornos — eu continuei apontando para ela — Irco trará um para você na próxima hora. Você também pode dar a ele a descrição de todos os móveis necessários para dormir, sentar ou qualquer outra coisa.

— Ok, isso seria bom — ela disse com um sorriso agradecido.

— Por favor, não desanime por achar esta moradia inadequada — eu disse, segurando seu olhar inabalável — Este estado estéril é normal para um macho Ordosiano não acasalado e não pareado. Nós preparamos o ninho especificamente para a fêmea que escolhemos durante o longo período de corte, que você e eu não tivemos. Por enquanto, eu só posso conseguir o essencial para que isso possa funcionar. Eu farei com que esta morada seja digna de você nos próximos dias e semanas.

Serena mudou de posição, uma expressão culpada descendo em suas feições — Você não precisa se esforçar tanto. É sério. Eu... sinto muito se minha reação o fez se sentir mal ou envergonhado com sua casa — ela disse com um sorriso tímido — Eu não sei nada sobre o seu povo. Você é a primeira espécie senciente com cauda em vez de pernas com quem eu interagi. Mas estou percebendo agora que, além de nossas diferenças físicas, sua cultura é ainda mais estranha para mim do que eu poderia imaginar.

— Com base no pouco que vi até agora da cultura humana, eu concordo que você terá muito ao que se adaptar. Mas eu vou te ajudar com isso — eu disse com um sorriso.

— Eu agradeço. Só peço que você tenha paciência comigo e principalmente que não se ofenda com minhas reações — acrescentou Serena, fazendo uma expressão estranha — Eu tenho um rosto excessivamente expressivo e, olhando para mim, você pode sempre achar que as coisas são muito piores do que realmente são. Portanto, não desanime se eu parecer deprimida ou chateada. É só minha cara de boba. Se houver realmente um problema, eu falarei.

— Bom, fico feliz em ouvir isso.

— O que nos traz de volta à questão dos móveis — continuou Serena — Você não precisa fazer nada sofisticado para mim. Eu sou uma garota simples. Eu estou acostumada a acampar na floresta. Algo funcional é bom o suficiente para...

— Não — eu interrompi severamente, fazendo-a recuar de surpresa — Você é minha companheira. Você não receberá nada menos do que o melhor. Isso não é negociável — eu acrescentei quando ela abriu a boca para argumentar — Venha, deixe-me mostrar-lhe o resto.

Ela fez uma careta para mim que parecia sugerir que essa discussão não havia acabado, mas obedeceu enquanto eu a conduzia pelo corredor até a porta que dava para nossa sala privada.

— Este é o único outro cômodo que não está completamente vazio nesta residência — eu disse enquanto abria a porta.

Eu não sabia que reação esperava de Serena, mas não que seu queixo caísse e seus olhos se enchessem de estrelas enquanto ela contemplava o conteúdo da sala. O olhar de admiração em seu rosto estranho, mas bonito, enviou o arrepio mais agradável em minhas escamas.

— Minha nossa! Isso é incrível! — Serena sussurrou.

Ela entrou lentamente no arsenal, seus olhos piscando em todas as direções para admirar minhas armas. Ela parava apenas por um momento para olhar boquiaberta para um arco, uma adaga ou uma lança, antes de passar para a próxima mesa ou prateleira.

— Você pode tocar — eu disse, extremamente satisfeito por sua reação ao meu maior orgulho. As fêmeas Ordosianas tinham pouco interesse em equipamentos de caça.

— Sério?! — ela perguntou, sorrindo para mim. Quando eu balancei a cabeça, ela respondeu: — Obrigada!

E ela tocou, com uma carícia suave das pontas de seus dedos delicados ou o toque de seus punhos. Minha companheira manuseou minhas armas com o cuidado e a reverência de um amante... como deveria ser.

— Este é um artesanato requintado — ela disse com admiração indisfarçável.

— Obrigado — eu disse com orgulho.

Sua cabeça virou para mim, e ela me deu um olhar atordoado — Você que fez?

Eu balancei a cabeça — Sim, minha companheira. Cada arma nesta sala, eu fiz com minhas próprias mãos.

— Alguma chance de eu conseguir suborná-lo para me deixar usá-las um dia desses? —ela perguntou, piscando os olhos da maneira mais estranha, porém adorável.

Eu sorri — Isso pode ser providenciado — eu respondi, feliz por termos encontrado algo em comum - a primeira de muitas, eu esperava. Minha mente já estava cheia de ideias de armas que eu poderia fabricar para ela — Venha, deixe-me mostrar o resto da casa.

Ela assentiu e lançou um último olhar maravilhado para meu arsenal antes de me seguir pelo corredor.

— Há mais sete cômodos, que podem ser remodelados se necessário — eu disse enquanto dava a ela um vislumbre deles — Eles foram originalmente concebidos como quartos privados para minha futura prole, uma sala de jogos ou sala de estudo, ou qualquer outra coisa que minha companheira considerasse adequada. Pense no que você gostaria de fazer com o espaço.

Eu não perdi o jeito como ela franziu a testa - antes de esconder rapidamente - quando mencionei filhos. Eu sempre quis filhotes, pelo menos dois, mas de preferência quatro ou cinco, por isso o grande número de quartos. Desde o nascimento do filho de Mandha, Eicu, esse desejo ficou ainda mais forte. Em algumas ocasiões, eu considerei seriamente gerar um filhote em uma das muitas fêmeas não acasaladas da tribo que expressaram interesse em gerar minha prole. Mas eu resisti à tentação porque queria criar meus filhotes em minha própria casa, que compartilharia com a mãe deles, minha companheira.

Eu dei a Serena um olhar de lado. Eu não sabia se éramos

compatíveis. Os humanos carregavam seus filhotes até o fim, assim como nossas fêmeas. Mas supondo que minha semente pudesse criar raízes em seu ventre, como seria nossa prole? A imagem de uma jovem caçadora, com escamas douradas da cor da pele de Serena, seus traços harmoniosos, uma cauda longa e grossa e um capuz tão largo quanto o meu surgiu em minha mente. Eu silenciei o violento desejo que me atingiu. Minha companheira não estava nem perto de pensar em deitar comigo, mesmo que fôssemos compatíveis. E mesmo que conseguíssemos conceber, havia uma possibilidade real de nossa prole sair parecendo humana com pernas.

E eu ainda iria amá-la e aceitá-la alegremente.

Essa percepção me agradou tanto quanto me surpreendeu. Eu tinha seis meses para convencer minha companheira a fazer nosso vínculo funcionar e pretendia ter sucesso, como normalmente fazia em todos os meus esforços.

— Este é o terraço — eu disse, abrindo a grande porta nos fundos da casa.

— Oh. Meu. Deus! — ela sussurrou quando me afastei para deixá-la sair.

Serena congelou e ficou boquiaberta em descrença e maravilhada com a vista deslumbrante do vale escondido dentro da montanha, das duas cachoeiras e do rio que corria 75 metros abaixo. Uma grossa grade de pedra delimitava a grande sacada que media dez metros de largura e cinco metros de profundidade. Os pássaros juntaram suas vozes ao zumbido das cachoeiras enquanto uma variedade de herbívoros pacíficos vagavam pela costa abaixo.

Minha companheira se aproximou do corrimão, caminhando com uma expressão confusa enquanto olhava ao seu redor.

— Este é um verdadeiro paraíso — ela disse — É mais do que encantador. É hipnotizante.

— Fico feliz que você gostou — eu disse, sem fazer nenhum esforço para esconder o quanto a reação dela me agradou.

— Não há palavras para descrever o quanto eu adorei isso — ela disse.

— E esta é apenas a primeira das muitas maravilhas do seu novo mundo que vou mostrar a você — eu disse sem vergonha.

Ela bufou, entendendo imediatamente minha mensagem subjacente nada sutil, chamando isso de *seu* novo mundo.

— Estou ansiosa por isso — ela respondeu com um sorriso.

— Há uma plataforma flutuante e um caminho oculto acessível por aqui para descer até o rio — eu disse, apontando para o portão quase imperceptível no canto de trás da grade — Nos próximos dias, eu a levarei para passear no vale. Este é um santuário onde abrigamos criaturas únicas, mas pacíficas, que de outra forma enfrentariam a extinção se tivessem permanecido em seus habitats naturais. Trangor é um lugar perigoso.

— Isso vai ser incrível — disse Serena com uma faísca em seus olhos que acendeu um calor agradável na boca do meu estômago.

Eu adorava agradar minha companheira.

— Isso conclui o passeio pela casa. Agora vou levá-la para a área de higiene — eu disse.

— Espere — disse Serena com uma careta — Eu não vi nenhuma cozinha ou área para cozinhar. Nenhuma geladeira, unidade de resfriamento ou despensa. Há apenas a pia para água no que eu acho que é a área de jantar na entrada. Quero dizer, nenhuma sala de higiene é estranho o suficiente, mas nenhuma cozinha? Você não fica com fome?

— Os Ordosianos não precisam dedicar uma sala inteira em cada uma de suas residências para essas coisas — eu expliquei com uma leve carranca — Se um cômodo não vai ser usado diariamente ou pelo menos a cada dois ou três dias, não adianta ter em casa.

— Bem, você não precisa comer todos os dias e se livrar de todas as coisas que come pelo menos algumas vezes ao dia? — ela perguntou, espantada.

— Todos os dias? Felizmente não. Você precisa?

— Sim! — Serena exclamou — Os humanos normalmente comem três refeições por dia, sem falar nos lanches entre elas. E nós usamos a sala de higiene em média o mesmo tanto de vezes ao dia. Algumas pessoas com ainda mais frequência do que isso.

Eu olhei para minha mulher com horror — TRÊS? Deusa... Nós não a alimentamos desde o meio-dia de ontem. Nós a deixamos passar fome e a privamos de alívio! Sinto muito, minha companheira! Eu não sabia. Por que você não falou? Eu vou buscar sustento para você imediatamente. O que-?

— Não, não, Szaro, eu estou bem — ela interrompeu enquanto colocava a palma da mão tranquilizadoramente em meu peito nu — Eu tinha algumas barras energéticas na minha mochila. Eu comi um pouco ontem e outra no café da manhã. Eu não vou ficar com fome por mais algumas horas. No entanto, minha bexiga não está muito feliz comigo agora e realmente precisa de um alívio. Então, visitar essa sala de higiene em breve seria uma boa ideia.

— Claro, minha companheira. Por aqui — eu disse, liderando o caminho de volta para fora da casa pela entrada da frente — Depois disso, podemos procurar atender às suas necessidades nutricionais.

— Com que frequência os Ordosianos comem? — Serena perguntou quando saímos da casa.

— Eu costumo comer uma vez a cada duas ou três semanas, a menos que esteja partindo para uma longa expedição. Nesse caso, eu como uma refeição muito farta que me sustenta por até um mês — eu expliquei enquanto a conduzia pela praça e pelo caminho nordeste que dava para a caverna de higiene, quase abaixo da cachoeira — Eu não precisarei de sustento por mais algumas semanas. Os filhotes comem com mais frequência. Os pequenos, como meu sobrinho Eicu, devem comer pelo menos uma vez por semana, embora tenda a ser mais próximo de uma vez a cada quatro ou cinco dias. Os mais jovens comem pequenas refeições dia sim, dia não.

— Uau, acho que deve ser conveniente não ter que se preocupar com comida por semanas quando você está caçando — ela disse, me olhando com incredulidade — Então nada de jantares em família — ela murmurou baixinho.

Eu abri a boca para responder, mas o suspiro da minha companheira me silenciou. Eu adorei a maneira como seu rosto se iluminou quando ela descobriu meu mundo. Embora eu tenha entendido a reação dela no terraço com vista para o rio, isso me pareceu divertido. As pessoas raramente olhavam com admiração para a sala de limpeza. Ela era básica e funcional – um lugar onde você esfregava a sujeira do corpo e esvaziava os intestinos. Ainda assim, isso me forçou a olhar para ela com novos olhos.

A caverna natural de pedras claras tinha muitas aberturas no teto por onde a água caía, permitindo que pelo menos cinquenta pessoas tomassem banho ao mesmo tempo. A água acumulada no terreno rebaixado, com dez centímetros de profundidade, e sulcos profundos em um declive, estreitos o suficiente para nos permitir deslizar sobre eles, escoavam a água em direção à grande janela no fundo da caverna para que ela pudesse cair pelas barras do corrimão de proteção. A vista daqui para o vale era mais uma vez deslumbrante. Pedras luminosas embutidas nas paredes iluminavam o espaço.

— Isso é lindo — Serena disse com sincera admiração — Vocês realmente sabem como aproveitar a beleza da natureza.

— Nós somos seus guardiões — eu disse, estufando meu peito.

Eu avancei para a água e gesticulei para que ela me seguisse. Ela hesitou e olhou para os próprios pés.

— Você tem medo de molhar os sapatos? — eu perguntei.

— Não. Essas botas são à prova d'água — ela respondeu, balançando a cabeça — Eu só não quero sujar a água.

Eu ri — Assim que a água atinge o solo, ela é considerada esgoto, que é filtrado em seu caminho até o rio no vale.

— Esgoto? — Serena perguntou — Mas é—

Ela congelou, arregalando os olhos enquanto dava uma segunda olhada na sala de limpeza — Espere, estes são os seus chuveiros? Isso é como um grande chuveiro comunitário?

— Sim — eu disse, confuso com sua súbita mudança de humor.

— Oh... Não. Isso não vai funcionar para mim — ela disse, involuntariamente dando um passo para trás — Nós não fazemos nudez pública. Pelo menos, eu não.

Eu pisquei, e então deixei meu olhar vagar sobre ela. A maior parte de seu corpo estava realmente coberta de couro. Todo ser humano que encontrei sempre usava muitas peças de roupa, às vezes em várias camadas.

— Eu percebo por que isso não é um problema para os Ordosianos — ela disse ela com uma voz sensata — Sua espécie está basicamente sempre nua. Mas, suas partes safadas estão escondidas. Com os humanos, assim que nós tiramos a roupa, tudo fica à mostra para o mundo ver. Isso não pode.

— Partes safadas? — eu perguntei, inclinando minha cabeça para o lado.

— Nossos órgãos genitais — ela explicou timidamente.

— Tudo bem... — eu disse lentamente, sem ter certeza do que ela queria dizer — E?

— E nós não nos expomos em público. Só para nosso companheiro em particular — ela disse — É por isso que todas as habitações humanas têm pelo menos uma, às vezes duas ou mais salas de higiene. E nos chuveiros públicos, geralmente há divisórias com cortinas ou portas para que possamos nos lavar em um ambiente comum, preservando nosso recato.

— Entendi — eu respondi, embora não tenha entendido direito.

Claro, eu entendi suas palavras, mas não consegui ver a

lógica nelas. Os humanos sabiam como os outros humanos eram, com base em seu gênero. Por que esconder um do outro? Por que apenas mostrar seus órgãos genitais para seu companheiro? Não havia nada de errado com os outros verem, desde que não tocassem. Para muitas das espécies que cuidamos, ostentar os atributos reprodutivos de seus parceiros não era apenas uma fonte de orgulho, mas uma demonstração de domínio. Somente o melhor macho poderia garantir o afeto de uma fêmea tão estelar. Mas haveria tempo mais tarde para que eu perguntasse mais sobre esse estranho comportamento humano.

— Se erguermos uma parede de oclusão ou cortinas em torno de um dos poços de água, isso funcionaria para você? — eu perguntei.

Ela assentiu — Sim. Mas eu precisaria de um pouco de espaço longe da água para eu me secar e me vestir de novo — ela acrescentou com uma expressão de desculpas.

— Isso será providenciado — eu disse, antes de olhar para a pequena quantidade de pele que ela tinha visível — Você precisa se secar? Sua pele não derrama a água?

— Não exatamente. Quer dizer, a água gruda na gente por um tempo, embora com o tempo ela evapore se não usarmos uma toalha. Mas é ainda pior com o meu cabelo. Ele vai ficar molhado por horas se eu não secar — ela respondeu — Por quê? Você não fica molhado?

Eu balancei minha cabeça — Espere, eu vou te mostrar.

Eu me aproximei de um dos buracos e deixei a água cair sobre mim. Depois de alguns segundos, eu voltei para a minha companheira. Quando a alcancei, quase todas as gotas já haviam caído.

— Você está brincando comigo? — ela sussurrou enquanto levantava a mão para mim.

Meus músculos abdominais se contraíram em antecipação, mas, para minha grande decepção, ela se conteve no último minuto, puxando a mão. Fiquei curioso sobre a sensação de sua mão em mim, mas também sobre a textura de sua pele macia e sem escamas.

— Me desculpe — ela disse apologeticamente.

— Não se desculpe, Serena — eu disse com uma voz gentil — Eu sou seu companheiro. Você tem o direito de me tocar quando quiser. Vá em frente — eu disse encorajadoramente.

Ela hesitou por mais um segundo e então continuou. Eu mal reprimi um arrepio enquanto ela passava cuidadosamente as pontas dos dedos contra as escamas do meu braço esquerdo. Isso fez cócegas de uma forma provocante. Mas eu queria um toque de verdade... o que ela me negou.

— Isso é muito legal — ela disse ela, deixando cair a mão.

Embora o termo 'legal' soasse estranho neste contexto, eu entendi seu significado implícito.

— As calhas de dejetos estão aqui — eu disse, levando-a para a área de dejetos no lado esquerdo levemente elevado da caverna.

O chão ali era seco e uma parede na altura da cintura com uma barra de sustentação a separava da área de limpeza. Em um amplo recesso no solo, dez discos, a dois metros de distância um do outro, cobriam os buracos de dejetos.

— É aqui que nós esvaziamos nossa cloaca — eu expliquei — Há um sensor que abre a calha assim que alguém se posicionar. Como você não tem cauda, podemos precisar fazer alguns testes para encontrar o ângulo certo para você ou fazer alguns ajustes para que funcione com sua anatomia.

O olhar cauteloso no rosto de Serena - incluindo uma pitada de horror - me fez perceber que isso também não seria bem recebido.

— Há espaço suficiente entre as calhas para adicionarmos um compartimento de privacidade para você — eu acrescentei preventivamente. Embora isso parecesse acalmá-la um pouco, minha companheira ainda tinha aquela expressão de 'isso não é bom para mim' em seu rosto — Deixe-me mostrar como funciona.

Eu avancei até a borda, onde começava o recesso, depois olhei para minha companheira.

— Você coloca as mãos na barra assim para se apoiar — eu disse, fazendo isso ao mesmo tempo — Como você pode ver, o disco se abre automaticamente, revelando a calha. Como Ordosiano, eu só preciso avançar mais para alinhar minha cloaca com o buraco — Embora eu não precisasse me aliviar neste instante, eu abri minha cloaca para mostrar a ela — Agora, minhas escamas estão separadas acima da calha, e o recesso me impede de entrar em contato com ela. Após terminar, eu pressiono a interface aqui na barra.

Eu fiz isso, e uma forte corrente de água saiu, limpando a abertura da minha cloaca, a água caindo na calha. Eu fechei minhas escamas e recuei, o disco se fechando sobre a calha assim que cheguei longe o suficiente.

Um único olhar para o rosto da minha companheira foi suficiente para eu saber que isso definitivamente não iria funcionar.

CAPÍTULO 6
SERENA

Eu olhei para Szaro em estado de choque absoluto. Do outro lado da sala, eles tinham uma configuração semelhante com mais uma dúzia de buracos em uma pequena vala ao longo da área elevada em que estávamos. Parecia a versão Ordosiana das latrinas públicas da Roma antiga. As duas únicas diferenças eram que os locais ficavam de pé em vez de sentados, e que tinham um bidê sofisticado em vez dos bastões de esponja com os quais os romanos lavavam a bunda.

— Ok... então... mesmo com paredes de privacidade, isso NÃO vai funcionar — eu disse, ainda me recuperando do fato de que, por um momento, pensei que meu novo marido iria cagar bem na minha frente. De todas as coisas para *não* se fazer em um primeiro encontro, isso definitivamente era uma das principais. Felizmente, ele não fez isso — Os humanos precisam de um assento com um buraco no meio para isso. Nós não nos agachamos em buracos assim, a menos que estejamos no meio da selva e tenhamos que nos virar. Quer dizer, o homem pode urinar em pé, mas para os dejetos sólidos ele também precisa ficar sentado. As mulheres precisam se sentar para ambos.

Szaro recuou, parecendo um tanto confuso — Por que vocês

usam posições diferentes? Você não tem uma cloaca que dá conta dos dois? E por que não é o mesmo para homens e mulheres?

— Não — eu disse, antes de dar a ele uma rápida lição de anatomia humana — Portanto, agachar-se sobre um buraco enquanto se segura em uma barra não está no topo da minha lista de tarefas.

Szaro coçou a parte interna do capuz enquanto olhava para minha virilha como se pudesse ver através das minhas roupas.

— Entendo — ele disse com uma voz que expressava o contrário — Com que urgência você precisa se aliviar agora?

— Ainda não é urgente, mas definitivamente está chegando lá — eu disse.

— Venha, eu vou levá-la até o Irco. Nós encontraremos uma solução para você rapidamente. Você terá o assento de dejetos de que precisa - disse Szaro com uma voz solene que me deu vontade de rir, mas também me preocupou um pouco.

Ele estava levando o papel de seu marido muito a sério. Isso era ótimo para mim, mas me preocupou que, no dia em que eu partisse, ele ficasse magoado. Szaro realmente parecia um cara legal. Se ele fosse humano, eu teria gostado de sair com ele. Eu adorei os esforços que ele estava fazendo para garantir meu conforto. Se minha estadia aqui fosse curta, eu teria desistido e encontrado um lugar discreto na floresta para fazer meus negócios. Mas seis meses era tempo demais para resistir desnecessariamente.

Dito isto, eu precisaria controlá-lo. Pela maneira como ele falava, Szaro realmente pretendia fazer de tudo para transformar sua casa na casa dos meus sonhos. A minha parte egoísta queria aproveitar e ver que maravilhas poderiam ser alcançadas com sua caverna. O potencial certamente estava lá. E esse terraço...! Mas isso seria injusto com ele e com sua verdadeira futura esposa.

Enquanto ele me levava de volta para a praça da aldeia, eu

finalmente separei um minuto para realmente olhar ao meu redor. Krada era uma extensa aldeia cercada pela montanha. Além das muitas habitações esculpidas diretamente na montanha, muitas outras casas térreas emolduravam a praça. Construídas com pedra clara, elas tinham uma aparência tropical, os elementos modernos e de alta tecnologia se misturando perfeitamente. Apesar da grande quantidade de vegetação ao redor, incluindo flores, árvores e arbustos, os Ordosianos não tentaram misturar as construções feitas pelo homem no ambiente. Eles haviam pavimentado todas as passarelas com pedras, tijolos ou algum tipo de pavimento.

Enquanto eles construíram todas as residências no centro ao redor da praça, eles colocaram os prédios comunitários como escola, biblioteca e instalações de entretenimento à esquerda, perto da área de higiene. Na outra ponta, do lado direito, agrupavam-se os prédios comerciais. Eles não tinham uma sensação de última geração. Eles apenas pareciam versões maiores das habitações de pedra, exceto por uma enorme estufa. À medida que nos aproximávamos, percebi que era mais como um jardim interno ou um átrio, pois eu podia ver pequenas criaturas voando lá dentro. Minha curiosidade foi interrompida por Irco saindo de um prédio e vindo nos encontrar no meio do caminho.

Após rápidas apresentações, Szaro explicou algumas das coisas que eu precisava, enquanto eu permanecia ali, sentindo-me um pouco mortificada e imaginando se o construtor Ordosiano me consideraria uma diva. Para minha agradável surpresa, Irco se animou.

— Necessidades interessantes — disse o construtor com um largo sorriso — Deixe-me pegar um tablet para esboçar e podemos voltar para a área de higiene para ver como podemos acomodá-la.

— Obrigada — eu disse, alívio tomando conta de mim.

— Nós teremos tudo o que você precisa pronto em pouco tempo — disse Szaro com orgulho enquanto observávamos Irco deslizar de volta para dentro do prédio para buscar seu tablet — Irco é muito criativo e muito habilidoso. Dê a ele um bom desafio.

— Oh, eu não quero ser um fardo—

— Isos não é um fardo, minha companheira — disse Szaro com firmeza, me interrompendo — Além de eu querer o melhor para você, Irco ficará feliz por isso. Ele adora projetos que o forçam a se esforçar. Ele está um pouco entediado com a rotina diária. Dê a ele algo para se divertir.

— Bem, se você colocar dessa forma, eu posso fazer isso — eu disse.

Szaro sorriu para mim. Isso realmente suavizou suas feições alienígenas, embora não diminuísse a intensidade de seu olhar. Ele tinha um jeito de olhar para mim como se pudesse ver todas as profundezas da minha alma.

— Szaro!

Nossas cabeças viraram para o lado para ver Mandha se aproximando rapidamente.

— Irmão? — Szaro perguntou quando seu irmão aproximou a distância entre nós.

— Precisamos ir para o vale de Chiswa — disse Mandha com uma lasca de raiva em sua voz — Há um bando de Flayers em fúria lá. Nós acreditamos que o Zamoriano estava atraindo feras deste bando principal, que acabou vagando mais para o norte.

Szaro emitiu um silvo grave preenchido com um som levemente de chocalho. Era assustador pra caralho e ainda assim havia algo inerentemente sexy nisso.

— Vá com os outros — disse Szaro — Eu me juntarei a vocês em breve.

Mandha assentiu antes de se virar e se mover em uma velocidade vertiginosa. Mais uma vez, me impressionou como seus movimentos eram silenciosos. Por alguma razão, eu sempre presumi que suas escamas inferiores fariam um som de trituração no chão pavimentado de pedra.

— Eu não quero atrapalhá-lo — eu disse.

— Você não está atrapalhando — Szaro respondeu em um tom gentil — Mas o vale de Chiswa – que leva o nome da principal espécie que o habita – ainda está em um estado frágil. Elas são criaturas pequenas e vulneráveis que agora estão se recuperando de uma infecção ruim que dizimou sua população. Elas não podem lidar com outro golpe tão logo após sua recuperação.

— Eu posso imaginar — eu disse com uma expressão preocupada.

— Assim que tudo isso acabar, eu te levo lá — Szaro prometeu enquanto olhava por cima do meu ombro.

Eu me virei para ver Irco voltando com uma expressão entusiasmada.

— Devo deixar minha companheira sob seus cuidados — disse Szaro assim que o construtor nos alcançou — Ela tem muitos requisitos para a habitação também. Dê a ela tudo o que ela deseja. Quando terminar, informe Salha. Ela cuidará das outras necessidades de Serena.

— Entendido — disse Irco com uma deferência que me surpreendeu.

Szaro não era o líder de sua tribo, mas parecia ser o melhor caçador. Isso lhe conferia algum tipo de status ou classificação hierárquica superior? Ele certamente agia com um nível de autoridade que os outros seguiam.

— Obrigado — respondeu Szaro antes de se virar para mim — Eu voltarei a tempo para nosso vínculo. É um ritual lindo. Espero que você goste.

— Te vejo mais tarde — eu disse com um sorriso, sentindo-me estranha com a situação. Eu não era uma noiva empolgada com a ideia do meu casamento iminente — Tenha cuidado por lá.

— Claro, minha companheira — ele respondeu com um sorriso.

Observei-o se afastar apressadamente, sentindo-me estranhamente desolada. Por mais intimidador que fosse, meu 'marido' exalava uma aura reconfortante de força e confiança. Depois que ele desapareceu de vista, eu me voltei para Irco e recuei quando o encontrei olhando fixamente para mim.

— Szaro esperou muito tempo para encontrar aquela que ele chamaria de companheira — disse Irco em um tom estranho — Ele lutou muitas batalhas e venceu muitos desafios para ganhar uma das moradias mais procuradas em Krada, onde poderia construir o ninho mais perfeito para sua Ashina... sua deusa. Ele possui grandes expectativas, e eu estava contando os dias até chegar o momento de trabalhar naquela obra-prima. Nada é demais. O que você imaginar, eu vou encontrar uma maneira de construir. Me desafie, companheira do Grande Caçador."

Meu estômago deu um nó ao ouvir essas palavras. Se este fosse um casamento por amor, eu ficaria muito feliz sabendo que meu marido estava me dando carta branca para construir minha casa de conto de fadas. Mais uma vez, a culpa tomou conta de mim. Parecia tão injusto que eu atrapalhasse o sonho de sua vida e transformasse tudo isso em uma farsa. Ele merecia algo muito melhor.

Eu não queria fazer nenhuma mudança estrutural importante que pudesse afastar a mulher que ele esperava acasalar após minha partida. E, no entanto, de acordo com as instruções de Kayog, eu precisava jogar o jogo o suficiente para convencer a tribo de que ele e eu estávamos realmente tentando esse relacionamento.

— Bem, isso é uma tarefa difícil — eu disse com uma risada nervosa — Antes de discutirmos como transformar sua casa em um castelo, vamos começar com as necessidades básicas. Podemos pensar em enfeitar o resto da casa nos próximos dias e semanas.

— Claro, Serena — disse Irco com um grande sorriso — Esses empreendimentos levam tempo e sutileza. Eu aguardo nossa colaboração. Vamos ver essa sala de higiene.

Ele liderou o caminho para a sala de higiene comunitária e passamos a meia hora seguinte discutindo opções, localização e esboçando variações. Irco era um maldito gênio. Cada novo esboço superava o anterior. Ele tinha uma mente aguçada, uma imaginação incrível e, acima de tudo, ele ouvia atentamente para entender o que eu queria, em vez de tentar me vender suas preferências. Assim que nós chegamos a um acordo sobre o projeto, quatro pessoas foram trabalhar, primeiro no banheiro – para eterna gratidão da minha bexiga. Eu estava particularmente ansiosa pelo chuveiro. Pelo projeto, ele daria para o vale escondido e teria um toalheiro feito de pedra aquecedora e um vestiário com banco para eu colocar as roupas e não encharcá-las.

Em seguida, nós voltamos para a casa onde passamos as próximas horas discutindo os fundamentos básicos: uma cama, algum tipo de cozinha, uma sala de estar e, acima de tudo, assentos confortáveis para o terraço. Eu pretendia aproveitar ao máximo aquele lugar. Para minha alegria, a conectividade não era um problema aqui. Eu não tinha certeza, considerando que os Ordosianos não mostravam claramente a tecnologia que possuíam. Para minha surpresa, Irco já havia baixado uma vasta biblioteca de móveis humanos que passamos um pouco de tempo navegando para identificar as peças que eu queria que fossem feitas.

Quando terminámos esta primeira rodada, os trabalhadores já tinham construído um banheiro funcional o suficiente para que eu finalmente conseguisse aliviar a minha bexiga antes de Irco me entregar a Salha. A fêmea era linda, com escamas verdes e azuis brilhantes que me lembravam a cauda de um pavão.

Ao contrário dos machos, que eram todos mais largos e se elevavam sobre mim, Salha quase me igualava em altura e tamanho. Uma versão mais delicada das nadadeiras dos Ordosianos enfeitava a parte externa de seus braços, e seu capuz, dobrado nas laterais – como acontece com a maioria das fêmeas – quase dava a ilusão de que ela tinha cabelos lisos e azuis emoldurando seu rosto nobre. Duas grandes pulseiras douradas enfeitadas com joias adornavam seu pulso e um grande colar estava pendurado em seu pescoço.

— Olá, irmã de acasalamento — Salha disse com sua voz levemente sibilante, mas estranhamente agradável — Espero que tudo tenha corrido bem com Irco?

— Maravilhosamente! Ele é incrível. Ele é tão paciente e criativo. Estou animada para ver o produto finalizado — eu disse com toda a sinceridade.

— Que bom! — Salha disse com um sorriso satisfeito — É como deveria ser. Szaro vai querer o melhor para sua companheira.

— Foi o que ele disse — eu respondi, a sensação de mal-estar rastejando de volta.

Salha inclinou a cabeça para o lado, lançando-me um olhar estranho — Isso não parece agradá-la — ela disse.

Meu rosto esquentou e eu silenciosamente agradeci a Deus por minha pele mais escura que escondia meu constrangimento. Minha cunhada era perspicaz demais.

— Me agrada me casar com um homem tão generoso — eu disse, escolhendo cuidadosamente minhas palavras — Eu me sinto culpada por ele ter passado tantos anos preparando tudo isso para sua companheira perfeita, mas, em vez disso, está preso a mim.

— Ele não está *preso* a você — Salha disse com uma convicção e uma firmeza que me surpreendeu — A Grande Deusa Isshaya a enviou até nós por um motivo. Hoje, meu filho e eu vivemos porque você veio até nós. E esta noite, o Grande Caçador de Krada finalmente terá uma companheira vinculada.

Você tem ideia de quantas de nossas mulheres queriam ter essa honra?

— Mas ele não me *escolheu*! — eu exclamei, com a culpa voltando para mim com uma vingança — Ele se sacrificou por dever, porque se sente em dívida comigo por salvar você e seu filho.

Salha me deu um sorriso enigmático enquanto balançava a cabeça — Não, minha irmã. Szaro nunca faz nada que considere errado por obrigação. Se ele não a quisesse como companheira, ele teria deixado a tribo e a levado para um lugar seguro antes de permitir que qualquer mal lhe acontecesse. Ele teria lidado com as consequências diplomáticas depois.

Meu queixo caiu ao ouvir essas palavras. Ela sorriu antes de dar à sala principal um olhar avaliador. Salha circulou lentamente em volta da mesa, seus dedos finos acariciando o tampo liso e polido.

— A primeira vez que Szaro viu esta habitação, ele sabia que seria dele e que se tornaria o ninho perfeito para sua *Ashina* — ela disse melancolicamente — O irmão do meu companheiro tem um bom senso sobre as coisas. Assim que ele decide que quer algo, ele não se desvia do caminho, não importa o custo ou as dificuldades para alcançar seu objetivo. A primeira vez que ele te viu, seu coração a reivindicou, mesmo que sua mente não soubesse disso.

Eu bufei em descrença — Eu duvido muito disso. Na primeira vez que nos encontramos, ele olhou para mim como se eu fosse algum tipo de inseto fascinante.

— Você está certa sobre a parte do fascínio — disse Salha — Eu vi a postura dele enquanto ele a defendia perante os Anciãos ontem. Depois que ele a deixou na sala de detenção, ele veio à nossa casa e eu ouvi suas palavras sobre você. O Temern não o convenceu a se relacionar com você. Szaro já havia decidido reivindicá-la como sua companheira ontem à noite. Em sua mente, ele fez isso para salvá-la você, mas eu conheço meu irmão de acasalamento. Foi o seu coração que falou. Há uma razão pela qual nenhuma de nossas mulheres encontrou graça em seus olhos.

— E o que é? — eu perguntei, cambaleando.

— Você é uma Caçadora, assim como ele — disse Salha com naturalidade — Fêmeas Ordosianas não caçam, nem lutam."

— Por quê? Vocês não têm permissão? — eu perguntei, franzindo a testa.

Salha riu — Todo mundo pode fazer o que quiser, desde que não ameace a segurança da tribo ou do mundo sob nossos cuidados — ela disse com um sorriso indulgente — Isso simplesmente não está em nossa natureza. Nós nascemos como criadoras e pensadoras. Nós criamos os jovens, realizamos todos os esforços científicos e médicos e lideramos nossas tribos. Nossos machos caçam, constroem e protegem nossas tribos e a selva sob nossos cuidados.

— Certo — eu disse — Eu não sou muito científica e não tenho vontade de liderar. Mas eu adoro caçar e sempre me imaginei como guarda-florestal em algum parque nacional.

— E agora, você pode ser uma guarda florestal ao lado de seu companheiro, para um planeta inteiro, com as criaturas mais exóticas de nossa galáxia — Salha disse presunçosamente.

Colocando dessa forma, isso tinha um encanto muito sexy.

— Eu sei que você vê como um castigo ter sido forçada a tomar esse curso de ação por mostrar misericórdia a meu filho e a mim — Salha disse com uma voz gentil — Mas isso é o destino. Eu vi o jeito que você olha para Szaro. Os Ordosianos podem parecer estranhos para você na aparência, mas você ainda é atraída pelo nosso Grande Caçador. Não pense demais na sua situação, Serena. Deixe a natureza seguir seu curso. Você está exatamente onde deveria estar.

Eu mudei de posição, me sentindo mais perturbada do que jamais admitiria. Eu não pude deixar de sentir uma certa atração por Szaro. Nós estávamos tecnicamente casados agora, e ninguém estava esperando por mim em casa. Eu *poderia* explorar as possibilidades de um relacionamento com ele se quisesse. Mas eu não conseguia pensar nesses termos agora. Tudo isso ainda era muito recente e muito avassalador.

— Vamos ver como as coisas evoluem — eu disse sem compromisso.

— Vamos — respondeu Salha — Agora, eu vou mostrar a você onde conseguir comida sempre que estiver com fome. Eu entendo que além de carne, você também precisa de frutas e vegetais?

— Sim, está correto — eu disse, seguindo-a para fora da casa — Irco vai construir uma chapa quente e um forno para que eu possa fazer minhas refeições, principalmente a carne.

— Você cozinha tudo? — Salha perguntou com uma expressão estranha.

— Carne, sim — eu disse com um aceno de cabeça — É difícil para os humanos digerir carne crua. Não só é mais difícil para nós mastigar e digerir, como também obtemos menos nutrientes e podemos ter intoxicação alimentar pelas bactérias que algumas carnes podem conter.

— Hmmm, isso não seria bom — Salha disse.

— Definitivamente *não* é bom — eu respondi com uma risada.

— Então, como você cozinha sua carne? — ela perguntou. Eu expliquei a ela os diferentes métodos de preparação da carne, desde a refogada, grelhada e assada, até aos temperos e marinadas, passando pelos acompanhamentos. Ela me olhou em estado de choque enquanto eu falava sobre os vários pratos de uma refeição, desde aperitivos a sobremesas, harmonização de vinhos, etc. O fato de termos diferentes tipos de refeições em horários específicos do dia também parecia surpreendê-la.

— Se você tem que comer três vezes ao dia, quanto do seu dia você dedica a esses preparativos de refeições? O processo de cozimento parece complicado — perguntou Salha, espantada, ao entrarmos no edifício que eu confundi com uma estufa.

— Depende. Algumas refeições podem ser preparadas muito rapidamente, enquanto outras levam muito tempo — eu disse — O café da manhã pode ser feito em questão de minutos, a menos que você comece a optar por coisas muito mais sofisticadas. O mesmo pode ser verdade para qualquer outra refeição, desde que você tenha tudo à mão na geladeira e não esteja fazendo receitas complicadas. Mas sim, preparar e comer alimentos ocupa uma parte notável do dia. No entanto, isso também é um vínculo importante e um ritual social para nós.

— Como assim? — ela perguntou, me atraindo para a parte de trás deste magnífico átrio onde várias pequenas criaturas estavam correndo, enquanto outras ainda mais estranhas voavam entre as árvores altas e a folhagem espessa.

— Muitas vezes nós organizamos grandes jantares com a família ou amigos. Há muita comida envolvida que geralmente leva algumas horas para ser preparada, e a refeição em si pode durar algumas horas ou mais enquanto conversamos e relembramos coisas ou provocamos uns aos outros.

Salha franziu a testa, uma expressão preocupada cruzando suas feições — Quão perturbada você ficaria se não pudesse mais ter esses grandes jantares em família?

— Eu sou um pouco solitária. Então, eu não ficaria perturbada em si, mas não posso negar que sentiria falta de ocasionalmente sentarmos juntos para comer algo ou beber — eu respondi com um encolher de ombros — Considerando essa pergunta, estou supondo que os Ordosianos não se reúnem para compartilhar as refeições?

Ela balançou a cabeça e franziu o rosto — Comer é uma tarefa que gostamos de agilizar. Mas também é um momento de vulnerabilidade para nós.

Ela parou para apontar para as árvores frutíferas no átrio.

— Você pode pegar qualquer uma das frutas diretamente das

árvores e arbustos aqui, mas também pode vir aqui na parte de trás, onde reunimos muitas delas nesses contêineres e unidades de resfriamento. Pela porta dos fundos, você encontrará nossos jardins e currais — Salha disse antes de pegar uma cesta vazia na mesa e abrir a porta — Colha o que quiser e escolha qualquer criatura que desejar para sua carne. Nós pedimos apenas que não escolha nada maior do que possa consumir. Embora, no seu caso, possamos cortar a carne e colocá-la em uma unidade de resfriamento para futuras refeições.

Eu balancei a cabeça olhando para a variedade louca de vegetais, cuidadosamente rotulados no grande jardim.

— Por que você disse que comer é uma tarefa árdua e te deixa vulnerável? — eu perguntei.

— Nós engolimos nossa comida inteira, geralmente ainda viva — Salha disse casualmente — Pode levar algum tempo para ela descer, tempo durante o qual nós ficamos praticamente inúteis, se não semi-letárgicos. E então, dependendo do que comemos, principalmente no caso de uma criatura peluda ou com chifres, nós regurgitamos essas partes não comestíveis. Não é doloroso, mas também não é exatamente divertido. Como eu disse, é apenas uma tarefa. É por isso que é tão bom que só precisamos lidar com isso uma ou duas vezes por mês quando adultos.

Eu precisei de toda a minha força de vontade para manter uma expressão neutra estampada em meu rosto. Eu não queria visualizá-los com a boca se alargando a tamanhos impossíveis enquanto engoliam um coelho inteiro, ou com os pescoços esticados além do normal, ou vomitando garras e chifres como um gato cuspindo bolas de pelo. Nada disso evocava uma imagem sexy.

— Entendo — eu disse em voz baixa, o que só parecia divertir Salha, que não foi nem um pouco enaganada.

Os currais continham um número impressionante de

pequenas criaturas, algumas não maiores que um camundongo grande e outras mais próximas de uma pequena cabra.

Enquanto Salha continuava a falar, eu reuni alguns legumes e escolhi um kweelzy, uma pequena criatura que lembrava vagamente um leitão. Para minha alegria, um dos Ordosianos que servia como zelador de alguns dos animais carnívoros no átrio, o abateu para mim. Embora eu pudesse ter feito isso sozinha, com meu equipamento atual limitado, eu gostei de ter sido poupada da tarefa.

Quando voltei para casa, uma unidade de refrigeração na minha futura cozinha recebeu meus alimentos recém-adquiridos e Salha me forneceu alguns confortos básicos, como almofadas, copos e utensílios. Quando ela me deixou para cuidar de seus filhos e preparar meu casamento Ordosiano, minha casa estava começando a tomar forma.

CAPÍTULO 7
SZARO

Uma empolgação percorreu meu corpo quando voltamos para a aldeia. Apesar da estranheza de nossa situação, eu fiquei empolgado ao ver minha futura companheira e ver como ela havia começado a transformar nossa morada em um lar. As diferenças entre nós estavam se revelando muito maiores do que eu havia antecipado — pelo menos do ponto de vista anatômico — mas seria preciso muito mais para me impedir de alcançar meu objetivo.

Um sorriso surgiu em meus lábios quando me aproximei de minha casa para encontrar Irco montando uma área para cozinhar ao lado da parede esquerda, do lado de fora.

— Aí está você! — Irco disse calorosamente — Eu estou fazendo um bom progresso.

— Estou vendo — eu respondi.

— Eu devo isso parcialmente ao Temern — confessou o construtor.

— Oh?

— Ele enviou um fogão e um forno com um adaptador para nossas fontes de energia — continuou Irco — Sem isso, nós teríamos levado pelo menos algumas semanas para construir um do zero para a sua companheira.

Embora satisfeito com essa solução rápida, eu franzi a testa — Você pediu equipamento a Kayog?

Irco riu — Não, Grande Caçador. Kayog o enviou, junto com várias coisas que sua companheira pode precisar, como cobertores, toalhas, panelas e outras coisas. Ele chamou de presente de casamento em nome da OPU — ele explicou.

— Ah... muito bem, então — eu disse, aliviado — Mas por que você está construindo isso do lado de fora?

— Serena e eu concordamos que, como a moradia é dentro de uma caverna, apesar da boa ventilação, é melhor deixar a comida do lado de fora — respondeu Irco — Como nós temos calor o ano todo, isso não será um problema para ela. No entanto, eu vou construir um telhado e meias paredes para que ela ainda possa usar isso quando chover. Eu vou adicionar alguns balcões aqui e aqui.

— Você pode adicionar uma pia? — eu perguntei.

— Sim — disse Irco, franzindo os lábios — Mas eu terei que perfurar a parede para conectá-la à que está lá dentro.

— Faça isso. Eu quero o melhor para a minha companheira — eu disse com firmeza — E as necessidades de higiene dela?

— O chuveiro já está instalado. O 'banheiro' é funcional, mas ainda é um trabalho em andamento. Na verdade, eu queria discutir isso com você antes de terminarmos — Irco disse timidamente.

— O que há de errado? — eu perguntei, imediatamente preocupado.

— Não há nada de errado, mas sua companheira é bastante modesta em seus pedidos — Irco disse, movendo-se inquieto — Com base no que ela me explicou, os humanos usam seus banheiros várias vezes ao dia, ao contrário de nós, que só vamos uma vez por semana.

— Isso está correto — eu disse.

— Bem, ela mencionou que às vezes eles têm que ir durante a noite — continuou Irco —Parece bastante inconveniente para a sua mulher ter que sair de casa no meio da noite para ir à área de limpeza só para usar o banheiro. Nossas noites podem ser frias e os humanos não têm uma visão noturna adequada como nós.

Eu enrijeci, meus olhos se arregalando em compreensão — Excelente observação, Irco —eu disse, repreendendo a mim mesmo por não ter pensado nisso — Seria melhor ter um banheiro diretamente dentro de nossa casa e um chuveiro também enquanto fazemos isso.

— Eu concordo — disse Irco, se animando — Mas sua companheira imediatamente descartou a ideia quando eu a sugeri. Ela achou que daria muito trabalho, sendo que já tínhamos algo funcional e que, como nova integrante da nossa tribo, ela deveria se adaptar aos nossos costumes.

Embora sua resposta diplomática a Irco me agradasse, eu sabia o verdadeiro motivo por trás de sua recusa. Serena estava tentando manter as mudanças em nossa casa ao mínimo, para que não fosse muito difícil desfazer quando ela partisse. Até mesmo aquela cozinha externa seria facilmente desmontada sem deixar um único vestígio de sua existência, caso esse dia chegasse.

Eu vou cuidar para que isso nunca aconteça.

— Um sentimento admirável — eu disse com indiferença — mas não permitirei que minha companheira fique passeando por aí à noite porque eu falhei em fornecer a ela todos os confortos necessários para sua espécie. Você vai construir uma sala de higiene adequada para minha companheira na casa. Ela adora a vista para o vale escondido. Ela pode ser construída na parte de trás da habitação com uma grande janela olhando para fora?

— Sim, Szaro — disse Irco, com a voz borbulhando de empolgação — Será um pouco complicado, mas definitivamente pode ser feito. Nós procuramos imagens de salas de higiene humanas. Além do chuveiro e do assento de esgoto, muitas continham grandes banheiras que se enchem de água na qual os humanos podem relaxar ou tomar banho. Teve um modelo que sua companheira gostou muito — ele disse, folheando as imagens de seu tablet para me mostrar — Eu posso recriar algo parecido com isso em um de seus quartos nos fundos. E Terya pode esculpir ornamentos nas paredes semelhantes a estes.

Um sorriso lento esticou meus lábios — Faça isso. E faça com que ela incorpore pedras luminosas nos círculos maiores do padrão — eu acrescentei.

— Oh sim! Isso dará um belo toque! — Irco disse com aprovação — Eu vou contar a Terya.

— Eu vou ver minha companheira agora e me preparar para nossa união. Vejo você mais tarde — eu disse.

— Vejo você em breve, Grande Caçador — Irco respondeu quando me virei para entrar em minha residência.

O silêncio me cumprimentou. Por um momento, me perguntei se ela estava fora, mas Irco teria me contado isso. Ela estava dormindo? Eu descartei imediatamente essa ideia. Os humanos eram seres diurnos, como nós. Eu balancei minha língua, saboreando o ar em busca de vestígios de Serena.

O terraço.

Claro, eu deveria saber. Isso a fascinava muito. Eu fui direto para os fundos da casa e empurrei a porta, que se abriu silenciosamente para a varanda. A visão que me esperava me deixou sem fôlego.

De costas para mim, de frente para a vista deslumbrante do vale, Serena fazia movimentos estranhos em cima de um tapete preto, fazendo poses estranhas e alongadas por alguns momentos antes de mudar para outra. Pela primeira vez, eu pude ver a beleza dourada de sua pele morena exposta. Descalça, minha companheira estava vestindo nada além de uma roupa curta apertada da cintura até o meio das coxas - fazendo suas pernas parecerem infinitas - e um top sem mangas que cobria apenas os seios.

Eu a observei em silêncio, hipnotizado pela graça de seus movimentos, pelas poses impossíveis que ela executava, pela força inegável que alguns deles exigiam e por seu incrível senso de equilíbrio para mantê-los. Mas ainda mais fascinantes eram as coisas que ela conseguia fazer com as pernas. Eu não sei quanto tempo fiquei lá, paralisado pela minha companheira. Ela assumiu uma pose estranha, apoiando-se nos antebraços, que estavam apoiados no tapete, a cabeça erguida para olhar para frente com o corpo erguido sobre ela, os pés pontiagudos quase pendurados na frente do rosto. Se ela os empurrasse ainda mais, seu corpo formaria um O.

Ela deve ter finalmente percebido minha presença porque sua cabeça se abaixou e Serena olhou para trás, entre os braços, apoiando seu corpo. Os olhos da minha companheira se arregalaram de surpresa e seu corpo se inclinou para frente. Ela gritou ao cair e acabou deitada de costas.

— Serena! — eu gritei, correndo para o lado dela.

Pela forma como caiu, ela poderia ter quebrado os braços. Mas quando me abaixei ao lado dela, ela se sentou, girando os ombros enquanto fazia uma careta.

— Você está bem? — eu perguntei, a preocupação dando um nó dentro de mim.

— Sim, estou bem — ela disse, me dando um sorriso tranquilizador — Você me assustou, só isso. Eu estava na zona e não o ouvi entrando.

— Me desculpe. Eu deveria ter anunciado minha chegada — eu disse, ainda verificando se havia algum sinal de que ela estava ferida — Eu fiquei fascinado com o que você estava fazendo. O que é isso?

— Se chama ioga — explicou Serena — Esta é uma ótima maneira de meditar, se exercitar e trabalhar sua força e flexibilidade.

— Isso é incrível. Eu não sabia que os humanos podiam se mover dessa forma — eu disse, genuinamente impressionado.

— Você não tem ideia de todas as maneiras que eu posso me mover — disse Serena presunçosamente, despertando ainda mais minha curiosidade — Eu vou ter que te mostrar algum dia.

— Estou ansioso por isso — eu disse com um sorriso — Eu só queria que você soubesse que eu voltei.

— Como foi a caçada? — Serena perguntou com uma curiosidade sincera que me aqueceu por dentro.

— Foi bem. Felizmente, chegamos cedo o suficiente para evitar danos graves à população de Chiswa. Mas há outros rebanhos perambulando perto das áreas proibidas a noroeste. Nossos batedores estão monitorando seu progresso para ver se precisaremos intervir ou não.

— Fico feliz em saber que você foi capaz de contê-los. Ninguém está ferido, espero? — ela perguntou, enquanto começava a se levantar.

Eu instintivamente estendi a mão para ajudá-la. Ela não precisava e parecia atordoada com o gesto. Ainda assim, ela aceitou minha ajuda com um sorriso. Um súbito calor percorreu meu corpo com a suavidade de sua mão na minha e a sedosidade de sua pele. Eu nunca a toquei antes, ou qualquer outro ser humano. Eu não esperava isso. Quando ela gentilmente saiu do meu alcance, eu quase a alcancei novamente. Eu engoli em seco e estalei minha língua para obter outro gosto dela por falta de seu toque. Meus dedos ardiam com a necessidade de explorar ainda mais a delicada maravilha que era minha companheira, mas ela não estava pronta para fazer tais coisas comigo... ainda.

— Ninguém está ferido — eu confirmei — E 36 novos Flayers foram adicionados à sua pontuação na Caçada — eu continuei com um sorriso presunçoso.

— O QUÊ?! — Serena exclamou, o choque estampado em seu rosto.

— Você é Ordosiana agora e minha companheira. As mortes da tribo são as suas mortes. Eu reivindiquei todos eles para você — eu disse com orgulho.

— Mas… Por que você faria isso? Quero dizer, não me interprete mal, isso é incrível! Mas por que você fez isso? — Serena perguntou, parecendo genuinamente confusa — Eu achei que você ficaria furioso com tudo relacionado à caça.

— A caça tem suas vantagens e desvantagens — eu disse com um encolher de ombros —Mas você é minha companheira. É meu dever zelar pelo seu bem-estar presente e futuro. Seja o que for que o destino e a Deusa tenham planejado para nós, eu quero que todas as suas necessidades sejam bem atendidas. Esses créditos extras vão ajudar a garantir o seu conforto, seja para retomar suas viagens ou para comprar mercadorias estrangeiras e entregá-las aqui.

— Você é muito doce e atencioso — disse Serena, olhando para mim com uma expressão que não consegui identificar.

— Com você apenas — eu disse provocando para esconder meu constrangimento — Mas agora, devemos nos preparar para nossa cerimônia de união — eu acrescentei com uma voz gentil — Ela vai começar dentro de uma hora.

— Oh! — ela disse, um olhar incerto descendo em suas feições — O que… o que eu devo fazer? O que eu devo vestir?

— Nós devemos tomar banho, para que possamos nos limpar de qualquer fardo de nosso passado — eu expliquei — As mulheres geralmente ficam nuas, pois trazem sabedoria, cuidado e vida para a união, todas contidas dentro de si. É o homem que se adorna para mostrar sua força e capacidade de prover sua habitação. Como sua espécie não anda nua, você pode usar o que quiser.

— Ok, eu posso fazer isso — ela disse, lambendo os lábios nervosamente — Há algo específico que eu devo fazer durante a cerimônia?

— Normalmente, haveria — eu respondi gentilmente — mas seria muito complexo para você aprender, e duvido que sua anatomia permitiria que você executasse isso, pois exigiria uma cauda e uma força física maior do que a que você possui. Isso já foi discutido com os Anciãos e eles concordaram em como procederemos — eu acrescentei rapidamente quando ela parecia à beira do pânico — Você vai se sentar e observar o ritual, e depois se juntará a mim. Nós vamos nos abraçar e nos beijar sob a bênção dos Anciãos. Você só precisa ficar lá e me abraçar, eu cuidarei de tudo. Não demorará muito, então você não deve ficar muito indisposta.

— Oh, tudo bem — ela respondeu com uma risada nervosa — Eu posso te abraçar pelo tempo que for preciso. Só não quero fazer papel de boba ou envergonhá-lo.

— Você não vai — eu disse em um tom tranquilizador — Venha, vamos tomar banho. Leve as roupas que pretende usar, pois você não retornará aqui. Salha irá levá-la diretamente da sala de purificação para o Grande Círculo.

— Salha? Onde você estará? — ela perguntou, confusa.

— Eu voltarei aqui para me enfeitar — eu disse com um sorriso.

— Ceeerto, eu esqueci disso. Tudo bem então — Serena disse com uma careta, seu rosto assumindo uma expressão pensativa.

Eu suspeitei que ela estivesse revisando mentalmente as roupas que tinha para escolher algo apropriado. Ela se dirigiu para nossa sala privada, que eu não via desde meu retorno. Para minha alegria, uma grande cama de estilo humano havia sido colocada ao lado da minha placa de aquecimento. Irco havia trazido uma cômoda para Serena, assim como um cabideiro no qual penduravam algumas de suas roupas. Mais tarde, ele construiria um espaço próprio para ela colocar aquelas roupas. Mas agora, ver meu espaço anteriormente vazio ficar lotado com os pertences da minha companheira e se encher com o cheiro dela despertou aquela sensação de calor no meu peito.

— Receio não ter um vestido branco, como é nossa tradição — Serena disse timidamente — Mas espero que este vestidinho preto seja aceitável.

— Roupas humanas fazem pouco sentido para mim — eu disse em tom de desculpas — Tudo o que importa é que você fique feliz e confortável com as roupas que usará esta noite.

— Eu amo esse vestido — ela disse com um sorriso tímido — Ele me faz parecer bem... eu acho.

— Então será o vestidinho preto — eu disse, achando sua expressão adorável — Vamos, minha companheira.

Enquanto caminhávamos para a área de limpeza, nós passamos por vários do meu povo, muitos deles já enfeitados para a celebração. Seus adornos eram simples e discretos para que eu pudesse brilhar no meio deles. Enquanto Serena parecia ficar mais nervosa, a empolgação borbulhava dentro de mim. Isso era irracional. Eu deveria estar tão preocupado quanto minha mulher, mas, por mais ilógico que fosse, isso parecia certo.

Eu me separei de Serena quando entramos e fui em direção a Mandha e Raskier, que me esperavam com pedras de esfregar. A pouca distância de nós, junto à janela com vista para o vale escondido, Salha esperava a minha companheira junto ao seu chuveiro fechado recém-construído.

Meus companheiros de tribo ficaram tímidos no início, incertos sobre meu estado de espírito sob as circunstâncias. Mas quando eles viram meu humor alegre, os dois homens relaxaram e me provocaram com os tradicionais comentários atrevidos pré-casamento enquanto lavavam minha cauda e costas. Ao mesmo tempo, eu poli minha frente, rosto e braços com as pedras.

Nós terminamos antes de Serena. Uma coisa boa, pois isso me daria mais tempo para me enfeitar adequadamente. Mandha voltou comigo para minha casa, me ajudando ainda mais enquanto eu colocava meu colar feito com os dentes polidos das feras mais cruéis que eu havia derrotado para mostrar minha força, um par de braçadeiras feitas de metais e pedras preciosas para mostrar minha capacidade de sustentar e argolas nos braços - logo abaixo dos ombros, mas logo acima das nadadeiras - que eu mesmo criei para mostrar não apenas minhas habilidades, mas também minha posição e conquistas. Depois eu fui até meu arsenal para selecionar meu cajado de batalha mais requintado, que poderia ser dividido para se transformar em um par de lâminas cruéis. Junto com Raskier, Mandha realizaria comigo a dança do guerreiro esta noite, como eu havia feito para ele em sua noite de união.

Nós saímos da minha morada e seguimos para o Grande Círculo onde meu destino nos aguardava.

CAPÍTULO 8

SERENA

Eu não entendi por que fiquei tão nervosa quando Salha me levou ao enorme anfiteatro que eles chamavam de Grande Círculo. Este não seria um casamento de verdade, apenas uma formalidade para garantir minha estadia segura com a tribo pelos próximos meses. Ainda assim, eu senti nervosismo. Mas essas preocupações rapidamente ficaram em segundo plano enquanto eu deleitava meus olhos com a visão hipnotizante diante de mim.

Como eles não podiam navegar confortavelmente pelas escadas, a área de 'assento' era basicamente uma inclinação, não tão íngreme a ponto de torná-la desconfortável, mas apenas o suficiente para que as pessoas na parte de trás ficassem mais altas do que as da frente e ainda pudessem ter uma visão clara do que estava acontecendo na enorme plataforma circular na parte inferior. Grandes braseiros cercavam o círculo e uma fascinante chama azul pálida ardia dentro deles. Quase parecia uma chama mágica.

Paradas nas bordas do círculo, uma dúzia de mulheres Ordosianas seguravam longas fitas da mesma cor azul-clara das chamas. Na escuridão invasora do início da noite, um leve brilho irradiava ao redor delas. Elas me lembraram das fitas dos meus velhos tempos como ginasta rítmica. Atrás delas, em um estrado elevado, os três Anciãos se elevavam sobre a área. E mais além, para completar este magnífico quadro, o rio corria em um fluxo alegre.

Um silêncio desceu sobre a tribo reunida para o evento enquanto Salha me conduzia ao banquinho almofadado em forma de U na borda do círculo, bem onde terminava a área de 'assentos'. Ela me fez tirar os sapatos antes de entrar. Assim que me instalei, Salha foi se juntar às doze fêmeas do centro. Uma delas estendeu um par de fitas para minha cunhada, que enfiou as mãos em uma espécie de luva na ponta de cada uma.

Meu queixo caiu quando todas as mulheres levantaram as pontas das caudas e suas escamas se separaram, revelando bulbos esbranquiçados que pareciam inchar. De onde eu estava sentada, as pontas das caudas pareciam vagamente com lírios do vale. Salha emitiu um grito longo e prolongado que me assustou. Não foi um grito ou berro, mas mais como um chamado para nos reunirmos. Assim que ela parou, as mulheres começaram a sacudir suas caudas em sincronia quase perfeita, o som semelhante a um vento forte farfalhando nas folhas de uma árvore. Segundos depois, elas começaram a cantar de maneira semelhante aos Cantores Guturais Inuítes. A multidão logo respondeu ao seu canto assombroso interpondo sons guturais em momentos específicos, seus próprios chocalhos de cauda também se juntando.

Hipnotizada, eu olhei com admiração quando as mulheres começaram a balançar de um lado para o outro em um movimento incrivelmente sensual. Salha fez aquele som de chamado novamente antes de levantar os braços e se mover em um círculo fechado, enquanto agitava as fitas. As outras mulheres a imitaram por alguns segundos, depois lançaram uma coreografia encantadora. Eles pareciam deslizar ao redor do círculo, fitas girando em torno delas, parecendo quase como ondas de luz dançando no ar na escuridão crescente.

Salha, ainda no centro da roda, executava o que poderia ser considerado a versão Ordosiana da dança do ventre. Naquele instante, eu percebi que ela estava realizando em meu nome a dança que eu deveria fazer. Enquanto uma parte de mim estava grata por eles terem me poupado disso, outra parte sentiu que, como este era o meu casamento, eu deveria ter apresentado minha própria versão de uma dança.

Mas o som da bateria sendo tocada uma vez a cada dois segundos fez minha cabeça virar para a esquerda e depois para a direita. Quatro homens deslizaram pelos lados, tocando seus tambores em perfeita sincronia enquanto se posicionavam na borda do círculo.

Um grito de guerra surgiu à distância. Eu reconheci a voz como pertencente a Szaro. Um arrepio muito agradável de antecipação me percorreu. Duas vozes ecoaram seu grito de guerra, com um tom ameaçador. Como se em resposta direta, os quatro homens do círculo começaram a bater seus tambores de forma marcial. As mulheres se moveram para as bordas, balançando de um lado para o outro enquanto ainda agitavam suas fitas. Salha veio ficar ao meu lado.

Minha respiração ficou presa na garganta enquanto eu observava Szaro entrar no círculo com uma expressão selvagem no rosto, o bastão de batalha incrível que eu admirei em seu arsenal segurado firmemente em sua mão. Os dois homens que eu ainda não tinha visto continuaram a gritar gritos de guerra pelos lados enquanto Szaro começava a executar sua própria dança, agitando seu cajado com a destreza de um tambor de banda marcial, girando-o em volta de seu corpo e pescoço, jogando-o no ar e pegando-o perfeitamente, o tempo todo flexionando os músculos, esticando o capuz para parecer ainda mais temível e imponente, e balançando de uma forma que me deixou quente por dentro.

Ele se aproximou de mim e bateu com o cajado no chão. O movimento de seus quadris fez seus músculos abdominais ondularem, fazendo minha boca salivar. Ele balançou a ponta da cauda perto da minha orelha, e o som ressoou no fundo do meu ser.

Meus mamilos instantaneamente endureceram e a umidade se acumulou entre minhas coxas. Szaro estalou a língua e suas pupilas estreitas se arregalaram. Um olhar faminto desceu sobre suas feições, me fazendo contorcer em meu assento.

Logo quando eu estava prestes a ceder ao desejo ardente de estender a mão e tocá-lo, Szaro se afastou. Mandha e Raskier correram para o círculo, cada um armado com uma arma. Eles imediatamente o atacaram em uma batalha digna da mais épica coreografia de artes marciais. Eu não sabia se era uma briga de verdade ou não, mas isso me deixou na ponta da cadeira. Isso também me excitou muito mais do que eu queria admitir para mim mesma.

Quando Szaro dividiu seu bastão em dois, revelando lâminas cruéis nas pontas de cada metade para lutar simultaneamente contra seus dois oponentes, eu fiquei tão envolvida no momento que pulei de pé e comecei a gritar de encorajamento. A risada de Salha ao meu lado me tirou do meu torpor. Seu sorriso conhecedor e olhar de aprovação me fizeram corar. Mas quando a batida dos tambores e os cantos guturais das mulheres e da multidão atingiram um crescendo, tudo parou de repente. O silêncio desceu sobre o círculo. Mandha e Raskier deslizaram para trás, com as cabeças baixas, capuzes dobrados e braços bem abertos com as armas abaixadas em um gesto de derrota.

Szaro moveu-se para o centro do círculo e emitiu um grito de guerra vitorioso ao qual todos responderam com o bater de suas caudas. Aquele som não me afetou como o de Szaro quando ele fez isso perto do meu ouvido. Ele recolocou as duas metades de seu bastão em uma única arma, colocou-a no chão ao lado dele e estendeu as duas mãos para mim. Salha me levou até ele. Ele me puxou para seu abraço, e eu passei meus braços ao redor dele.

Minha nossa!! Meus joelhos viraram geleia com a sensação

dura de seu peito contra o meu. Eu esperava que suas escamas fossem duras e arranhassem minha pele, mas elas eram suaves ao toque. Ele se elevava sobre mim cerca de uma cabeça – seu capuz bem aberto, bloqueando a lua cheia atrás dele. Suas pupilas se arregalaram enquanto seu olhar perfurava o meu, me hipnotizando. A cauda de Szaro nos envolveu duas vezes, puxando-me ainda mais para perto dele, mas ainda deixando comprimento suficiente para a ponta subir perto da minha orelha e chocalhar. Um gemido me escapou quando uma pontada de luxúria explodiu na boca do meu estômago.

Um sorriso feroz esticou seus lábios, mostrando suas presas que pareciam mais longas do que nunca. Minha respiração ficou presa na garganta quando ele se inclinou para frente, um som estrondoso vibrando em seu peito. Meus dedos cavaram em suas costas musculosas, esperando a picada iminente de suas presas afundando em minha carne, mas ele apenas esfregou sua bochecha contra a minha de um lado e depois do outro, me marcando com seu cheiro. O suave raspar das escamas ao lado de sua mandíbula em minha pele ressoou diretamente em meu âmago. Seu aperto aumentou enquanto eu gemia novamente, o barulho constante de sua cauda funcionando como o mais potente dos afrodisíacos.

Quando ele se endireitou para olhar para mim, um flash de luz azul na borda da minha visão me fez perceber que as mulheres haviam retomado sua dança, girando suas fitas ao nosso redor. Eu senti algumas delas roçarem meus braços e costas, mas isso não me importava: Szaro sim. Sua mão forte deslizou pela minha espinha para segurar minha nuca momentos antes dele reivindicar minha boca. Fogo líquido derramou em minhas veias. Não foi o beijo casto do nosso casamento humano. Este era possessivo, dominante e apaixonado.

Assim que eu estava derretendo em seus braços, ele quebrou o beijo, seus lábios traçando uma trilha ardente ao longo do meu queixo e no meu pescoço. Um suspiro suave escapou de mim, transformando-se em um gemido quando a sensação de formigamento de suas presas perfurando a parte carnuda do meu ombro foi logo seguida por uma sensação geral de bem-estar devido ao que quer que ele tivesse acabado de injetar em mim.

Szaro se endireitou quando o silêncio mais uma vez nos cercou. Me sentindo um pouco desorientada, eu notei que as fêmeas se moveram para o lado enquanto os três Anciões desciam do estrado. Eles nos cercaram, todos os três de mãos dadas para formar um círculo ao nosso redor. Eles começaram a falar em Ordosiano, recitando algo em uma só voz. Eu não tinha ideia do que eles disseram, mas poderia imaginar que era algum tipo de bênção. Szaro sorriu com uma ternura que me virou de cabeça para baixo antes de encostar sua testa na minha.

Nós permanecemos assim enquanto os Anciãos continuavam a falar, a tribo ecoando uma única palavra de vez em quando. Finalmente, a Anciã Krathi falou sozinha. Szaro respondeu na língua deles, me assustando.

— Serena, você aceita Szaro Kota livremente como seu companheiro de vida? — A Anciã Krathi perguntou em Universal desta vez.

— Sim — eu respondi.

— Serena Bello, Szaro Kota, vocês estão ligados por toda a vida perante a Deusa Isshaya e o povo de Krada. Que sua união seja feliz, fértil e sem fim em anos — disse a Anciã Krathi com voz solene.

O som de toda a tribo balançando suas caudas foi como um maremoto, enviando um arrepio na minha espinha. Os Anciãos soltaram as mãos e se afastaram de nós, quebrando o círculo. O aperto de Szaro em torno de mim aumentou levemente. Levantando sua testa da minha, ele beijou meus lábios mais uma vez, e então minha testa antes de me soltar com óbvia relutância. Embora eu não pudesse jurar, meu instinto me disse que esses dois últimos beijos não faziam parte da cerimônia. Para minha total consternação, eu desejava que ele não tivesse parado.

A próxima hora ou mais passou em transe enquanto a tribo descia da área de 'assento' do anfiteatro para nos parabenizar. Szaro me apresentou a cada membro da tribo, seus nomes saindo da minha mente em segundos, alguns deles iniciando breves conversas conosco, depois se dispersando lentamente. Eventualmente, a maior parte da tribo se afastou, deixando apenas Salha, seu companheiro e seu filho. Para minha surpresa, ela me puxou para seu abraço.

— Bem-vinda à família, minha irmã — ela disse carinhosamente antes de me soltar.

— Bem-vinda à família — repetiu Mandha, inclinando a cabeça enquanto Salha me soltava.

— Bem-vinda à família — disse Eicu com sua voz jovem e aguda, meio escondido atrás de seu pai.

— Obrigada — eu disse, sentindo-me comovida e como uma impostora.

— Aproveite, minha irmã — Salha disse enquanto me devolvia os sapatos — Lembre-se de que você está exatamente onde deveria estar.

Com essas palavras, ela se despediu de nós e partiu com sua família.

— Pronta para ir para casa, minha companheira? — Szaro perguntou, sua voz soando mais profunda do que antes.

De repente intimidada, eu balancei a cabeça, incapaz de dizer uma palavra. Ele colocou a mão nas minhas costas para me dar um empurrãozinho para frente. Eu mal reprimi um arrepio, me sentindo instantaneamente desolada pela brevidade de seu toque. Ao voltarmos para casa, eu percebi o quanto Szaro teve que diminuir sua velocidade natural para se ajustar ao ritmo da minha caminhada humana normal. Felizmente, isso não pareceu perturbá-lo.

— Você precisa de sustento? — ele perguntou solícito assim que entramos em nossa casa.

Eu balancei a cabeça, emocionada com sua atenção — Não

— eu disse com um sorriso —Eu comi um pouco antes de você chegar. Estou bem até de manhã.

— Muito bem — ele disse, parecendo tão incerto quanto eu.

— Foi uma cerimônia linda — eu disse com sinceridade — Vocês todos dançam incrivelmente bem. Foi impressionante, especialmente você lutando contra aqueles dois homens.

Szaro endireitou-se orgulhosamente, um largo sorriso esticando seus lábios — Fico feliz que isso a agradou.

Um silêncio constrangedor se instalou entre nós enquanto procurávamos algo para dizer. Eu tentei pensar em alguma coisa, mas meu cérebro estúpido e cheio de luxúria continuava voltando para a sensação de seu corpo duro enrolado em mim e seus lábios pressionando contra os meus. Como eu poderia ser ficar excitada com um homem com quem provavelmente eu nem era compatível?

— Acho que eu deveria me preparar para dormir — eu disse nervosamente — Foi um dia longo e agitado.

— É claro — Szaro disse.

Eu fui para o nosso quarto enquanto Szaro foi para seu arsenal para guardar sua arma. No momento em que eu fechava a gaveta da cômoda depois de pegar uma das minhas camisolas, a porta se abriu para Szaro. Minha cabeça virou para ele quando ele deslizou enquanto removia uma de suas braçadeiras. Ele parou de repente quando notou a expressão no meu rosto.

— Há algo de errado, minha companheira? — ele perguntou com um pouco de preocupação.

Eu mordi o lábio inferior, me sentindo ainda mais estranha e boba por ser tão autoconsciente. Como meu marido, ele tinha o direito de me ver nua. Mas este não era um casamento tradicional.

E eu estou muito ansiosa para uma repetição depois daquele beijo.

— Está tudo bem. É só que... Eu procurei palavras para

explicar que eu estava apenas sendo uma puritana idiota quando seu olhar pousou na roupa que eu segurava em minhas mãos.

Seu rosto se iluminou com compreensão — Privacidade — ele sussurrou baixinho — Os humanos não se despem na frente dos outros, exceto do companheiro. Você terá privacidade até se sentir pronta para me receber como companheiro. Eu vou esperar lá fora. Me avise quando estiver tudo bem para eu retornar.

— Não! Você não precisa fazer isso! — eu exclamei, me sentindo um lixo total — Eu estou sendo boba.

— Não, minha companheira. Você foi jogada em uma situação para a qual não estava preparada — ele disse gentilmente — No dia em que você se desnudar na minha presença, será porque você quer, não porque você sente que precisa. Eu não permitirei que você se sinta desconfortável por minha causa. Eu estarei lá fora.

Ele se virou e saiu da sala, fechando a porta atrás de si. Mesmo que não houvesse condenação em seus olhos, e embora eu não duvidasse nem da sinceridade de suas palavras nem do sentimento que as alimentava, eu ainda me sentia culpada e em conflito. No entanto, eu fiz um trabalho rápido de tirar meu vestidinho preto para colocar meu negligée de seda azul meia-noite.

— Você pode entrar — eu gritei enquanto pendurava meu vestido no meu cabideiro temporário.

Szaro voltou, seu olhar vagando por mim como uma carícia gentil. Isso fez coisas engraçadas comigo, e eu fiquei perplexa ao perceber que, apesar do meu corpo humano, meu marido parecia genuinamente atraído por mim. Quando Salha falou sobre seu fascínio por mim, eu pensei que ela estava exagerando para melhorar as coisas entre nós.

— Esta cor e tecido ficam lindos em você — Szaro disse antes de se virar para sua cômoda.

— Obrigada — eu disse, lisonjeada — Esta é a minha cor favorita.

Eu subi na minha cama, meu olhar fixo nele enquanto ele cuidadosamente removia seus adornos e os colocava de volta dentro da cômoda.

— Você está olhando — ele disse sem se virar para olhar para mim.

Eu endureci — Como você sabe?

Assim como as cobras-rei, os Ordosianos tinham dois padrões na parte de trás do capuz que pareciam olhos.

— Eu consigo sentir isso — ele respondeu com naturalidade, enquanto se virava para mim.

— Me desculpe — eu murmurei, franzindo o rosto.

— Por que se desculpar? Eu sou seu companheiro. Você tem o direito de olhar e tocar o quanto quiser — ele disse, encolhendo os ombros — Eu não tenho segredos para você. É meu dever saciar sua curiosidade sobre mim ou minha espécie como um todo.

Eu me sentei na minha cama e cruzei as pernas debaixo de mim, meu cobertor cobrindo qualquer parte impertinente que minha saia curta pudesse ter revelado. Eu dei a ele um olhar avaliador, meu olhar vagando lentamente sobre ele. Seus lábios se contraíram com diversão, e ele abriu os braços antes de fazer um lento 360.

Eu bufei — Alguém está se exibindo — eu disse provocando.

— Só é exibição se os observadores gostarem do que veem — ele brincou — Devo presumir que minha aparência, por mais estranha que seja para um humano, não a desagrada?

Eu ri, me perguntando se ele estava procurando elogios — Admito que, por mais que tenha te achado intimidante na primeira vez que nos conhecemos, você está crescendo em mim. Você não é ruim de se olhar - mesmo com capuz, escamas, cauda e tudo.

Foi a vez dele de rir — Você me lisonjeia, minha companheira — ele disse, inclinando a cabeça — Acho seu rosto encantador e sua pele uma maravilha, tanto em sua cor dourada única quanto em sua suavidade incrível. As pernas ainda são um mistério para mim, mas o que você pode fazer com as suas me fascina. O que você fez no terraço mais cedo, eu poderia ter observado por horas. Você é mais do que agradável aos olhos, minha companheira, você é um prazer de se contemplar.

Eu olhei para ele sem palavras por um momento — Uau... Você com certeza sabe como falar com uma mulher — eu disse, comovida.

— Eu considero isso algo positivo? — ele perguntou hesitante.

Eu balancei a cabeça — Com certeza.

Ele sorriu, seus ombros relaxando. Ele parecia tão diferente do caçador assustador que eu conheci na fronteira.

— Mas pergunte. Eu tenho certeza de que há coisas que você quer saber sobre mim — insistiu Szaro.

Ele envolveu a cauda com cuidado e se abaixou sobre ela no que considerei sua posição sentada. Eu sorri agradecida quando isso o colocou no nível dos olhos comigo sentada na minha cama, em vez de ter que esticar o pescoço para olhar para ele.

— Na verdade, eu tenho várias perguntas — eu admiti timidamente — Por favor, não hesite em me dizer se elas são rudes ou o deixam desconfortável. Eu não quero ofendê-lo.

— Eu não ficarei ofendido. Pergunte à vontade. Eu estou curioso para saber que tipo de coisas sobre nós a intrigam.

Eu limpei a garganta, me mexi na cama e fui em frente — Você... você troca de pele?

Szaro começou a rir. Era um riso poderoso, profundo e sexy, com o mesmo som sutil e vibrante que sempre acompanhava a fala dos Ordosianos.

— Nós trocamos — ele disse com um aceno de cabeça — E é absolutamente insuportável. A coceira é suficiente para levar alguém à loucura. Você poderá me testemunhar enlouquecendo em duas ou três semanas.

Eu não pude deixar de rir de sua expressão abatida — É tão ruim assim? — eu perguntei com uma voz solidária.

— É — ele respondeu mal-humorado — Dá vontade de arrancar, mas não pode, ou você pode acabar arrancando algumas das novas escamas. Pelo menos, na minha idade, nós trocamos apenas uma ou duas vezes por ano. Para os jovens, é uma vez por mês — ele franziu a testa antes de lançar um olhar brincalhão e sinistro em minha direção — Você provavelmente vai morrer de rir me observando por dez dias enquanto eu me esfrego em cada superfície áspera que encontro para ajudar a soltar a pele velha.

Eu ri novamente ao imaginar Szaro se coçando em uma pedra ou árvore como um grande urso com coceira.

— E sai inteira como na maioria das cobras? — eu perguntei.

Ele balançou sua cabeça — Não. A pele velha dos braços tende a cair primeiro. Você poderia imaginar que a que está em volta da nossa cauda seria a primeira, já que está constantemente raspando no chão, mas não. Nosso capuz e costas ficam em segundo lugar. E então o tronco e a cauda saem em uma única peça. Depois, nossas escamas ficam lindas e brilhantes, e não nos sentimos mais tão confinados em uma pele que é muito apertada para nos conter.

— Isso deve ser bom — eu disse.

— Muito! Até lá, eu peço desculpas antecipadamente por quão irritado eu posso ficar durante esse período — ele acrescentou com uma cara de culpa — Beber bastante água e mergulhar no rio ajuda a aliviar alguns dos sintomas.

— Então acho que nadaremos muito em duas semanas — eu disse provocativamente.

— Com certeza. O que mais você quer saber sobre mim?

— Hmm… Você não tem orelhas, ou pelo menos nenhuma que seja visível. Como você ouve o que eu digo? — eu perguntei.

— Nós não temos ouvidos externos, mas temos ouvidos

internos. O som viaja da nossa pele para os músculos da mandíbula, para o osso quadrado próximo ao osso do ouvido e, a partir daí, as ondas sonoras entram em nosso ouvido interno.

— Legal — eu disse, olhando para o ponto sob o capuz onde as orelhas externas estariam em um ser humano, e imaginando como seria ouvir daquele jeito.

— O que mais?

Eu apertei os lábios, segurando a pergunta que realmente queria fazer, e optando por entrar no assunto com uma pergunta diferente primeiro.

— Eu fiquei surpresa ao descobrir que Ordosianos se beijam — eu disse cuidadosamente — Eu não deveria, considerando que vocês têm lábios idênticos aos nossos. Mas vocês também beijam com a língua?

— Nós beijamos — ele disse com um sorriso travesso que me fez contorcer.

— Mas... vocês não a usam para cheirar? — eu argumentei.

— Nós também fazemos isso — ele admitiu — Nossa língua é ainda mais sensível ao cheiro do que nossos narizes. Ela revela muitas coisas, desde distância, gênero, estado de saúde, gravidez, medo e *excitação*, para citar alguns. Ela é uma ferramenta bastante poderosa.

Minhas bochechas queimaram de vergonha. A maneira como ele enfatizou a palavra excitação deixou claro que ele sentiu meu cheiro em pelo menos uma das muitas vezes que ele me deixou quente por dentro.

— Entendi — eu disse, perdendo a coragem de continuar com minha outra pergunta.

Ele estreitou os olhos para mim, seu rosto assumindo uma intensidade perturbadora.

— Continue, Serena. Pergunte-me — Szaro disse de repente, seu olhar escurecendo e sua voz caindo quase uma oitava — Você está se perguntando desde a primeira vez que pôs os olhos em mim, e ainda mais quando Kayog informou que iríamos nos unir para salvar sua vida. Pergunte-me.

— Se você sabe sobre o que estou curiosa, por que simplesmente não me conta? — eu desafiei, franzindo o rosto de vergonha.

— Porque eu quero que você me pergunte — ele disse com uma voz estranhamente autoritária.

— Tudo bem — eu disse em um tom levemente cortante — Você tem um hemipênis como a maioria das cobras e lagartos?

Um sorriso lento esticou seus lábios, fazendo meu estômago revirar. Havia algo sexual nisso que prometia muitos momentos perversos.

— Não, minha companheira, não há a necessidade de dois pênis — ele disse em um tom estrondoso — As cobras só usam um de cada vez. Então, ter dois seria inútil.

Essa revelação me agradou demais. Eu lambi meus lábios nervosamente e reuni toda a minha coragem para fazer a próxima pergunta.

— Pênis de cobra possuem alguns espinhos. E o de vocês? — eu perguntei, chocada com a minha própria ousadia.

— Alguns? — Szaro repetiu como se eu tivesse dito algo ofensivo — Nós não temos alguns. Nossos pênis estão cobertos com eles.

Meu queixo caiu e meus ombros desceram, choque e amarga decepção guerreando dentro de mim. Eu não deveria estar tão chateada. Suas palavras apenas confirmaram o que eu sempre soube: nós não éramos compatíveis. Isso ainda era péssimo. Por um momento durante a nossa cerimônia, enquanto ele me segurava em seus braços, eu realmente me perguntei se poderia dar uma chance real a isso...

Szaro começou a rir da minha expressão desanimada — Você não tem ideia do quanto me agrada que você esteja tão decepcionada. Você e eu somos compatíveis. São espículos, não espinhos — ele explicou — Eles não são afiados e rígidos. Suas pontas são arredondadas e têm a firmeza certa para aumentar o prazer de uma mulher. E quando eu estou excitado, posso fazê-los pulsar para sensações ainda maiores.

Eu fiquei boquiaberta para ele, sem palavras, sem saber como reagir ou o que pensar —Você está falando sério? — eu perguntei finalmente, chocada que essas foram as palavras que saíram da minha boca.

— Muito sério. Você quer ver? — ele perguntou, com naturalidade.

Meu cérebro congelou por um segundo enquanto eu olhava para ele sem acreditar — Você acabou de se oferecer para me mostrar seu pau?

— Se por 'pau' você quer dizer pênis, então sim. Meu corpo é seu — Szaro disse encolhendo os ombros — Eu não tenho nada a esconder de você. Estou apenas me oferecendo para mostrar. Não estou tentando seduzi-la.

Eu mordi meu lábio inferior. Minha curiosidade estava além dos limites — Tudo bem, sim. Eu realmente gostaria de ver o que vocês estão guardando aí — eu disse, com meu rosto queimando.

O sorriso triunfante no rosto de Szaro me fez pensar por um momento se isso teria sido um erro. Mas tais pensamentos fugiram da minha mente quando as escamas a uma curta distância abaixo do umbigo – onde estaria a virilha de um homem – se separaram para revelar uma costura de onde emergiu uma haste espessa e lubrificada. Meu marido não estava brincando quando disse que seu eixo estava coberto de espículos. No entanto, agora que eu pude vê-los, suas pontas arredondadas realmente acabaram com qualquer medo que eu senti inicialmente. Eles não eram espinhos ou monstruosidades semelhantes a garras que me rasgariam em pedaços. Em vez disso, eu me peguei imaginando como seria.

— Viu? — Szaro disse com um sorriso — Não é tão ameaçador, é?

Eu balancei minha cabeça, embora meus olhos permanecessem fixos em seu eixo.

— O que você está fazendo? — Eu exclamei quando ele começou a se acariciar lentamente.

— Mostrando a você como eu posso controlá-los quando estou excitado — ele disse, indiferente.

O miserável estava zombando de mim — se divertindo com meu constrangimento. E, no entanto, eu observei com fascínio enquanto sua mão se movia ao longo de seu comprimento mais algumas vezes.

— Não pode ser! — eu exclamei quando, momentos depois, ele parou de se acariciar, segurando seu eixo na base para que eu pudesse ver o que estava acontecendo.

Seus espinhos se projetaram um pouco mais, e a cabeça de seu pênis se alargou por alguns segundos antes de retornar ao tamanho normal. Ele repetiu o movimento algumas vezes, seu olhar pesado em mim.

— Nós reabsorvemos entrando e distendemos saindo — ele explicou.

O latejar surdo entre minhas coxas me fez desejar poder enfiar a mão sob a saia e cuidar dos negócios. Meu rosto deve ter mostrado o quão excitada ele estava me deixando, porque Szaro sacudiu a língua algumas vezes em minha direção.

— Não faça isso — eu disse, franzindo o rosto para esconder meu constrangimento.

— Não fazer o quê? — Szaro perguntou com o olhar inocente mais falso em seu rosto. — Provar o cheiro de sua excitação?

— Sim — eu sibilei.

— Por que não? Ele é divino, e é minha recompensa — ele disse, presunçosamente — Não há nada de errado em ficar excitado por seu companheiro, Serena. Muito pelo contrário... Quanto mais cedo você deixar de lado suas inibições e medos, mais cedo poderemos realmente começar nossa vida juntos.

Ele soltou seu pênis e o retraiu dentro de seu corpo, suas escamas se fechando perfeitamente. Eu forcei uma expressão neutra em meu rosto para esconder o quanto eu desejava que ele ainda estivesse para fora e que ele o usasse em mim.

— Uma coisa que posso prometer a você, minha Serena, é que assim que você ficar com um Ordosiano, você não terá mais uso para homens humanos — ele sussurrou em um tom ronronante que me confundiu por dentro.

Eu engasguei em descrença com uma ostentação tão ultrajante.

— Bons sonhos, minha companheira — Szaro disse antes que eu pudesse responder — Que eles sejam preenchidos com pensamentos agradáveis sobre você e eu.

E com isso, ele se moveu para sua placa aquecida, envolveu sua longa cauda em uma almofada redonda e a repousou em cima dela. Eu olhei para ele por mais alguns segundos, sentindo-me enganada. Lutando contra um gemido frustrado, eu deitei na minha cama, apaguei a luz e tive muitos sonhos molhados sobre nós.

CAPÍTULO 9
SZARO

Eu me virei mais uma vez naquela que tinha sido a mais agitada das noites. Meu olhar pousou imediatamente na forma adormecida da minha companheira, tão perto de mim, mas fora de alcance. O cheiro de sua excitação mais uma vez permeou a sala. Eu ansiava por reivindicar o que nosso vínculo me dava direito e o que minha companheira também desejava, apesar de sua resistência. Mas eu controlei o desejo. Eu era o maior Caçador da minha tribo e adorava uma boa caçada. Nenhuma era mais digna do que esta. Por mais que ela negasse, minha presa já estava capturada. Eu só precisava ser paciente até que ela se rendesse voluntariamente.

E ela se renderia.

Eu esperava travar uma batalha mais árdua para mudar a maneira como ela olhava para mim e encontrar graça em seus olhos. Eu fiquei muito feliz que ela também estivesse sentindo a química natural que existia entre nós. E ontem à noite, durante a cerimônia, quando a segurei em meus braços, nós nos conectamos em um nível profundo que nem ela poderia negar. Naquele instante, minhas preocupações de que Serena me deixaria ao final do nosso período de experiência de seis meses evaporaram. Eu conquistaria o coração dela.

Até mesmo agora, por mais que o cheiro dela me torturasse, como fez a noite toda, eu não pude evitar o sorriso presunçoso que apareceu em meus lábios. Eu daria qualquer coisa para dar uma olhada em quaisquer sonhos que estivessem alimentando sua paixão agora. Eu sabia, em um nível visceral, que eles envolviam nós dois.

Continue sonhando conosco, minha companheira. Em breve, eu transformarei suas fantasias em realidade.

À medida que o sono continuava a me escapar, eu peguei meu tablet, que raramente usava, e retomei a leitura sobre a vida cotidiana de um ser humano. A espécie da minha companheira era muito social, algo que os Ordosianos não eram. Nós nos reuníamos para coisas específicas, como o vínculo da noite passada, a apresentação ocasional de nossos membros da tribo com orientação artística, para uma votação, uma decisão ou uma sentença e para treinamento ou caça.

Os humanos se agrupavam com não-parentes o tempo todo, apenas para passarem algum tempo juntos. Algumas coisas faziam pouco sentido, como ir a grandes centros comerciais durante horas, muitas vezes sem qualquer intenção de comprar alguma coisa. Isso era uma enorme perda de tempo e energia, mas aparentemente desempenhava um papel importante como mecanismo de união entre pares ou amigos. Nós não tínhamos esses centros aqui, então insistir nessa parte não servia para nada.

Minha maior preocupação era com as outras formas de agrupamento social. A maioria parecia girar em torno de alimentos e bebidas. Os humanos convidavam uns aos outros para suas respectivas residências para compartilhar grandes refeições, ou iam a lugares especializados em servir comida aos clientes, ou iam a lugares onde podiam dançar uns com os outros e também compartilhar bebidas alcoólicas. Nós não tínhamos nada disso.

Quão essencial isso é para ela?

As necessidades nutricionais da minha companheira eram outra grande fonte de preocupação para mim. Minha mente girava com a variedade de comidas, temperos e bebidas que eles consumiam. Para frutas, carnes e vegetais, nós poderíamos encontrar aqui equivalentes aceitáveis. O desafio seriam todas as outras coisas que não produzíamos, pois nenhum de nós tinha utilidade para elas, desde óleos de cozinha, farinha, ingredientes para panificação e aquele pó de semente preta chamado café em que os humanos pareciam tão viciados. Nós nem tínhamos azeitonas, trigo ou grãos de café em Trangor. Eu precisaria falar com Kayog para ver por que meios alguns dos bens não perecíveis que não podem ser obtidos aqui poderiam ser enviados para nós de fora.

Eu não permitirei que esta seja a razão pela qual ela me abandone ou se sinta infeliz por viver aqui.

Ainda assim, eu gostaria de pedir aos nossos botânicos que cruzassem as referências das frutas, vegetais e grãos disponíveis para encontrar o seu equivalente na dieta humana. Quando eu parei a pesquisa, o sol já estava nascendo sobre Krada. Eu me levantei cuidadosamente da minha placa aquecida e saí silenciosamente do nosso quarto para não acordar minha companheira. Eu fui até o átrio para colher e lavar algumas frutas e enchi uma tigela com uma variedade de nozes para dar a ela um pouco de proteína.

Para minha alegria, eu encontrei Hijara, uma das cuidadoras de animais do átrio e do vale escondido. Ela costumava acordar cedo para garantir que as criaturas fracas e feridas em qualquer um desses santuários estivessem devidamente alimentadas. Eu discuti com ela os componentes básicos de um dos cafés da manhã humanos padrão. Em poucos minutos, ela me forneceu três tipos diferentes de ovos e cortou algumas fatias finas de duas carnes diferentes de uma das unidades de resfriamento.

— Peça à sua companheira para experimentar isso — Hijara

disse — Eles têm gostos muito diferentes. Espero que seja próximo dos sabores de seu mundo natal.

— Obrigado, Hijara — eu disse para a mulher com um sorriso agradecido — Você é a melhor.

Ela sorriu de volta, embora eu não tenha perdido o leve brilho de tristeza em seus olhos prateados. Eu abaixei a cabeça e saí, com os braços cheios de produtos. Hijara não era a única mulher da tribo que esperava que eu a escolhesse como companheira, mas certamente era uma das mais persistentes. Como colega de trabalho de Salha, ela muitas vezes persuadia minha irmã de acasalamento a falar gentilmente sobre ela comigo, na esperança de despertar meu interesse.

Eu voltei para minha casa, mas assim que estendi a mão para a porta, ela se abriu, me assustando. Serena engasgou e deu um passo para trás, parecendo igualmente surpresa.

— Bom dia, minha companheira. Eu não esperava que você já estivesse acordada — eu disse com um sorriso.

— Eu sou madrugadora — ela disse distraidamente, seu olhar vagando para a comida na cesta que eu carregava — Você foi buscar tudo isso para mim?

— Sim — eu disse, estufando o peito — Há frutas e nozes, mas também ovos e carne fatiada. Esperamos que um pouco disso possa se aproximar dos sabores de seu mundo natal.

Serena olhou para a cesta por mais um segundo antes de virar seus lindos olhos castanhos claros para mim — Isso foi muito atencioso da sua parte — ela disse com uma voz suave que parecia uma carícia — Você é muito gentil, Szaro.

— Meu objetivo é te agradar — eu disse.

— E você certamente conseguiu — Serena respondeu com um sorriso. Ela se afastou para me deixar entrar em casa — Eu estava indo tomar banho, mas acho que vou tomar café da manhã primeiro.

— Um banho de novo? — eu perguntei, surpreso — Você tomou um ontem, pouco antes do anoitecer.

Ela sorriu indulgentemente — A maioria dos humanos toma banho uma vez ao dia, outros até com mais frequência, dependendo do tipo de trabalho que fazem, onde estiveram ou de qual atividade participaram. Quando os humanos realizam atividades físicas intensas, nós suamos muito. Se não nos lavarmos depois disso, acabamos fedendo. Além disso, enquanto os Ordosianos trocam de pele apenas uma ou duas vezes por ano, os humanos eliminam continuamente as células mortas da pele. Então, se eu suar ou minha pele ficar úmida, as células mortas grudam nela junto com qualquer sujeira no ar. Alguns dias sem um banho, e eu garanto que você não vai gostar de lançar essa sua língua intrometida em minha direção.

Eu ri e instintivamente mostrei minha língua para ela — Bem, neste instante, seu cheiro ainda é delicioso — eu disse sinceramente.

— Seu bajulador — ela murmurou, e então se virou para vasculhar a cesta que eu tinha colocado sobre a mesa - para esconder seu constrangimento, eu suspeitei — Hmmm, esse 'bacon' deve produzir gordura suficiente para me deixar fritar os ovos. Vamos ver qual é o sabor disso tudo!

Seu entusiasmo era contagiante. Serena me fez levar a cesta para os balcões temporários que Irco havia instalado ao lado da unidade de cozinha. Nesse meio tempo, ela pegou um prato e alguns talheres, junto com dois frasquinhos – um com um pó cinza escuro e outro com minúsculos grãos brancos. Ela ligou a unidade de cozimento e, em pouco tempo, um aroma bastante agradável subiu da frigideira em que as fatias finas e gordurosas de carne estavam cozinhando. Eu me perguntei quanta nutrição ainda restava quando ela finalmente as removeu para colocá-las em seu prato. A carne havia encolhido visivelmente, com a maior parte da gordura derretida. Serena quebrou os ovos no óleo resultante na frigideira - certificando-se de mantê-los separados para que pudéssemos saber qual deles veio de qual ovo. Ela então borrifou alguns dos grãos em pó cinza e branco sobre eles.

Enquanto os ovos cozinhavam, minha companheira cortou algumas frutas, que ela colocou no prato. Quando ela removeu os ovos da panela usando uma espátula, eu ainda estava tentando descobrir como ela sabia que eles estavam prontos *agora*, em vez de trinta segundos atrás, quando a cor parecia a mesma. Ela trouxe seu prato de comida para dentro de casa e se acomodou à mesa enquanto eu colocava as frutas restantes no refrigerador da cozinha.

— Você se importa se eu assistir? — eu perguntei enquanto ela pegava o garfo e a faca —Eu li que isso é considerado estranho.

Serena riu — É super estranho. Mas você me deixou assistir ontem à noite. Eu acho que está tudo bem se você me assistir hoje — ela acrescentou em tom de provocação.

Eu bufei — Essas duas coisas dificilmente se comparam, mas eu vou deixar você se safar... desta vez.

Serena sorriu para mim e começou a cortar uma das fatias de 'bacon' usando o garfo e a faca. Ela levou o pedacinho à boca com o garfo e começou a mastigar, franzindo a testa quase imediatamente.

— É ruim? — eu perguntei com uma voz preocupada.

Ela balançou a cabeça — Não, ruim não. Só não tem o gosto de bacon. Isso é na verdade um pouco forte. Não desagradável. Apenas inesperado — ela disse antes de cortar um pedaço da segunda carne que Hijara havia fornecido — Oh sim! — Serena exclamou com um sorriso assim que começou a mastigar — Isso não é bacon, mas é definitivamente mais próximo. É quase como presunto. Por falta de outra coisa, eu ficaria muito feliz com isso no café da manhã.

Eu não consegui tirar o sorriso bobo do meu rosto quando ela passou para os ovos. Dois deles acabaram sendo difíceis de distinguir dos ovos de galinha, mas, de acordo com minha companheira, o terceiro parecia um pouco mais borrachudo, como um ovo de pata. Eu não tinha ideia do que era um pato ou uma galinha, mas, desde que Serena tivesse presunto e ovos satisfatórios no café da manhã, eu estava contente.

Ela terminou sua refeição e trouxe seu prato para a pia.

— Não — eu ordenei quando ela ligou a água para começar a lavá-lo — Esse é o meu dever. Na cultura Ordosiana, é função do homem manter a habitação em bom estado, o que inclui construir, reparar e limpar.

— Uau! Se você está tentando me fazer gostar de você, está fazendo um excelente trabalho agora — Serena disse, olhando para mim com os olhos arregalados — Mas sabe, na cultura humana, nós compartilhamos as tarefas. Eu não me importo—

Um olhar severo meu foi suficiente. Ela ergueu as palmas das mãos em sinal de rendição, uma expressão divertida no rosto.

— Ei, se você quer monopolizar toda a *diversão*, vá em frente! Quem sou eu para negar a você o direito de se entregar às suas formas preferidas de entretenimento?

Eu a encarei, o que só a fez rir ainda mais. Eu adorei a qualidade musical dela e a maneira como isso iluminou o rosto dela. Apesar de suas características exóticas – e talvez até por causa delas – minha companheira era uma bela mulher.

— Eu vou tomar banho agora — ela disse — Eu volto logo!

Eu comecei a trabalhar assim que ela saiu, com um sorriso bobo estampado em meu rosto. Fazer limpeza nunca me incomodou. Na verdade, eu gostava da paz e tranquilidade e do tempo para reflexão e introspecção que isso proporcionava. Além disso, eu tinha muito orgulho da limpeza da minha casa e de ter tudo em ordem. Depois de arrumar a cozinha de Serena e lavar a louça, eu fui para nossa sala privada. Eu fiquei irritado ao descobrir que ela já havia arrumado a cama.

Um sinal sonoro do meu dispositivo de comunicação me assustou. Um rápido olhar fez com que todo o calor da brincadeira com minha companheira desaparecesse. Eu enviei uma mensagem em grupo para todos os Caçadores e comecei a vestir meu equipamento de batalha. Eu ouvi Serena entrar no momento em que eu colocava uma adaga no cinto de armas.

O som suave de seus pés parou em frente à porta aberta do meu arsenal. A expressão feliz e despreocupada de seu rosto desapareceu assim que ela viu meu traje e a sacola de remédios e tratamentos em minha mão.

— São muitas armas — Serena disse com um toque de tensão na voz — Aconteceu alguma coisa ruim?

— Há um grande bando de Flayers furiosos no noroeste, perto das cavernas de nidificação dos Acales. Assim como acontece com muitas outras espécies em Trangor, este mês e o próximo são a época de nascimento. Os Acales ficam mais vulneráveis durante esse período, não só por todos os filhotes indefesos, mas também porque todas as fêmeas saem para caçar comida, enquanto os machos cuidam dos filhotes. Em sua espécie, os machos são menores e mais fracos. Eles não serão capazes de proteger seus ninhos.

— Ai, isso é ruim — Serena disse com uma careta — Você acha que eles foram atraídos para lá?

Eu hesitei por um segundo antes de balançar a cabeça — Pelo relatório que recebi, não há sinais claros de manipulação. A aldeia Ordosiana mais próxima fica muito longe a oeste do covil dos Acales para que faça sentido atrair nessa área. Houve muitos relatos de Flayers se desviando para áreas que normalmente não frequentam. Acredito que eles estão evitando a presença de tantos caçadores de sua Federação, e isso os está empurrando para o noroeste. Essas feras gostam de presas fáceis.

— Certo... — Serena disse, olhando para mim com uma expressão estranha.

— O que foi, minha companheira? — eu perguntei.

Ela lambeu os lábios, endireitou os ombros e me olhou diretamente nos olhos — Eu quero ir caçá-los com você e os outros.

Eu congelei, surpreso com aquele pedido. Uma mulher nunca se juntava a um grupo de caça, mas nós nunca tivemos uma mulher humana em nosso meio. Este pedido não deveria ter me surpreendido. Na verdade, eu não deveria apenas ter antecipado, mas oferecido a ela primeiro. A tensão cresceu em minha mulher, seus ombros ficando mais rígidos e um músculo saltando em sua têmpora. Eu percebi então que minha resposta poderia ter um impacto significativo em nosso relacionamento futuro.

— Nossas mulheres raramente saem da região onde nasceram e nunca participam de uma caçada — eu disse cuidadosamente — No entanto, ao contrário delas, você é uma caçadora experiente. Eu não me oponho a você se juntar à caçada, MAS... — eu acrescentei rapidamente quando o rosto dela se iluminou — há certas condições que você deve se comprometer a respeitar.

— Estou ouvindo — Serena disse, olhando para mim atentamente.

— Você viu como nós lutamos contra os Flayers para executá-los da forma mais limpa e misericordiosa possível — eu disse. Ela assentiu — Como você não tem uma cauda para ajudar a imobilizar as feras, você precisará provar que pode compensar de outra forma, sem mutilar a criatura ou causar danos indevidos, a alternativa é ficar na função de esfaquear.

— Se eu trabalhar com sua equipe, posso usar boleadeiras no modo não letal. Elas simplesmente imobilizarão o Flayer, Serena respondeu rapidamente — Eu odiei mutilar aqueles Flayers no rio, mas eu não teria sobrevivido lutando contra dois machos maduros sozinha sem aleijá-los. Minhas mortes anteriores não foram tão perfeitas quanto as suas, mas foram limpas.

— Eu vi suas mortes anteriores, e esse é o único motivo pelo qual eu estou disposto a deixar que você se junte a nós — eu disse, com naturalidade — Mas entenda que, quando estivermos no campo de batalha, eu sou seu líder de caça, não seu companheiro. Seguir ordens sem questionar pode significar vida ou morte para todo o grupo de caça.

— Eu não tenho nenhum problema em seguir sua liderança — Serena disse com um firme aceno de cabeça.

— Estamos de acordo então — eu disse.

— Simmm!! — Serena gritou, erguendo os dois punhos — Você é o melhor! Eu vou me equipar agora!

Eu não pude deixar de rir e balançar a cabeça quando ela entrou correndo em nossa sala particular para se trocar.

— Junte-se a mim lá fora quando terminar — eu disse através da porta fechada da nossa sala.

— OK! — ela respondeu, sua voz abafada zumbindo de empolgação.

Sorrindo, eu saí de nossa casa. Eu deveria estar apavorado com a ideia de colocar minha companheira em perigo, mas apenas uma emoção me preenchia. Eu adorava compartilhar o aspecto principal da minha vida com minha mulher.

No entanto, uma sensação de desconforto se instalou na boca do meu estômago enquanto eu observava Raskier e meu irmão Mandha parados ao lado de seus Drayshans. A uma curta distância à frente, os Anciãos esperavam, prontos para nos dar sua bênção antes de nossa partida. Quando eu permiti que ela se juntasse à caça, não havia pensado nos problemas que minha companheira enfrentaria nos primeiros dias de nosso vínculo. Eu precisava lidar com a situação com cuidado para evitar que Serena se tornasse uma prisioneira em sua nova casa.

Suspirando, eu fui em direção aos Anciãos.

— Saudações, Anciões — eu disse aos três, embora tenha parado na frente da anciã Krathi, nossa líder da aldeia.

— Saudações, Szaro — a Anciã Krathi respondeu com um tom quase maternal — É lamentável que você seja chamado para uma caçada de longa distância na manhã de sua união.

— Sim — eu disse com um aceno de cabeça — Eu esperava mostrar à minha companheira as belezas de Krada, mas isso terá que esperar.

Os três Anciões assentiram com um sorriso compassivo.

— Mas eu gostaria de informar que, como caçadora experiente, minha companheira pediu para se juntar a nós em combate e eu concordei — eu falei em tom firme.

Como o Grande Caçador da tribo, eu tomava todas as decisões quando se tratava de caçar, defender a aldeia ou partir para a ofensiva. Os Anciões só tinham o direito de vetar minha decisão se ela representasse uma ameaça clara e presente à tribo. Como esperado, seus rostos se fecharam. Apesar da eficácia com que escondiam suas emoções, eu quase conseguia ler os pensamentos que cruzavam suas mentes.

— Eu posso adivinhar que preocupações válidas esta notícia desperta em vocês — eu disse em tom apaziguador — Embora meu vínculo seja recente e tenha sido iniciado em circunstâncias menos do que perfeitas, existe amizade e afeto genuínos entre mim e minha companheira. Ela é uma mulher honrada e não aproveitará esta oportunidade para tentar fugir.

Eu não tinha provas disso e, ainda assim, num nível visceral, eu sabia que era verdade. Depois de conversar com minha companheira e avaliá-la com suas habilidades empáticas, Kayog concluiu que nós éramos uma combinação perfeita. Ele também atestou que ela tinha altos padrões morais.

— Ainda assim, para aliviar quaisquer preocupações compreensíveis que vocês, e qualquer outra pessoa na tribo possa ter sobre este assunto, Serena viajará comigo em meu Drayshan e não em seu speeder — eu continuei — Dagas não permitirá que outro vá embora sem mim, e Serena nunca será capaz de voltar a pé para o acampamento base da Federação.

O rosto da Anciã Krathi suavizou — Uma precaução sensata — ela respondeu — Eu aprovo esta ação.

Um alívio me inundou. Eu temia um confronto caso ela contestasse minha decisão.

— Eu senti um forte vínculo se formando entre você e a fêmea humana durante a cerimônia da noite passada — continuou a Anciã em tom pensativo — Devemos entender que você está satisfeito com o seu par?

— A Deusa enviou Serena para mim — eu disse com convicção — Eu estou muito satisfeito com o pareamento.

— Isso aquece meu coração, Grande Caçador — respondeu a Anciã Krathi, com a mesma expressão maternal assumindo seu rosto novamente.

— E o meu — respondeu a Anciã Jyotha, enquanto o Ancião Iskal concordou com a cabeça.

— Obrigado, Anciões — eu disse, grato pelo apoio deles — Esperamos voltar esta noite, mas vou mantê-los informados sobre como a situação evolui.

— Faça o que achar certo, Grande Caçador — disse a Anciã Krathi — Boa viagem e que a Deusa guie seu braço.

Eu abaixei a cabeça respeitosamente e depois fui em direção ao meu irmão que havia trazido Dagas, meu Drayshan. Serena saiu de nossa casa antes que eu o alcançasse e imediatamente veio em nossa direção. Eu não pude deixar de me sentir um pouco decepcionado ao ver o uniforme completo de caça de couro que cobria cada centímetro de sua linda pele, além do rosto e das mãos.

— Estão todos prontos? — eu perguntei ao meu irmão.

— Sim — ele respondeu, embora seu olhar surpreso permanecesse fixo em minha companheira se aproximando de nós — Ela virá também?

— Sim — eu respondi, irritado com meu tom defensivo. Mandha sorriu, mas não disse nada, o que só me irritou ainda mais — Faça com que todos montem — eu ordenei de forma sarcástica.

O sorriso de Mandha se expandiu e eu mostrei minhas presas para ele. O desgraçado desagradável começou a rir antes de cumprir minhas ordens. Serena parou ao meu lado com um olhar questionador.

— Me dê sua bolsa — eu disse, estendendo a mão para ela

— Eu vou colocá-la com a minha e as outras no Drayshan de carga.

— Ah, não há necessidade. Eu posso colocá-la no armazenamento do meu speeder, já que não terei o colchão e outras coisas nele — ela respondeu.

— Você não vai andar no seu speeder — eu disse em um tom de desculpas.

— O quê? Por quê? — perguntou Serena, recuando.

Eu expliquei gentilmente a situação.

— Eu não vou fugir! — Serena disse, com as costas rígidas.

— Eu acredito em você, minha companheira — eu disse suavemente — Eu *realmente* acredito — eu repeti, sustentando seu olhar inabalavelmente. Isso pareceu acalmá-la um pouco. — Mas você entende por que aqueles que tiveram pouca interação com você podem ter algumas preocupações?

Serena apertou os lábios e me deu um aceno rígido.

— Vamos, minha companheira. Anime-se — eu disse em um tom de provocação — Quem precisa de um speeder, afinal? Você está prestes a se tornar a primeira mulher de qualquer clã Ordosiano a sair em uma caçada *e* a primeira humana – ou forasteira de qualquer espécie – a montar um Drayshan.

— Quando você coloca dessa forma, parece mesmo algo bem legal — ela disse com os lábios carnudos mais adoráveis que me fizeram doer com a necessidade de beijá-la.

Ela relutantemente me deu sua bolsa e eu fui colocá-la junto com a minha e a dos outros no Drayshan de carga. Quando voltei para o lado da minha companheira, ela estava olhando para Dagas com uma mistura de curiosidade e suspeita.

— Nós dois vamos montar nele? — ela perguntou em um tom duvidoso.

— Sim. Você vai primeiro e eu deito em cima de você.

Eu comecei a rir com o olhar estupefato que ela me deu. Foi ainda mais engraçado que eu não estivesse brincando.

— Normalmente, você simplesmente se sentaria ou deitaria

no recesso das costas dele — eu expliquei, apontando para ele — Isso permite que eles carreguem seus filhotes até que estejam fortes o suficiente para andar por conta própria. Por causa da nossa anatomia, dois Ordosianos adultos geralmente não andam juntos, pois é bastante desconfortável. Mas no seu caso, será perfeito. Você pode deitar aqui e colocar as pernas ao lado dele, exatamente onde ele se inclina aqui. Isso deve ser confortável para você e fornecer um bom suporte para suas pernas descansarem.

— E você vai se acomodar entre as minhas pernas? — embora ela tenha formulado isso como uma pergunta, ela estava fazendo uma declaração em um tom de 'você está falando sério?' que me fez querer sorrir novamente.

— Minha parte inferior do corpo vai, e minha cauda vai envolver seu chifre traseiro — eu disse com uma voz provocante.

— E se eu não estiver feliz com isso? — ela perguntou.

— Esse é seu direito, mas você ainda tem que obedecer... ou permanecer na aldeia — eu brinquei.

Ela franziu o rosto para mim, me fazendo rir de novo. Voltando-se para Dagas, minha companheira segurou em um dos três ossos recurvados que se projetavam de seu lado. Com uma destreza surpreendente, Serena colocou o pé direito no escudo protetor do exoesqueleto acima do joelho dobrado, como uma escada para ajudar a subir de costas. Dagas virou a cabeça para olhá-la com seu olho laranja. Eu acariciei seu traseiro, chamando sua atenção para mim, deixando claro que estava tudo bem carregá-la. Ele fez um som de aceitação e se virou para frente.

Alheia a tudo isso, minha companheira estava ajustando sua posição no Drayshan, inclinando-se para segurar os chifres mais próximos ao longo dos lados do pescoço. Serena parecia tão graciosa em minha montaria que eu poderia ficar ali por horas admirando a cena. Porém, para minha vergonha, a delicada curva arredondada de seu traseiro continuava atraindo meus olhos.

Algo sobre ele era inegavelmente atraente. Ordosianos não tinham traseiros assim, na verdade, não tinham nenhum.

Mas, além da apreciação daquela forma harmoniosa, pensamentos menos inocentes encheram minha mente. A partir da minha pesquisa sobre os humanos, eu descobri que eles podiam acasalar numa posição semelhante, com o homem de pé atrás da mulher curvada. Ordosianos não podiam fazer isso. Nossos acoplamentos tinham que ser frente a frente, sempre na mesma posição por causa da posição da fenda das nossas fêmeas. A ideia de como as coisas poderiam ficar criativas entre Serena e eu despertou minha região inferior de uma forma que eu realmente não precisava agora.

Colocando uma mão no osso recurvado do lado de Dagas e outra em sua garupa, eu me levantei em suas costas, tomando cuidado para não esmagar minha companheira enquanto me acomodava atrás dela. A suavidade dos cachos apertados de seu cabelo preto, cuidadosamente presos no que ela chamava de tranças francesas, roçaram as escamas da minha bochecha direita quando me inclinei sobre ela.

— Me avise se eu estiver te esmagando você — eu disse suavemente em seu ouvido enquanto alcançava os chifres na lateral do pescoço de nossa montaria — É melhor se você me deixar cuidar dos chifres. Você pode segurar meus braços se quiser. Mas provavelmente será mais confortável se você simplesmente descansar as palmas das mãos nos ombros dele.

— Tudo bem — Serena disse, mexendo-se embaixo de mim.

Seu traseiro esfregou contra minha área pélvica na tortura mais requintada. Embora eu odiasse o quanto sua roupa de caça cobria sua pele, estava se tornando um alívio não poder sentir seu calor nu sob meu peito.

— Estou bem. Isso deve funcionar e é surpreendentemente confortável — minha companheira acrescentou, soando bastante impressionada.

— Fico feliz em ouvir isso — eu disse, genuinamente satisfeito — Não hesite em me dizer se sentir desconforto em algum momento.

— Pode deixar — ela disse com um aceno de cabeça.

Eu dei o sinal aos outros que esperavam pacientemente e finalmente partimos.

CAPÍTULO 10
SERENA

Eu nunca fui de sofrer enjoo. O balanço constante de Dagas enquanto ele corria pela floresta em uma velocidade vertiginosa não foi responsável por minhas entranhas terem se liquefeito e se transformado em uma piscina borbulhante de lava. O corpo firme de Szaro esfregando-se contra o meu a cada passo galopante do Drayshan estava me deixando louco. Sua língua miserável sacudindo de vez em quando, o sorriso presunçoso esticando seus lábios e o olhar provocativo ocasional que ele lançava em minha direção apenas confirmavam que ele sabia como esse passeio me afetava.

Eu tentei ignorar a sensação inebriante dele em volta de mim e me concentrei na vista deslumbrante do ambiente. Graças à posição inclinada em que estávamos deitados nas costas do Drayshan, eu não precisava esticar o pescoço para manter a cabeça erguida e olhar para frente.

Nós saímos da região de Krada, deixando o vale onde eu estava caçando ao longo de sua fronteira e nos movemos mais para noroeste, em direção a territórios novos para mim. Szaro começou a apontar vários pontos de referência e me deu algumas informações básicas e histórias sobre a flora e a fauna locais. Eu fiquei tão envolvida nessa visita guiada improvisada, ainda mais embalada pelo som hipnótico de sua voz profunda com aquele som estridente e ronronante, que o grito distante de um Flayer me assustou.

Szaro ficou tenso atrás de mim. A equipe diminuiu a velocidade de suas montarias, direcionando-as em direção à cordilheira que estávamos seguindo. Alguns dos Ordosianos desmontaram de seus Drayshans antes de pararem completamente. Nenhum deles se incomodou com o Drayshan de carga e eles correram em direção às feras gritando a uma curta distância assim que Szaro acenou para eles. A velocidade com que eles deslizaram para longe me fez pensar por que eles se preocupavam com montarias.

Corri para o transportador para pegar minha bolsa. Szaro removeu seu cajado, mas não o prendeu em um arnês nas costas, e se juntou a mim. Eu esperava que ele corresse para alcançar os outros, me instruindo a seguir no meu próprio ritmo. Em vez disso, ele virou as costas para mim.

— Suba nas minhas costas — ele ordenou.

Eu congelei por meio segundo, depois coloquei minha mochila e parei atrás de Szaro, minhas pernas de cada lado de sua cauda. Ele fechou o capuz, dobrando cada aba contra sua cabeça enquanto eu envolvia meus braços em seu pescoço.

— Você pode segurar meu cajado? — ele perguntou, estendendo-o para mim.

Eu o agarrei com a mão direita e Szaro deslizou as duas mãos por trás dos meus joelhos para levantar minhas pernas para os lados, me carregando nas costas.

— Segure firme — ele ordenou.

Antes que eu pudesse responder, Szaro avançou, me carregando sem esforço e movendo-se na mesma velocidade espantosa dos outros, como se eu não pesasse nada. Por um breve instante, eu me perguntei sobre os Drayshans que haviam sido deixados para trás sem estarem presos a nada. Os Ordosianos não temiam que eles se afastassem ou fugissem com medo? Mas um olhar por cima do meu ombro mostrou as feras todas paradas, aparentemente sem se perturbarem com o rugido distante dos Flayers.

Com o coração batendo forte, eu tentei entender o que estava acontecendo à frente enquanto Szaro balançava de um lado para o outro, deslizando entre as árvores esparsas na borda da floresta como um patinador faria. Nós paramos a cerca de cinquenta metros de onde Mandha e quatro Ordosianos lutavam contra o primeiro Flayer.

— Arme-se e venha ajudar minha unidade quando estiver pronta — ordenou Szaro antes de correr em direção a um grupo à esquerda de Mandha.

Cerca de uma dúzia de Flayers estavam se movendo para o norte em direção à clareira, que levava a uma enorme caverna na montanha. Na verdade, ela não se encaixava na descrição de uma caverna, pois era aberta nas duas extremidades, criando um túnel que se abria para o penhasco acima do rio abaixo. Com pelo menos vinte metros de profundidade, as paredes laterais da caverna aberta transbordavam de filhotes recém-nascidos cantando nos incontáveis ninhos construídos diretamente nos recessos da pedra.

Eu rapidamente removi minhas armas da mochila, incluindo seis boleadeiras, e as prendi no cinto. Eu joguei minha mochila para o lado e corri para a posição de Szaro, com uma boleadeira na mão, pronta para ser arremessada. Infelizmente, quando eu cheguei perto o suficiente, ele já estava cortando sua espinha. Os quatro homens moveram-se rapidamente para outro alvo. Desta vez, eu consegui lançar minha boleadeira, prendendo as duas patas dianteiras do Flayer, segundos antes dos Ordosianos alcançá-lo. Sem piscar, os três homens imobilizam duas das seis pernas restantes da fera com suas caudas, e então Szaro partiu para matá-lo. Eu orgulhosamente levantei meu queixo para o sorriso de aprovação que ele lançou em minha direção.

Assim que eu estava girando minha segunda boleadeira, pensando em como isso estava provando ser obscenamente fácil, três Flayers avançaram juntos. Minha equipe saiu do caminho, mas a besta à esquerda perseguiu um deles. Eu lancei minha boleadeira. Ela pegou as patas traseiras da criatura por pouco, mas foi o suficiente para derrubá-la. Ela caiu de cara no chão, dando ao nosso companheiro de equipe uma chance de escapar... ou assim eu pensei.

Eu percebi tarde demais que ele na verdade fingiu ser mais lento para atrair a fera para longe dos ninhos. Embora impedido pela boleadeira que segurava duas de suas pernas, o Flayer se levantou e voltou a perseguir seu alvo com um passo desajeitado, porém rápido. À frente, Szaro e os outros dois membros da minha equipe também tentavam atrair os Flayers para longe da caverna. Mas os machos Acales que protegiam os ninhos - em uma tentativa inútil de assustá-los - correram em direção às feras. Isso só deixou os Flayers mais famintos por presas fáceis.

Percebendo que não conseguiriam desviar as criaturas de seus alvos atuais, Szaro e os outros convergiram para o maior dos dois. Eu peguei outra boleadeira, mas quando estava prestes a jogá-la, a visão dos pássaros atacando ineficazmente a fera "menor" de repente despertou uma memória antiga. Por instinto, eu lancei minha boleadeira naquela criatura em vez daquela que meu time estava atacando.

Eu puxei o apito do bolso de acessórios em meu braço esquerdo, e rapidamente entrei na configuração do programa na interface e o assoprei. Os Acales viraram a cabeça em minha direção, alguns deles parecendo querer vir até mim antes de retomar seus ataques ao Flayer que estava se levantando. Ele golpeou seus membros em foice para eles, cortando muitos Acales. Eu soprei minha flauta novamente, meus dedos se movendo sobre os buracos, modulando o som.

E então funcionou.

Os Acales coletivamente emitiram um guincho alto e então

voaram em minha direção, o Flayer logo atrás deles. Eu gravei o padrão da flauta e continuei a tocar o chamado de convocação enquanto corria em direção à equipe de Mandha, que havia derrotado os outros Flayers próximos e estava correndo em nossa direção. Com o coração batendo na minha garganta ao som da besta se aproximando rapidamente atrás de mim, eu me virei apenas o suficiente para arremessar outra boleadeira. Ela errou completamente o alvo. No entanto, em sua tentativa de evitá-la, o Flayer esquivou-se para o lado, e as pernas que eu prendi anteriormente o fizeram perder o equilíbrio. Ele caiu de bruços, seu impulso fazendo com que deslizasse por uma curta distância.

Ele nem teve a chance de se levantar quando a equipe de Mandha desceu sobre ele.

Ignorando meus joelhos bambos, eu continuei soprando na flauta e atraí os Acales de volta para a caverna enquanto a equipe de Raskier e Szaro cuidavam dos dois últimos Flayers. Após entrar na caverna, eu interrompi o chamado de convocação. Os Acales voaram em círculos ao meu redor por alguns segundos e então, um por um, eles voltaram para seus ninhos.

Eu saí da caverna, a preocupação substituindo rapidamente a adrenalina que corria em minhas veias enquanto observava Szaro se aproximar de mim com uma expressão severa. Eu engoli em seco e me preparei.

— Você não seguiu minhas ordens — ele disse severamente.

— Eu sei. Me desculpe. Eu não queria sair por conta própria — eu disse em um tom de desculpas — É que quando eu vi os Acales, percebi que eles pareciam quase idênticos aos Shivarees, uma espécie para a qual eu fiz trabalhos de proteção no passado. E eu tive esse palpite de que o apito poderia evitar que eles fossem massacrados. Eu agi por instinto.

— Seu instinto estava correto, e você salvou a maioria dos machos — ele concedeu, sua voz ainda séria — Mas se você estivesse errada, e pior ainda, se a equipe de Mandha não tivesse acabado com a fera que eles estavam lutando quando você começou a atrai-los, muitos de vocês poderiam ter sido feridos ou mortos.

— Eu sei — eu disse, abaixando a cabeça de vergonha — Eu realmente sinto muito.

— Eu sei que você sente — ele disse, seu tom suavizando — Não a culpo por se adaptar à situação de mudança de uma batalha e não espero uma obediência cega. Você realmente tomou a decisão certa, mas não da maneira certa.

Eu recuei, ficando atordoada com a mudança repentina — Não é a maneira certa?

— Você avaliou corretamente que o resto da nossa equipe e eu poderíamos lidar com nossa fera sem a sua ajuda, mas você não planejou para onde iria com a segunda, ou quem iria ajudá-la assim que você afastasse os Acales dela. Acredito que você agiu da mesma forma quando resgatou Salha e Eicu. Você viu seres vulneráveis em perigo e mergulhou de cabeça para resgatá-los, sem muita preocupação com sua própria segurança. Você tem um grande coração, minha companheira. Mas você não pode ajudar ninguém se for morta no processo.

Minhas bochechas queimaram e eu franzi o rosto — Certo. Posso ter a tendência de agir primeiro e pensar depois em certas circunstâncias — eu disse em voz baixa — Vou trabalhar nisso.

— Cuidado com isso, minha companheira. Eu não ficarei viúvo — ele respondeu provocativamente — Você se saiu bem — ele acrescentou com um brilho de aprovação nos olhos.

— Mais do que bem — exclamou Mandha atrás dele, enquanto se aproximava de nós com os outros — Isso foi impressionante. Que som foi esse?

— É a convocação dos Shivarees — eu disse, levantando o queixo com o elogio, repetido pelos outros quando eles se juntaram a nós — Eles são uma espécie de ave de Marvix 5, um pequeno planeta do setor Crastar. Eles são bem semelhantes em aparência a esses Acales. No caminho para cá, Szaro me disse que os machos Acales são menores e protegem os ninhos, enquanto as fêmeas são as caçadoras e lutadoras de sua espécie.

— Como esses Shivarees? — Raskier perguntou.

— Exatamente como aqueles Shivarees — eu respondi com um aceno de cabeça — Quando seu ninho está sob ataque, o grupo de fêmeas defensoras emite aquele grito para que os machos e seus filhotes possam se reunir naquela posição para serem protegidos enquanto as outras fêmeas vão para a batalha. O tom não é exatamente o mesmo, por isso tive que modificá-lo um pouco, mas eu cheguei perto o suficiente para funcionar.

— Como você adivinhou que esse era o problema? — Szaro perguntou com óbvia curiosidade — Como você sabia que tom definir?

— Isso também foi um palpite, para ser honesta. Seu grito é alguns tons mais profundo que o dos Shivarees. Então eu ajustei o chamado de acordo.

— Mulher inteligente — Raskier disse, seus olhos brilhando com a mesma admiração que eu podia ver nos olhos dos outros caçadores — Sua intervenção oportuna salvou esta espécie de retornar à beira da extinção.

— Este é o único ninho deles? — eu exclamei.

— Não — respondeu Szaro — mas este é o maior. Você está provando ser uma Guardiã natural, como todos nós.

— Obrigada — eu disse, aproveitando a aprovação coletiva deles. Eu estava com tanto medo de estragar tudo.

— Mas agora devemos cuidar dos feridos e ver se há alguma ameaça adicional à espreita nas proximidades — Szaro disse sério.

Ele olhou para Mandha e simplesmente acenou com a cabeça, como pessoas com anos de trabalho conjunto que não precisam mais falar para entender o que o outro quer ou precisa. Mandha gesticulou com a cabeça para que dois de seus companheiros o seguissem, e eles correram para onde nós deixamos os Drayshans. Szaro então falou algumas palavras em Ordosiano para Raskier, que também assentiu. Sua equipe e mais um seguiram imediatamente para o sul, através da floresta. Para minha surpresa, Raskier ficou para trás, indo de um Flayer caído para o próximo para marcá-los com uma arma de sinalização.

— Temos que reivindicar suas mortes — Szaro disse com um sorriso.

Eu comecei a rir — Vocês são incríveis

— Não, minha companheira, *você* é incrível — ele disse antes de levantar a mão para acariciar minha bochecha.

Ele pareceu tão surpreso quanto eu com o gesto terno. Embora eu não tenha me afastado, ele largou a mão quase imediatamente depois disso. Seu olhar subitamente envergonhado me fez perceber que nossa equipe e os dois membros restantes da equipe de Mandha ainda estavam presentes, nos observando. O olhar de aprovação em seus olhos comunicava sua satisfação pelo fato de nossa união parecer estar no caminho certo. Não foi um movimento calculado, mas não prejudicou nosso fingimento de que estávamos tentando honestamente.

Mas é mesmo um fingimento?

Não do ponto de vista de Szaro. Meu marido estava definitivamente tentando para valer. Eu fiquei perturbada com a rapidez com que ele me fez querer reconsiderar minha própria posição sobre isso.

— Recupere suas boleadeiras — Szaro disse — Todos os outros, vamos trabalhar.

Eu acenei com a cabeça e fui recuperar minhas armas. Antes de me juntar aos homens, eu corri a curta distância até onde havia jogado minha mochila e enfiei minhas armas de volta lá dentro. Ao me aproximar da caverna, eu fiquei chocada ao ouvir o barulho das caudas dos Ordosianos. Vários machos Acale fugiram, circulando de forma ameaçadora enquanto Szaro e os outros se aproximavam dos ninhos. Gradualmente, os pássaros pousaram, perdendo toda a postura agressiva, apesar dos Ordosianos se aproximarem deles. Quando eu entrei na caverna, uma poderosa sensação de paz tomou conta de mim.

O chocalho está fazendo isso!

Mas como? Durante o casamento, toda a multidão sacudiu seus chocalhos e isso não me afetou. Porém, quando Szaro chacoalhou perto da minha orelha, eu imediatamente entrei no cio.

O padrão era diferente.

Não... não apenas o padrão, mas também o tom. Eu observei fascinada enquanto os Ordosianos examinavam as aves uma por uma, colocando os feridos de lado para serem tratados. As criaturas submeteram-se docilmente a eles.

Mandha e seus companheiros voltaram com os Drayshans. Eles trouxeram as bolsas de remédios do transportador para que os homens pudessem tratar os feridos. Para minha surpresa, Mandha carregou uma enorme bolsa prateada com o logotipo da Federação e começou a enchê-la com os restos mortais dos Acales mortos. Após isso, ele a selou, o que sugou automaticamente o ar da bolsa, preservando assim os corpos em seu estado atual. Ele a colocou próxima a um dos Flayers mortos, dentro da cúpula protetora criada pelo meu farol.

Eu me juntei-me a Szaro e, durante as horas seguintes, ajudei a ele e os outros a cuidar das aves feridas. Depois de uma hora, meu coração deu um pulo no peito ao ver a nave da Federação aterrisando na clareira para recuperar os restos mortais dos Flayers. A equipe de extração trabalhou com rapidez e eficiência sob o olhar atento dos Ordosianos.

Assim que eles estavam voltando da nave para pegar um dos dois últimos animais, um dos agentes percebeu minha presença. O choque deu lugar à pena em seus olhos. Eu só podia imaginar que tipo de especulações malucas estavam acontecendo no acampamento base sobre o meu destino. Eu sorri para ele e acenei amigavelmente para expressar que estava tudo bem. Isso pareceu deixá-lo confuso, o que só fez meu sorriso se alargar. Eu mataria para saber que história ele contaria aos outros quando voltasse.

Trinta minutos antes de terminarmos, Raskier voltou com aqueles que o acompanharam até a floresta. A essa altura, o sol estava se pondo no horizonte e meu estômago clamava por comida. Eu mastiguei uma barra energética sob os olhares divertidos dos Ordosianos.

— Não é de admirar que os humanos comam com tanta frequência — Mandha disse provocativamente enquanto eu bebia um gole de água — Não tem como essa pequena barra fornecer sustento suficiente. Esses pássaros comem refeições maiores.

— Essa barra pode parecer pequena, mas é surpreendentemente satisfatória — eu brinquei — Não é a melhor refeição, mas ela é prática e eu estou bastante satisfeita agora.

— E você estará com fome de novo em algumas horas — retrucou Raskier — Você não consegue armazenar reservas para não precisar comer por alguns dias?

— Nosso estômago não tem muito espaço e nós temos um metabolismo acelerado — eu respondi — Qualquer coisa no meu estômago será processada em questão de horas, algumas coisas demoram ainda menos dependendo do que são.

— Nosso estômago também é relativamente pequeno — Mandha disse enquanto me lançava um olhar avaliador — Mas mesmo sendo esguias, suas pernas são longas. Você não pode armazenar nelas para ser digerida mais tarde?

Eu comecei a rir, imediatamente tapando a boca com a mão e me sentindo horrível ao pensar que poderia tê-lo ofendido.

— Me desculpe. Eu não estou rindo de você, mas a ideia de ter armazenamento de comida nas pernas é muito engraçada — eu disse com uma expressão tímida — Eu presumo que isso significa que vocês... errr, os Ordosianos armazenam comida em suas caudas?

Todos eles assentiram.

— Uau, tudo bem. Isso explica algumas coisas — eu disse, me sentindo um pouco boba — Mas não. Nós não temos armazenamento de alimentos em lugar nenhum. Nossas pernas são apenas ossos cercados por pele, tendões, músculos e nervos.

Ter vinte pares de olhos masculinos reptilianos olhando para minhas pernas me fez contorcer rapidamente.

— Então... e agora? — eu perguntei para desviar a atenção das minhas pernas e dos hábitos alimentares.

— Há mais bandos se movendo para noroeste — Szaro disse — Eu recebi alguns relatórios do meu pai. Seus batedores tiveram que lidar com vários Flayers, mas estão de olho nos bandos além do alcance normal. Eles nos manterão informados. Considerando que já é tarde e provavelmente teremos que voltar a este setor amanhã, viajar duas horas para voltar à aldeia não faz sentido. Sugiro que passemos a noite.

— Na caverna de costume? — Mandha perguntou.

Szaro assentiu.

Eu olhei para Szaro em estado de choque. Primeiro, eu não sabia que o pai dele ainda estava por perto. Como ele não me apresentou a nenhum dos seus pais na aldeia depois do nosso casamento, eu presumi que ambos tivessem falecido, não que vivessem com uma tribo diferente. E duas horas?! Eu estava tão atordoada no caminho até aqui a ponto de não perceber que estávamos viajando há tanto tempo?

Embora entusiasmada com a ideia de dormir na selva com os Ordosianos, eu me arrependi de não ter trazido meu colchão inflável. Dormir na superfície dura da caverna me deixaria dolorida pela manhã.

Nós viajamos uma curta distância a oeste dos ninhos dos Acales até uma caverna bastante impressionante. A grande entrada se dividia em dois corredores sinuosos com pequenos recantos ao longo do caminho. Szaro me conduziu pelo corredor esquerdo. Por um momento, eu quase puxei minha lanterna quando a escuridão se adensou ao nosso redor, mas a luz reapareceu rapidamente a uma curta distância à frente. Nós chegamos a um beco sem saída com uma claraboia natural no teto da caverna. O terreno do espaço relativamente grande e aproximadamente oval, talvez com quatro metros de largura e seis metros de comprimento, era quase todo plano e feito de terra compactada.

Para minha surpresa, os outros não nos seguiram até os fundos, a maioria se instalando na entrada ou em algum recanto do início do corredor.

— Nós nos unimos recentemente — Szaro disse com uma voz gentil, adivinhando os pensamentos que passavam pela minha cabeça — Eles estão nos concedendo alguma privacidade.

— Entendi — eu disse, o calor subindo pelas minhas bochechas.

Eu dei uma olhada ao redor do espaço árido, imaginando onde me estabeleceria.

— Eu gostaria que você deitasse sobre mim — Szaro disse com naturalidade — O chão é muito duro para você. Eu deveria ter previsto que poderíamos passar a noite e lhe dito para trazer seu colchão.

Eu tentei tranquilizá-lo — Está tudo bem, eu posso sobreviver uma noite no chão duro.

— Pode ser mais de uma noite — respondeu Szaro — Não se preocupe. Eu não estou tentando tirar vantagem. E você deve achar minha cauda bastante confortável para dormir.

— Eu sei que você não está — eu murmurei — Mas como isso funcionaria?

Ele dobrou sua cauda em espiral, transformando-a efetivamente em uma "almofada" bem grande na qual eu poderia me deitar.

— Mas você usa sua cauda como almofada — eu argumentei fracamente, lembrando como ele dormiu na noite passada.

— Os Ordosianos dormem deliberadamente numa superfície plana e dura — Szaro disse em um tom de 'não seja boba' — Eu não preciso da almofada. Você sim. Agora pare de discutir, mulher. Ordens do Líder da Caçada.

— Ah! — eu disse com um desafio brincalhão, semelhante ao seu tom falsamente autoritário — Nós não estamos caçando agora. Você não pode ditar o que eu faço.

— Tudo bem — ele resmungou — Então faça isso para salvar seu companheiro de uma noite inteira sendo atormentado pela culpa por fazer você dormir em condições inadequadas devido à falta de previsão dele.

— Uau, você realmente joga sujo! — eu disse, balançando a cabeça para ele com uma risada.

— Eu faço o que preciso para protegê-la de si mesma — ele brincou.

— Eu não preciso de proteção — eu retruquei.

— Você precisa me deixar cuidar de você. Venha até mim, minha companheira — ele estendeu a mão para mim.

— Espere um pouco — eu respondi.

Eu tirei as botas, tirei o colete e as calças do uniforme de caça e os dobrei cuidadosamente em cima da mochila. Quando me virei para Szaro, a maneira como ele olhou para mim fez meus joelhos tremerem. Eu olhei para mim mesma, me perguntando o que havia desencadeado tal reação. Embora eles abraçassem minhas curvas, meu sutiã esportivo e calças de treino não eram sugestivos em seu design. Quando eu olhei para Szaro, a expressão neutra em seu rosto me deu uma chicotada. Eu tinha imaginado sua reação anterior?

Mais uma vez, ele estendeu a mão para mim. Desta vez, eu fui até ele. Ele inclinou a parte superior do corpo para o lado, apoiando a cabeça na mão. Foi estranho subir em cima dele assim e ainda mais quando me enrolei de lado, de frente para ele. A suavidade de suas escamas contra minha pele me deixou cambaleando. Mas seu sorriso feliz apagou qualquer hesitação que eu ainda tivesse. Eu dobrei meu braço esquerdo sob a cabeça.

— Ok, você venceu. Você é um colchão muito confortável — eu disse em um sussurro.

Eu não sei por que abaixei a voz daquele jeito, mas deitada em cima dele, nossos rostos tão próximos um do outro pareciam exigir isso.

Ele não respondeu com a resposta provocadora que eu esperava. Seu rosto suavizou-se com uma expressão terna e ele acariciou suavemente minha bochecha.

CAPÍTULO 11
SERENA

Aquele toque gentil e inocente foi suficiente para reacender um fogo na boca do meu estômago. Eu adorava senti-lo ao meu redor, a ternura misturada com admiração em seus olhos sempre que ele olhava para mim e a maneira cuidadosa e respeitosa com que ele sempre me tocava. Surpreendentemente, eu também gostava do cheiro dele – terroso e amadeirado, evocando uma corrida selvagem e despreocupada pela floresta, perigo e poder, mas também lar e estabilidade.

— Conte-me sobre você, Serena Bello — Szaro disse enquanto afastava a mão do meu rosto.

— Não há muito a dizer sobre mim, na verdade — eu disse, franzindo os lábios enquanto ponderava quais informações pareciam relevantes — Eu sou a mais velha de duas irmãs. Minha irmã é meu oposto em todos os aspectos importantes, mas ela é a filha perfeita para meus pais.

— Você não se dá bem com sua família? — Szaro perguntou com uma leve carranca.

— Eu não diria isso. Eu amo minha família e tento visitá-los a cada um ou dois meses. Quando não posso, nos comunicamos através do comunicador. Mas nós não temos muito em comum.

Eles são muito corporativos, de alta tecnologia e da alta sociedade. Eu sou como um animal selvagem. Eu preciso estar rodeada pela natureza, por coisas simples e autênticas. Com as socialites, tudo gira em torno da aparência. Você se sente obrigada a agir de determinada maneira ou a fazer certas coisas porque é isso que se espera. Esse não é o caso dos animais. Você sabe exatamente onde você está.

— Sim, os animais geralmente podem cheirar ou sentir o engano — Szaro disse — Devo entender que seus pais desaprovam que você seja uma caçadora?

Eu bufei — Esse é o eufemismo do século. Eles acharam que eu iria fazer isso por um tempo e superar isso, como fiz com outras coisas que busquei — eu disse, balançando a cabeça — Quando perceberam que eu realmente adorava caçar, eles tentaram usar sua influência para me conseguir um cargo de alto escalão no conselho da Federação. E teria funcionado também, mas eu recusei.

— Por quê? — Szaro perguntou, genuinamente surpreso — Essa não é uma posição de honra?

— Sim, mas isso significaria ficar na sede deles, atrás de uma mesa, me reunindo com pessoas 'importantes' e fazendo todas aquelas coisas de socialite que eu especificamente não quero fazer — eu disse com desgosto — Na opinião dos meus pais, eu deveria buscar um grande salário com pouco perigo. Em vez disso, eu vou para o campo, colocando a minha segurança em risco, muitas vezes por uma compensação incerta. Mas eu amo esta vida.

— Você adora matar feras perigosas? — ele perguntou.

Eu recuei, ofendida pela pergunta. Não havia acusação em seu tom, mas a intensidade em seus olhos sugeria que ele avaliaria minha resposta.

— Não — eu disse com força — Eu não adoro *matar* nada. Existe uma parte predadora em mim que gosta da emoção do perigo e de derrotar meu oponente? Sim. Mas eu não caço por esporte ou por diversão. Eu comecei como assistente de exobiólogo em um parque regional de Oraya. Uma inundação e depois um deslizamento de terra enviaram as matilhas predatórias do norte para o parque. Inúmeras espécies vulneráveis foram dizimadas. Eu estava impotente para protegê-las. Foi quando eu aprendi a caçar.

— Então, você mata para proteger — Szaro disse com voz suave.

— Sim — eu disse, erguendo orgulhosamente o queixo — Mas, ao contrário do nome, as Caçadas da Federação nem sempre têm como objetivo matar. Muitas vezes, trata-se de capturar criaturas e realocá-las, sejam elas criaturas pacíficas em perigo ou predadores furiosos, para que não ameacem espécies vulneráveis. Em Oraya, se uma equipe de caça tivesse chegado a tempo, isso é o que eles teriam feito.

— Isso é honrado, minha companheira — ele disse com calor nos olhos — Mas você realmente quer viajar para sempre?

— Não, não para sempre — eu concedi — Os últimos anos me permitiram descobrir mundos e espécies que eu nunca poderia ter imaginado. Foi maravilhoso. Eventualmente, eu gostaria de me estabelecer em algum lugar e me aposentar como criadora de animais exóticos, treinadora ou guarda florestal em um parque enorme.

— Então não procure mais, Serena. Isso é exatamente o que nós somos, e você nunca encontrará um parque maior do que este — ele disse com uma voz profunda — O planeta inteiro é o nosso playground. Você não viu o que é exótico até explorar Trangor inteira. Eu prometo, você vai se apaixonar por este lugar... e por mim.

Eu engasguei com sua ostentação. Mas se hoje fosse alguma indicação, ele poderia estar certo sobre eu me apaixonar por este planeta.

E por ele...

— Chega de falar de mim. Eu quero ouvir sobre você — eu

disse para esconder meu constrangimento — Você mencionou seu pai antes. Eu não sabia que ele ainda estava vivo.

Szaro sorriu — Meu pai viverá mais que todos nós. Ele é o Grande Caçador da aldeia Tulma e provavelmente o maior do nosso tempo — ele disse com orgulho — Eu nasci lá. Eu fui o primeiro, Mandha o segundo. Eu tenho outros três irmãos que moram lá com meus pais, outro irmão e duas irmãs.

— Oh uau! Por que você saiu? — eu perguntei.

— Porque a vila não precisava de outro Grande Caçador — ele disse com naturalidade —Mas também porque não encontrei uma companheira na minha aldeia. É comum que os machos que não sentem o chamado de sua companheira se mudem de uma aldeia para outra, até encontrarem uma companheira para a vida ou aquela com quem se vincularão.

Uma sensação desconfortável se instalou na boca do meu estômago — Mas você se estabeleceu em Krada… Você encontrou uma companheira? Eu atrapalhei…

— Não! Não, minha companheira — Szaro disse com uma expressão divertida — Eu só tinha planejado ficar por um mês, mas algumas feras bastante assustadoras desenvolveram um sério caso de raiva. Eu me juntei aos caçadores na batalha. No final, eles me pediram para me tornar seu Grande Caçador.

— Legal! Você deve ter impressionado eles! Mas… e o Grande Caçador anterior? — eu perguntei — Isso deve ter sido estranho.

— O Grande Caçador anterior sugeriu isso — Szaro disse presunçosamente — Era Raskier, neto da Anciã Krathi.

— Não! — eu exclamei em descrença.

Ele riu.

— Sim. Nós somos os guardiões deste mundo, Serena. Nossa espécie não tem moeda. Cada um simplesmente faz o que suas respectivas habilidades lhes permitem fazer para que possamos cuidar de todas as formas de vida que a Deusa confiou aos nossos cuidados. Trangor precisa de nós e nós precisamos dela

— seu olhar percorreu minhas feições e ele acariciou suavemente minha bochecha novamente — E no meu coração, eu sei que ela também precisa de você. Amanhã eu mostrarei mais de sua beleza. Mas por enquanto, devemos descansar, pois vamos acordar cedo.

— Tudo bem — eu sussurrei.

Para minha surpresa, Szaro se inclinou para frente, seu rosto parando a um fio de cabelo do meu. Sem hesitar, eu diminuí a distância entre nós e pressionei meus lábios nos dele. Eu não sabia o que esperava, mas o beijo carinhoso que trocamos, desprovido de luxúria e paixão, parecia certo. Szaro quebrou o beijo depois de alguns segundos, olhou para mim com carinho e pressionou novamente os lábios na minha testa.

— Bons sonhos para você, minha companheira.

— E para você, Szaro.

Eu me enrolei um pouco mais perto de seu torso e senti seu braço forte se fechar em volta de mim enquanto eu me entregava ao sono.

Eu rosnei de irritação com a mão me sacudindo suavemente e me aconcheguei ainda mais. Meu colchão tremendo junto com as risadas estrondosas perfurou a névoa do sono que se agarrava a mim. Eu soltei um suspiro de frustração quando o sono mais maravilhoso que experimentei nos últimos tempos escapou de mim. Eu inspirei profundamente, o delicioso aroma terroso e amadeirado de Szaro enchendo meu nariz.

Meus olhos se abriram quando finalmente me lembrei que estava dormindo em cima de sua cauda enrolada. Além disso, de alguma forma eu consegui passar meu braço em volta de sua cintura e enterrar meu rosto em seu pescoço. Eu quase me afastei com o pânico dos culpados.

Por que diabos eu deveria?

Ele era meu marido. Ele insistiu que eu dormisse com ele, e não havia nada de errado em desfrutar de uma boa noite de sono.

— Você é realmente o melhor colchão de todos — eu murmurei, esfregando meu rosto nas escamas macias de seu pescoço antes de tentar me aconchegar um pouco mais.

Szaro emitiu aquela risada feliz novamente, sua mão acariciando suavemente minhas costas — Fico satisfeito em ouvir isso, minha companheira — ele disse em um tom alegre — Me dói profundamente ter que acordá-la, mas precisamos ir. Prometo brincar de colchão para você novamente esta noite.

— Eu vou cobrar de você — eu disse mal-humorada enquanto me forçava a levantar.

Eu me espreguicei e esfreguei o rosto para tirar o sono.

— Os outros estão verificando os Acales. Eu vou ver como vão as coisas enquanto você se veste — Szaro disse.

Eu balancei a cabeça e rapidamente coloquei meu traje de caça de volta. Como não havia trazido pente nem escova, eu desfiz a trança do cabelo, o molhei com um pouco da água de uma garrafa que tinha na mochila para mantê-lo hidratado e usei os dedos para desembaraçá-lo o máximo possível. Depois, eu fiz meu penteado de caça habitual, uma trança francesa de cada lado. Eu tinha acabado de começar a trançar o segundo lado quando Szaro voltou. Ele me observou com uma expressão fascinada.

Quando eu terminei, ele se aproximou e passou cuidadosamente os dedos pelas tranças.

— Isso é lindo e perfeitamente executado — ele disse pensativo — Como você consegue sem espelho?

— Prática, meu querido — eu disse com um sorriso presunçoso. — Os outros nos abandonaram?

— Não, mas eles estão prestes a fazer isso — ele respondeu brincando — Venha — ele acrescentou, pegando minha mão.

Uma voz no fundo da minha cabeça disse que eu provavelmente deveria afastar minha mão, e não me entregar a esse tipo de interação terna que aprofundaria nosso vínculo. Mas eu a silenciei. Algo aconteceu ontem à noite. Ou melhor, algo estava acontecendo desde a nossa cerimônia de casamento Ordosiana. A caçada de ontem e da noite passada apenas reforçaram isso. Eu não sabia se esse casamento poderia funcionar, ou se eu mesma queria que funcionasse. Eu simplesmente não queria mais brigar com o que quer que estivesse acontecendo entre nós. Apenas deixar as coisas acontecerem.

Para minha surpresa, nós saímos da caverna e descobrimos que os outros estavam realmente prestes a nos abandonar. Eu lancei um olhar curioso para Szaro.

— Eles vão explorar à frente — ele explicou ele — Você e eu vamos verificar algumas espécies vulneráveis na área para garantir que elas não enfrentarão nenhum desafio durante a época de nascimento.

— Parece um bom plano! — eu disse, com empolgação borbulhando dentro de mim.

Quando ele me viu pegando uma barra energética para o café da manhã, Szaro me disse para guardá-la. Ele tinha uma refeição diferente em mente para mim. Intrigada, eu obedeci e dei adeus aos outros enquanto eles se dirigiam para sudoeste.

Nós subimos em Dagas, Szaro prendeu minha mochila no chifre traseiro do Drayshan, e seguimos para oeste paralelamente à cordilheira. Eu quase ronronei com a sensação de meu marido deitado nas minhas costas, reacendendo pensamentos perversos enquanto os movimentos da fera nos balançavam para frente e para trás.

Para minha surpresa, nós entramos em uma passagem escondida que eu nunca teria notado, pois as grandes pedras pareciam criar uma formação contínua. Ela era larga o suficiente para permitir que dois Drayshans viajassem confortavelmente lado a lado. A curta passagem, talvez com cem metros de comprimento em uma curva, dava para um pomar escondido, saído de um conto de fadas, e descia até o rio.

Szaro parou o Drayshan e desmontou. Depois de me ajudar a descer, ele pegou minha mão e me levou até o pomar. As árvores lembravam vagamente pinheiros baixos – o topo não mais do que um metro acima da minha cabeça – mas com fileiras de galhos claramente espaçadas. Frutos azuis brilhantes, em forma de pinhas, pendiam aos pares dos galhos. Cada par compartilhava uma única haste em espiral que me lembrava a planta albuca. Eu não sabia dizer se os sons que emanavam das árvores eram o chilrear dos pássaros ou o canto de insetos parecidos com grilos.

À medida que nos aproximávamos, Szaro começou a sacudir a cauda com aquele som apaziguador que instantaneamente me fez sentir relaxada. Eu notei então os ninhos no topo de cada galho, fabricados com as agulhas da árvore. Dentro de cada ninho, cinco passarinhos sem penas e com cauda de cavalo-marinho cantavam cegamente para serem alimentados. Cada um deles não era maior que meu polegar, e sua pele translúcida mostrava seus órgãos vulneráveis.

— Eles são tão pequenos — eu disse, meu peito apertando por eles — Eles eclodiram muito cedo?

— Não, minha companheira — Szaro sussurrou — Estes são jovens Scogas logo após o primeiro nascimento. Eles eclodem três dias depois que a mãe põe os ovos, alimentam-se por dois dias e depois ficam em um casulo por duas semanas.

— Um casulo?! — eu exclamei, deslumbrada — Mas-

Um zumbido chamou minha atenção, me interrompendo. Por uma fração de segundo, pensei que meus olhos estavam me pregando peças, e então eu notei um Scoga adulto tirando sua camuflagem. Ele combinava tão perfeitamente com o plano de fundo e com a árvore que eu nunca teria sido capaz de localizá-lo. Ao nosso redor, inúmeros outros adultos também saíam do esconderijo, sem dúvida graças ao barulho calmante de Szaro. De cores vivas, o que estava à minha frente tinha corpo de beija-flor-abelha, cabeça de lagartixa e cauda de cavalo-marinho.

Pairando no lugar, ele esfregou a cabeça nas frutas surpreendentemente macias que pairavam sobre o ninho.

— Não faça movimentos bruscos ou isso assustará a mãe novamente e ela poderá voltar a se esconder. Seus filhotes precisam comer constantemente durante os próximos dois dias para ter a chance de sobreviver à transformação. Os pais se revezam em turnos de seis horas, permitindo que o outro descanse e coma antes de voltar.

Enquanto ele falava, os frutos azuis começaram a ficar com uma cor esbranquiçada, e o caule em espiral entre eles se desenrolou, endireitando e alargando até ficar pendurado quase como uma mangueira sobre o ninho. Segundos depois, uma pasta branca perfumada – com um aroma cítrico que me fez pensar imediatamente em uma torta de limão – começou a pingar no ninho. Os jovens a devoraram avidamente.

— Você só pode estar brincando comigo... — eu sussurrei, sem saber se queria cair na gargalhada ou ficar chocada.

Szaro me lançou um olhar confuso. Eu balancei a cabeça para dizer que não era importante.

— Você precisa provar. É extremamente nutritivo — ele disse com entusiasmo.

Eu hesitei — Ah... eu não sei.

Ele ignorou meus protestos e, ainda segurando minha mão, me atraiu para uma árvore diferente. Nenhum chilrear emanava dela e nenhum adulto pairava por perto. Em vez disso, as formas minúsculas dos filhotes começaram a se cobrir em um casulo grosso de uma cor que combinava perfeitamente com as agulhas da árvore. Sem nenhum Scoga consciente por perto para se assustar, Szaro pegou um par de frutas azuis e começou a massageá-las.

— Pegue o funil conforme ele se desdobra e segure-o na frente da boca — ele disse ele —Não se preocupe, isso não vai te sufocar. Ele vem em pequenos goles.

E foi mesmo.

Eu comecei a rir, me encolhendo o tempo todo, e peguei suas mãos para afastá-las das frutas. Sua confusão só me fez rir ainda mais.

— O que foi? Você não quer provar? — ele perguntou.

— Querido, sei que isso não significa nada para você, mas essa coisa toda é muito estranha para mim — eu disse, sentindo-me boba com a minha reação de colegial — Os humanos têm uma expressão para descrever o estado em que um homem pode se encontrar. Chamamos isso de 'ter bolas azuis'.

Os olhos de Szaro se arregalaram e sua cabeça apontou em direção às frutas. Ele olhou para elas por um momento, uma série de emoções passando rapidamente por suas feições. Eu não achei que ele faria a associação, considerando o quão anatomicamente diferentes os Ordosianos eram dos humanos, mas...

— Apenas homens? Mulheres não? — ele perguntou.

— Somente homens — eu disse com um aceno de cabeça.

Szaro forçou seu olhar para longe das frutas para me dar um olhar estranho, me fazendo querer me contorcer.

— Você está mesmo comparando a fruta rugal com a genitália masculina humana? — ele perguntou, incrédulo.

— Ei! Você conseguiu fazer a associação. Então, claramente há uma semelhança! — meu tom era levemente defensivo, mesmo enquanto eu lutava contra a vontade de rir.

— Só porque não consigo pensar em nenhuma outra bola que um homem humano possa possuir que uma mulher não possua — argumentou Szaro — Seus livros de anatomia não mostram que elas são azuis, ou que seus machos têm um pênis tão longo e estreito.

— É verdade — eu disse, ainda lutando contra a vontade de rir apesar do meu constrangimento — Mas ter bolas azuis significa que o homem está excitado, mas sua liberação foi negada. Observar você as massageando para deixar o caule – ou funil – 'duro' para que pudesse liberar foi mais do que eu pude aguentar.

— Você é perturbada — ele disse, olhando para mim como se eu fosse uma criatura estranha.

Eu ri timidamente — Isso não é nada. Os humanos podem se tornar extremamente bobos quando se trata de piadas sexuais."

Ele olhou para mim por mais um momento, aparentemente perdido — Este não é um órgão sexual. É uma fruta que produz uma pasta altamente nutritiva — ele finalizou — Ela pode fornecer sustento adequado e melhorar seu sistema imunológico.

— Tudo bem — eu disse séria — Eu vou provar um pouco da sua pasta rugal. Mas chega de massagem de bolas para você.

Eu não sabia por que estava me divertindo tanto brincando com ele daquele jeito. Eu fiquei aliviada porque, embora ele não entendesse por que isso era tão cômico para mim, ele estava se divertindo com a situação. Mas quando comecei a massagear as bolas e abri a boca sob a haste que se desdobrava, a expressão em seu rosto mudou. Apesar de me lembrar que os rugals eram frutas, ele não conseguia mais vê-los simplesmente como tais. Eu os arruinei para ele... e não tinha vergonha disso.

Dito isto, qualquer que fosse o espírito travesso que se apoderou de mim, quando aquela gosma branca pousou na minha língua e o sabor mais divino, cremoso, doce e cítrico explodiu nas minhas papilas gustativas, o gemido voluptuoso que saiu da minha garganta definitivamente não foi planejado. Com vontade própria, minhas mãos foram direto para aquelas bolas, espremendo cada gota. Eu ouvi vagamente Szaro cair na gargalhada, mas não me importei. Quando o primeiro par de rugals acabou, eu passei para o próximo sob o sorriso maroto do meu marido. No meio do quarto, eu tive que desistir. Assim como minhas barras energéticas, aquela substância cremosa era extremamente satisfatória. Ainda assim, eu parei com grande relutância.

— Eu disse que era bom — Szaro disse com orgulho.

— E você estava certo — eu admiti, ainda lambendo os lábios — Mas como você sabia? Eu achei que os Ordosianos só comiam carne?

— É verdade, mas a pasta rugal é dada a alguém doente demais para comer normalmente ou para manusear alimentos sólidos. E como eu falei antes, ela ajuda a reforçar o sistema imunológico — ele então apontou para a crisálida do pequeno Scogas encasulado — Depois que eles emergem, as cascas que deixam também servem para consumo. Elas possuem grandes propriedades regenerativas. As empresas farmacêuticas da Organização dos Planetas Unidos estão especialmente ansiosas para adquiri-los. Isso permite que eles produzam um creme que regenera a pele de pessoas gravemente queimadas e até regenera membros em certas espécies.

— Uau! Isso é maravilhoso! Mas como eles vão pegá-las quando todos eles eclodirem? —eu perguntei — Aqui faz parte da zona proibida. As pessoas da equipe de extração podem vir aqui?

— Não — ele disse com uma finalidade que deixou claro que nenhum estrangeiro era permitido neste santuário — As equipes de extração recebem permissão especial para ir apenas especificamente onde um Flayer foi morto, para que não haja desperdício. Eles entram e saem em minutos. Dentro de algumas semanas, nós voltaremos para colher as cascas vazias e adicioná-las às outras coisas que fornecemos a eles.

— Espero que eles paguem por isso.

— Não. Para quê? — Szaro perguntou em um tom divertido — Eu te disse, minha companheira, nós não temos moeda aqui. Nós não precisamos.

— Mas vocês poderiam adquirir nova tecnologia para acelerar o desenvolvimento da sua própria, e eventualmente construir sua própria nave espacial e visitar as estrelas — eu argumentei.

— Os Ordosianos não abandonam Trangor — Szaro disse, desta vez assumindo uma expressão muito séria — Nós estamos ligados a este planeta e ele está ligado a nós. Nós não temos nenhum desejo de explorar os mundos além. Desde que os extraterrestres não ameacem o equilíbrio da vida aqui, ficamos felizes em oferecer gratuitamente o que de outra forma seria desperdiçado, mas apenas se o usarem para o bem. No minuto em que eles quebrarem nosso pacto, não seremos tão gentis.

A dureza em sua voz e o brilho impiedoso em seus olhos me deram um arrepio.

— Mas chega de falar disso — ele disse, com o rosto suavizando — Nós temos algumas explorações para fazer. Suba nas minhas costas, Serena, e iremos embora.

— Devo pegar minha mochila?

— Você não vai precisar disso. Nós voltaremos em breve e a área está segura — ele respondeu.

Eu alegremente subi em suas costas, e ele me carregou enquanto saía do vale escondido e entrava novamente na floresta, seguindo um caminho para oeste. Durante as horas seguintes, Szaro me mostrou inúmeras maravilhas – plantas e animais cuja existência eu nunca poderia ter imaginado. De vez em quando, ele parava para consertar alguma coisa e ajudar alguma criatura em perigo, como colocar um filhote caído de volta no ninho ou ajudar a versão alienígena da mãe do Bambi a parir um bebê que precisava ser virado. Ele até aparou algumas folhas gigantes de uma árvore cujo nome não me lembro, pois elas bloqueavam a luz necessária para os arbustos de frutas abaixo, que alimentariam as criaturas que corriam na vegetação rasteira.

Quando voltamos ao vale escondido, a tarde já estava acabando. E ainda assim, eu poderia ter continuado para sempre. Quando eles não estavam realizando o controle populacional, como acontecia atualmente com os Flayers, os Caçadores Ordosianos faziam o que Szaro e eu fizemos hoje: simplesmente exploravam seu planeta para cuidar dele. Eu definitivamente poderia me ver fazendo isso.

— Nós passaremos a noite aqui no vale, ou na caverna — Szaro disse quando saí de cima dele — A escolha é sua.

— Não deveríamos nos juntar aos outros? — eu perguntei.

— Isso é desnecessário. Eles têm as coisas sob controle. Amanhã nos encontraremos com eles em Tulma e a apresentarei aos meus pais e outros irmãos — Szaro disse com um sorriso.

Meu estômago afundou. Por mais que eu estivesse curiosa sobre a família dele, eu não estava nem perto de estar pronta para conhecer seus pais.

— Não se preocupe, minha companheira. Tudo ficará bem — ele disse em um tom tranquilizador — Por enquanto, o que você acha de irmos nadar no rio? Não é um banho, mas sei que você gosta de se lavar com frequência.

— Você está insinuando que eu estou fedendo? — eu perguntei, o encarando falsamente.

Ele riu, mostrou a língua para mim e balançou a cabeça — Seu perfume ainda é delicioso para mim. Venha.

Quando ele estendeu a mão para mim, eu pensei que ele simplesmente queria segurá-la como vinha fazendo o dia todo, mas ele me puxou para si e me pegou nos braços. Eu gritei e instintivamente passei meus braços em volta de seu pescoço. Nossos olhos se encontraram e ele me lançou aquele olhar terno novamente que mexeu seriamente com a minha cabeça. Ele estava crescendo em mim muito rapidamente.

Eu nem o vi abaixando o rosto em direção ao meu. Mas quando nossos lábios se encontraram, eu respondi de bom grado. Foi muito breve. Com os olhos fixos nos meus, Szaro me carregou como uma noiva até a praia, a leve oscilação de seus movimentos enquanto deslizava na grama me balançando suavemente.

Por um momento, eu pensei que ele ia entrar na água comigo ainda nos braços e totalmente vestida. Mas ele parou perto de uma pedra grande e me colocou de pé novamente. Ele cuidadosamente removeu suas braçadeiras e outros acessórios e os colocou no topo da rocha. Eu tirei as botas e roupa de couro e fiquei diante dele com sutiã esportivo e shorts de treino. Szaro me lançou um olhar muito estranho. Naquele instante, eu teria dado todos os meus créditos para poder ler sua mente.

— Eu lhe concederei privacidade — ele disse em um tom gentil.

Sem esperar pela minha resposta, ele se virou e seguiu cerca de cem metros para a esquerda antes de entrar na água. Eu fui direto para a água, tirando minha parte superior e inferior, que também servia como calcinha - sim, eu tinha a tendência de não usar calcinha. Eu entrei na água cristalina, surpresa ao descobrir que estava muito menos fria do que eu esperava. Não estava morna, apenas fresca, talvez em torno de 12-15°C. Eu lavei minhas roupas o melhor que pude, torci o máximo de água possível e as pendurei em um galho baixo de uma árvore próxima.

Eu me perguntei se Szaro estava me observando à distância enquanto eu andava nua. Esse pensamento me empolgou. Eu não questionei minhas emoções atuais. Caminhando de volta para a água, eu lancei um olhar em sua direção. Szaro estava nadando, dando saltos impressionantes para fora da água como um golfinho. Meu olhar nunca se desviou de sua dança acrobática enquanto eu tomava meu tempo para me lavar.

Eu nem me lembro de ter começado a nadar em sua direção. Quando ele parou de repente, virou e olhou para mim, eu percebi que havia apenas alguns metros entre nós. Ele dobrou o capuz enquanto brincava na água, provavelmente para ficar mais aerodinâmico. Mas ele o levantou novamente, expandindo-o ao máximo enquanto nadava em minha direção – ou melhor, deslizava na água. Ele não estava usando os braços, que mantinha frouxamente ao lado do corpo, se impulsionando com a cauda.

Para minha surpresa, em vez de vir diretamente em minha direção, ele começou a me rodear, como um tubarão em torno de sua presa, o raio diminuindo a cada volta. Ele finalmente parou, a centímetros de mim, mas sem me tocar.

— Você está nua, Serena — ele disse, sua voz mais profunda

do que eu conseguia lembrar, e o leve som de chocalho que a acompanhava ainda mais pronunciado do que o normal.

— Eu estou — eu admiti.

— Você está abandonando sua privacidade? — ele insistiu.

— Eu estou — eu repeti.

Erguendo uma mão e movendo a água com a outra, eu acariciei o lado interno esquerdo de seu capuz. Ele estremeceu, as estreitas fendas de suas pupilas se dilataram. Salha tinha me dito que, assim como a cauda de um pavão, o capuz de um Ordosiano era um símbolo de seleção sexual e costumava atrair fêmeas – entre outras coisas. Quanto mais largo o capuz, mais grosso o arco da sobrancelha, quanto maior o número de anéis que o revestem, mais primoroso é o exemplar. Szaro estava abanando sua "cauda de pavão" para me seduzir.

Eu passei meus braços em volta de seu pescoço e ele me puxou para seu abraço. O ronronar que saiu de sua garganta ecoou o gemido suave que me escapou ao sentir seu corpo duro contra minha pele nua. O raspar suave das escamas de sua cauda enquanto ela se movia de um lado para o outro para nos manter acima da água ressoava diretamente entre minhas coxas. Suas mãos percorreram minhas costas, uma pousando na minha bunda, enquanto a outra segurava minha nuca. Eu levantei o rosto, antecipando o beijo que receberia momentos depois.

Eu derreti contra ele. E pela primeira vez, os lábios de Szaro se separaram enquanto ele aprofundava o beijo. Eu temia esse momento, sem saber como responderia à sua língua reptiliana. Certamente pareceu estranho no início por ser mais estreita e mais longa. Então, eu parei de tentar e deixei que ele liderasse. Seu ronronar expressou sua aprovação e logo nossas línguas estavam dançando em conjunto. Quando suas mãos retomaram a exploração, as minhas começaram a delas. Para meu alívio, ele dobrou as nadadeiras na parte superior dos braços, e eu me deleitei com a sensação suave, porém resistente, de suas várias escamas, desde as mais grossas e largas em seus ombros até as menores e brilhantes em seu peito e braços.

Interrompendo o beijo, os lábios de Szaro traçaram meu queixo até meu pescoço, e ele me inclinou para trás para que sua boca pudesse continuar sua jornada na minha pele. Eu instintivamente envolvi minhas pernas em volta de sua cintura, ambas as mãos penduradas em seus braços musculosos. Nesta nova posição, o balanço de seus quadris para nos manter à tona criou a fricção mais pecaminosa de sua pélvis contra meu núcleo. Eu gemi novamente pelas faíscas elétricas que ele enviou pelas minhas pernas e pelo calor ardente de sua boca chupando um dos meus mamilos.

Logo ele fez minhas paredes internas se contraírem de necessidade. Quando ele me puxou para cima e recuperou minha boca, eu pensei que ele iria expor seu pênis e inserir todo o seu comprimento, mas ele simplesmente deslizou a mão direita atrás da minha bunda e estendeu a mão para acariciar meu sexo. Meu clitóris estava tão inchado que um único toque me fez gemer alto contra sua boca. Szaro me abraçou ainda mais, interrompeu o beijo e olhou para meu rosto com um olhar intenso. O movimento de seus dedos na minha pequena protuberância foi hesitante. Em minha névoa luxuriosa, eu percebi que ele não estava familiarizado com isso e provavelmente estava estudando minhas reações ao seu toque para entender melhor.

Eu me inclinei para beijá-lo novamente, mas ele moveu a cabeça para trás para continuar me observando. Com os lábios entreabertos, respirando alto enquanto o prazer crescia lentamente dentro de mim, eu fechei os olhos e me rendi ao seu toque cada vez mais controlado. Eu joguei minha cabeça para trás com um grito agudo quando meu clímax tomou conta de mim, minhas unhas cravando nos braços de Szaro. Ele emitiu aquele ronronar novamente e esmagou meus lábios com um beijo possessivo enquanto eu continuava a tremer contra ele.

Sem parar, ele se inclinou para trás até ficar deitado de costas na água comigo em cima dele. O capuz aberto de Szaro quase se comportou como um dispositivo de flutuação enquanto ele voltava a nadar ao longo do rio. Ele não voltou para a costa imediatamente, circulando na água enquanto suas mãos me acariciavam. Eu beijei seu rosto e pescoço enquanto a água lambia nossa pele febril.

Foi só quando Szaro nos virou antes de nos endireitarmos que percebi que ele finalmente havia se movido para a costa. Com minhas pernas ainda enroladas em sua cintura, eu deixei meu homem me carregar até uma cama macia de musgos a uma curta distância da água. Ele me deitou sobre ela, mas em vez de se juntar a mim, ele olhou para mim com um ar de admiração, seu olhar demorando-se especialmente nas minhas pernas. Eu fiquei surpresa por não me sentir envergonhada ou extremamente constrangida, mas como poderia, quando ele olhava para mim como se eu fosse a mulher mais bonita do universo?

Ele se abaixou e, começando pelos meus pés, passou os dedos pelas minhas pernas – seus lábios os seguindo. Arrepios surgiram por toda a minha pele quando ele alcançou meus joelhos e esfregou as escamas macias de sua bochecha na minha coxa direita. Algo pesado parecia repousar sobre meu peito, tornando difícil respirar além de respirações superficiais enquanto seu rosto se aproximava do ápice das minhas coxas. Seus ombros largos afastaram minhas pernas enquanto ele se acomodava entre elas.

Szaro sacudiu a língua e um ronronar estridente subiu de sua garganta antes que seu polegar começasse a acariciar suavemente minha fenda. Em seguida, ele permaneceu no meu clitóris, o que pareceu fasciná-lo. E então seu hálito quente espalhou-se pelo meu sexo, seguido pela umidade ardente de sua boca. Com um gemido estrangulado, eu arqueei o pescoço, inclinando a cabeça para trás, uma mão beliscando meu mamilo esquerdo enquanto a palma da outra esfregava as escamas macias de seu capuz.

Meu homem não se apressou, explorando, provando, testando, analisando cada uma das minhas respostas aos seus dedos, sua língua e sua boca em mim. O lento aumento do prazer fez com que uma série interminável de gemidos fluísse pelos meus lábios, minha pele formigando com o fogo que ardia por dentro. Através da minha névoa de felicidade, eu vi a ponta de sua cauda se enrolar perto da minha cabeça, as escamas se abrindo para soltar seus chocalhos. Com o coração batendo forte, eu esperei que ele começasse a sacudi-los, como fez durante nossa cerimônia de casamento.

E então ele começou.

Simultaneamente, ele enfiou a língua bifurcada dentro de mim. Um calor abrasador varreu toda a minha pele e uma luz ofuscante explodiu diante dos meus olhos sob a violência do orgasmo que me atingiu. Eu não sei dizer o que aconteceu nos próximos minutos. Eu estava voando alto. No momento em que me reconectei com a realidade – meu corpo ainda tremendo com os últimos espasmos de êxtase – Szaro estava deitado em cima de mim, olhando para meu rosto com orgulho, desejo e possessividade.

Eu levei um momento para perceber o que ele estava esperando. Eu passei meus braços em volta de seu pescoço e abri bem as pernas, permitindo que ele se acomodasse mais confortavelmente entre elas. Suas pupilas em forma de fenda se dilataram e seus lábios se separaram, me fornecendo uma visão de suas presas afiadas. E então eu senti suas escamas se separarem abaixo da cintura, seu comprimento rígido e pré-lubrificado repousando contra meu núcleo. Ele fez uma pausa mais uma vez, seus olhos passando entre os meus. Eu balancei a cabeça, não deixando dúvidas do meu consentimento.

Szaro sorriu e começou a se esfregar em mim. Um arrepio poderoso percorreu meu corpo enquanto os "espinhos" ao longo de seu eixo massageavam meu clitóris para frente e para trás. Depois de alguns desses movimentos, ele abaixou a cabeça para capturar meus lábios e começou a se inserir em mim. Meu Deus, ele era grande!

Apesar de quão molhada ele me deixou e de sua pré-lubrificação, meu corpo tentou resistir a ele. Szaro interrompeu o beijo apenas tempo o suficiente para enfiar suas presas em meu pescoço, me injetando um pouco de seu veneno paralisante. Era uma quantidade pequena o suficiente para forçar meus músculos a relaxar, além de me dar uma sensação agradável. Segundos depois, meu corpo cedeu, o acolhendo. Szaro engoliu o gemido voluptuoso que saiu de mim, sua língua invadindo minha boca enquanto seu eixo começou a se mover dentro de mim.

Quaisquer que fossem as fantasias que eu alimentava desde que vi seus espinhos, a realidade as destruiu completamente. Quando Szaro começou a controlar seus espinhos, reabsorvendo-os ao entrar e expandindo-os ao sair, eu pensei que iria enlouquecer. A cada movimento, uma bola de fogo explodia na boca do meu estômago, enviando chamas líquidas pelas minhas veias, me consumindo por dentro.

Agarrando suas escamas, gritando de êxtase, eu me contorci embaixo dele enquanto ele acelerava o passo. Cada impulso, mais profundo, mais forte, mais rápido, me fazia cair em um vórtice de sensações. Szaro arrancou outro orgasmo de mim antes de deslizar os braços atrás dos meus joelhos para me abrir ainda mais para ele. Desta vez, o amante controlado e metódico que me fez ver estrelas finalmente pareceu perder o controle e ceder à sua própria paixão.

Minha cabeça rolou de um lado para o outro enquanto ele metia em mim, cada movimento de balanço enviando faíscas elétricas por todo o meu corpo. Foi uma sobrecarga sensorial. Todo o meu corpo não passava de um turbilhão de sensações avassaladoras. Desde seu pênis alienígena me destruindo, até o suave raspar de suas escamas contra minha carne nua, e até o rosnado estridente de seus gemidos em meu ouvido, meu mundo se reduziu a Szaro me reivindicando... me destruindo.

Quando meu próximo clímax me destruiu, eu pensei que minha mente iria quebrar. Szaro rugiu com sua própria liberação, sua semente atirando em minhas entranhas com jatos poderosos. Seus braços me apertando em um abraço quase doloroso me mantiveram enraizada na realidade. Ele continuou entrando e saindo de mim até que sua semente se esgotasse. Ele beijou meu rosto com reverência, sussurrando palavras em Ordosiano que eu não consegui entender. Finalmente, ele nos virou, me deitando em cima dele e envolvendo seus braços e cauda possessivamente em volta do meu corpo trêmulo.

CAPÍTULO 12
SZARO

Com muita relutância, eu observei minha companheira se vestir, com o cabelo ainda úmido do banho matinal. Depois de me juntar a ela pela primeira vez na praia, eu a reivindiquei mais quatro vezes durante a noite e mais uma vez esta manhã. Mas ainda assim eu ansiava por ela.

Eu não tinha a intenção de fazê-la dormir ao ar livre, e especialmente não completamente nua. Embora as noites nunca ficassem frias nesta região de Trangor, elas eram visivelmente mais frias do que os dias. Serena não possuía a proteção natural das escamas como nós. Além disso, ao contrário dela, nós tínhamos sangue frio. Isso significava que nossos corpos poderiam se aclimatar à temperatura ao nosso redor, enquanto o dela tentaria manter uma temperatura constante. Felizmente, ela não pareceu se importar ou sofrer qualquer desconforto com isso.

Depois de se vestir, Serena se alimentou de rugals. Como ela os comparou à genitália masculina, eu nunca veria os frutos da mesma maneira. E ela também estava se certificando disso. Até mesmo agora, minha companheira massageava as frutas com uma expressão sugestiva no rosto, encostando a ponta da língua na boca do funil como se quisesse lambê-lo, momentos antes do creme sair. O tempo todo, seu olhar nunca se desviava do meu.

Pela minha pesquisa, eu sabia que os homens humanos gostavam de sentir prazer quando suas parceiras colocavam o pênis na boca. Serena não tinha feito isso comigo, embora ela quisesse fazer isso em algum momento na noite passada. Mas a necessidade de estar dentro dela era muito forte. Ela era tão quente, tão macia, e os sons que ela fazia quando eu a segurava, a forma como seu corpo tremia debaixo de mim...

Deusa! Eu fico tonto só de pensar nisso.

Eu não sabia por que ela se rendeu a mim ontem à noite, e isso me aterrorizava. Algo mudou depois que dormimos na caverna. O vínculo entre nós havia se fortalecido. E, no entanto, eu não acreditava que Serena tivesse renunciado ao seu plano de partir quando os seis meses terminassem.

Eu nunca poderei deixá-la ir.

E eu garantiria que ela não o fizesse. A luxúria não era a única razão pela qual minha companheira se juntou a mim ontem à noite. Ela sentiu a conexão entre nós. Afeição genuína brilhou em seus olhos por mim. Eu atiçaria essa chama até que ela se tornasse um inferno furioso e consumidor.

Depois de roubar um último beijo apaixonado de Serena, eu a ajudei a voltar para Dagas, que havia se afastado por uma curta distância enquanto pastava. Pelo menos, me consolei em ter minha mulher aconchegada contra mim enquanto dividíamos o Drayshan. A longa viagem até Tulma passou rapidamente.

Graças à eficiência dos nossos caçadores, as ameaças no noroeste foram eliminadas. Como Grande Caçador de Krada, eu fui negligente em meus deveres ao passar o papel para Mandha e Raskier. Mas os dois entenderam minha necessidade de ter um tempo de ligação com minha companheira. Os primeiros dias de uma união geralmente determinavam a força de seus alicerces. Eu queria que os meus fossem indestrutíveis.

No entanto, eu só me permiti essa indulgência porque

confiava plenamente em meu irmão e amigo. O último relatório de Mandha em meu comunicador indicou que todos os bandos de Flayers restantes que precisavam ser eliminados estavam agora dentro das áreas com acesso autorizado para os Caçadores da Federação. Com base nas últimas verificações, elas devem ser feitas dentro de uma semana, no máximo dez dias. Eu mal podia esperar que eles fossem embora. A presença deles era um lembrete indesejável para minha companheira de que ela não havia me escolhido de bom grado.

Ela adorou explorar a terra e cuidar da fauna comigo ontem. Eu queria que isso se tornasse a rotina diária de Serena. Eu queria que ela descobrisse mais das inúmeras maravilhas deste mundo até que se tornasse a vida que ela desejava e não aquela que lhe foi imposta.

À medida que a silhueta da minha aldeia natal, Tulma, aparecia à frente, o perfume delicado da minha companheira assumiu um tom levemente acre de medo e ansiedade. Eu não entendi sua preocupação em conhecer meus pais e outros irmãos.

Um grande número de membros da tribo saudou nossa chegada à praça, entre eles minha família e os caçadores de Krada. Eu parei Dagas pouco antes das primeiras pedras que pavimentavam a praça, desmontei e ajudei Serena a descer. Ela passou a mão pelo cabelo trançado nervosamente e ajustou seu traje de caça. A desagradável familiaridade desta cena me impressionou enquanto eu conduzia minha companheira ao centro da praça onde os três Anciãos de Tulma esperavam abaixo da estátua da Deusa Isshaya. Apesar das circunstâncias comple- tamente diferentes que nos levaram até aqui, minha Serena sentiu-se claramente novamente julgada.

Todos reunidos ao redor da praça estavam olhando para ela. Eu não poderia culpá-los por sua curiosidade. Eu também fiquei curioso na primeira vez que coloquei os olhos em Serena, embora um certo nível de atração também tivesse sido levado em consideração. Mas Tulma teve poucas interações com pessoas forasteiras, muito menos com humanos. A tribo nunca tinha visto uma fêmea humana em carne e osso antes, muito menos uma com pele marrom-dourada, e muito menos uma caçadora. Além disso, ela era a companheira do Grande Caçador que a maioria das mulheres elegíveis em Tulma não conseguiram seduzir.

Quando eu deixei a aldeia em busca de uma companheira e de um propósito, muitos se perguntaram que tipo de mulher encontraria graça aos meus olhos. Ninguém, nem mesmo eu, poderia imaginar que seria alguém como minha Serena, minha linda *Ashina*.

Depois de prestar meus respeitos aos Anciãos e apresentá-los à minha companheira, eu saudei a todos os outros no geral antes de me aproximar dos meus pais. Haveria tempo mais tarde para reacender minha amizade com velhos conhecidos.

— Mãe, pai — eu disse respeitosamente, pressionando minha testa contra a de cada um deles.

— Bem-vindo de volta, filho — minha mãe disse afetuosamente antes de voltar seus olhos dourados para Serena.

— Filho — meu pai disse como única saudação, depois ele também concentrou sua atenção em minha companheira.

Uma sensação desconfortável se instalou na boca do meu estômago. Além da curiosidade natural, faltava ao olhar deles o calor ao qual eu estava acostumado e que eu esperava que expressassem no dia em que finalmente trouxesse uma companheira para casa.

— Esta é Serena, minha companheira — eu disse, acariciando suavemente suas costas.

O endurecimento sutil, mas inconfundível nos olhos de minha mãe e a rigidez na coluna de meu pai colocaram todos os meus sentidos em alerta máximo. Meus pais não aprovavam minha companheira. Mas por quê? É verdade que eles teriam desejado uma mulher Ordosiana de sangue puro para mim, mas minha felicidade era mais importante para eles. Certamente Mandha lhes contou sobre o carinho que minha Serena despertou em mim. Eu teria que descobrir a causa, mas não agora, não na frente dela.

— Serena, estes são meus pais, minha mãe Erastra e meu pai Leshu — eu disse em tom entusiasmado, fingindo que nada estava errado.

— É uma honra conhecer você, Erastra, e você, Leshu — Serena disse com uma risada nervosa.

— Finalmente nos encontramos, Serena — meu pai disse, mal inclinando a cabeça em saudação.

— Ouvimos muito sobre você — minha mãe disse — Obrigada por salvar minha filha Salha e o pequenino. Nosso pobre Mandha teria ficado arrasado.

Eu lutei contra a vontade de cerrar os dentes e mal consegui reprimir um silvo raivoso. Meus pais evitando meu olhar apenas confirmaram que o desprezo tinha sido deliberado, minha mãe o destacou ao reivindicar a companheira de Mandha como sua filha Salha, mas meus pais apenas se referiram à minha companheira como Serena.

— Não há necessidade de me agradecer — Serena respondeu — Foi a coisa certa a fazer.

— Mmhmm — minha mãe respondeu de forma evasiva.

Em seguida, eu apresentei minha companheira aos meus outros três irmãos que esperavam ao lado. Depois de trocar algumas palavras, minhas duas irmãs pediram licença porque tinham que retornar às suas funções no átrio, assim como meu irmão mais novo para sair em missão de reconhecimento. Como eu pretendia passar alguns dias na aldeia, teríamos tempo para conversar mais tarde.

Eu percebi que Serena estava lançando olhares furtivos para meu pai. Eu supus que seu tamanho imponente a intimidava. Apesar da minha grande altura e ombros largos, meu pai era ainda maior.

— Você cresceu um pouco mais desde a última vez que eu visitei, pai — eu disse, me forçando a parecer alegre.

— Eu cresci — meu pai disse com uma expressão presunçosa.

— E ele me deixou louca por duas semanas com suas reclamações intermináveis sobre a muda — minha mãe disse, não parecendo nada impressionada.

Serena bufou e tentou esconder o riso com uma tosse.

Meu pai se virou para encarar minha mãe — Esta foi particularmente dolorosa — ele disse, indignado e defensivo — Tente ter toda essa pele velha para se livrar e aquela coisa miserável se recusar a cair — ele se virou para mim — Quando você chegar à minha idade, você vai entender. Você já é maior do que eu era na sua idade. Quando chegar à minha, suspeito que você estará pelo menos três ou quatro centímetros mais alto e mais largo.

Os olhos de Serena se arregalaram e sua cabeça virou em minha direção — Você vai ficar ainda maior que seu pai? — ela perguntou, espantada.

— É bem provável, sim — eu disse presunçosamente — Por que você acha que trocamos de pele? Os Ordosianos continuam a crescer ao longo da vida, os machos mais rápido que as fêmeas. Nossa pele atual fica pequena demais para nos conter, então a trocamos para desfrutar de uma pele nova e mais confortável por um tempo.

Minha companheira ficou boquiaberta para mim, e então seu olhar vagou lentamente por mim. Pela expressão em seu rosto, suspeitei que ela estava tentando me imaginar do tamanho de meu pai. Seu olhar alcançou minha pélvis, parou ali por uma fração de segundo, e então ela levantou a cabeça abruptamente. As feições excessivamente expressivas de Serena não conseguiram esconder seu súbito constrangimento. Eu soube então, sem sombra de dúvida, que ela se perguntava se meu pênis cresceria com o resto de mim.

É claro que sim.

Com vontade própria, minha língua saiu quase ao mesmo tempo que a dos meus pais. Para consternação da minha pobre companheira, eles também adivinharam a causa da reação dela. O sabor da excitação florescente de Serena ecoou diretamente em minha região inferior, me fazendo instantaneamente sentir vontade de colocá-lo para fora. Mas foi a expressão perturbada no rosto dos meus pais ao perceberem a resposta física da minha companheira a mim que chamou minha atenção.

Eles estão surpresos que ela se sinta atraída por mim.

— Eu realmente gostaria que vocês não fizessem isso — Serena murmurou baixinho, mortificada.

Eu ri, sentindo uma ponta de simpatia por ela. Ter meu cheiro revelando inúmeras coisas sobre mim para os outros era um fato da vida. Eu cresci sendo submetido a isso e fazendo isso com os outros. Devia ser enervante para alguém como ela, que nunca tinha experimentado isso antes.

— Vocês vão ficar um pouco ou estão apenas de passagem? — minha mãe perguntou.

— Se não houver problema, Mandha, minha companheira, e eu pretendemos passar alguns dias com vocês — eu disse cuidadosamente — Será uma oportunidade para Serena descobrir onde crescemos e conhecer sua nova família. A situação dos Flayers está sob controle. Raskier levará nossos caçadores de volta para Krada para que a vila não fique muito tempo com um número reduzido de defensores.

Diante da recepção morna que eles tiveram com minha companheira, eu esperava que meus pais se recusassem esse pedido, mas a reação entusiástica de minha mãe com a notícia imediatamente me deixou desconfiado. Ela estava tramando alguma coisa e usaria nossa estadia para concretizar seus planos, fossem eles quais fossem. Eu precisava encontrar um momento a sós com meus pais para confrontá-los sobre sua atitude.

— Bem, então eu vou levar Serena para o seu antigo quarto, dar-lhe um passeio pela casa e conhecê-la enquanto você conversa com seu pai e resolve o retorno de seus caçadores — minha mãe disse em um tom que não admitia discussão.

— Mas-

— Temos muito o que discutir — meu pai disse, me interrompendo — Deixe as mulheres fazerem suas coisas.

Meu estômago deu um nó de apreensão quando me virei para olhar para Serena. Eu não queria deixá-la sozinha com minha mãe até ter uma noção melhor do que havia motivado seu comportamento estranho. Minha mãe sempre foi uma mulher calorosa, amorosa e solidária.

— Está tudo bem — Serena disse, acariciando meu peito em um gesto reconfortante —Esta será minha chance de fazer sua mãe revelar todos os seus segredos de infância vergonhosos.

Minha mãe bufou — Isso levará muito mais do que alguns dias. Venha, Serena.

Meus olhos se encontraram com os da minha mãe enquanto ela gesticulava para minha companheira segui-la. Ela sustentou meu olhar de advertência desafiadoramente. Eu as observei partir, a preocupação me atormentando. Eu me virei para encarar meu pai.

— O que está acontecendo? Por que você e minha mãe desrespeitaram minha companheira? — eu sibilei.

— Desrespeitamos? — meu pai perguntou, inclinando a cabeça para o lado e olhando para mim como se eu tivesse dito algo ridículo — Você acha que nós a desrespeitamos? Diga-me, filho, você notou como a tribo olhou para vocês dois quando chegaram?

Eu dei de ombros — Com uma curiosidade bastante rude que deixou minha companheira pouco à vontade.

— Foi só curiosidade o que você viu? Ou isso é tudo que você escolheu ver? — ele respondeu, seu olhar fixo no meu com o comportamento severo que ele costumava exibir na minha juventude, quando eu não levava meu treinamento a sério.

— O que mais eu deveria ver?

— Pena — ele disse com uma voz fria.

Eu recuei, sentindo como se tivesse acabado de receber um

soco no estômago. Um milhão de pensamentos giravam em minha mente enquanto eu repassava em minha cabeça os olhares que a tribo realmente lançou sobre mim e minha companheira. Minhas mãos se fecharam, minhas presas desceram e minhas glândulas de veneno incharam enquanto a raiva crescia dentro de mim. Eles *a* olharam com curiosidade misturada com desdém. Eles *me* olharam com decepção e pena.

— Pena? — eu sibilei, avançando ameaçadoramente em direção ao meu pai — Pena de quê? Porque eu me relacionei com uma forasteira?

— Não mostre suas presas para mim, Szaro Kota — meu pai retrucou, seu impressionante capuz se alargando ainda mais em um sinal de domínio, enquanto seus músculos se projetavam sob as escamas — Eu vou arrancá-las de sua boca para lhe ensinar respeito.

Eu engoli dolorosamente minhas glândulas transbordantes, fechei a boca e baixei a cabeça em submissão. Eu nunca desrespeitei meu pai antes.

Mas, eu nunca tive uma companheira para ele desrespeitar também.

— Nós não nos importamos que você tenha escolhido uma forasteira como sua companheira — meu pai continuou, sua voz ainda entrecortada, mas sua raiva apaziguada pela minha demonstração de submissão — Mas você é Szaro Kota, filho de Leshu, e Grande Caçador de Krada. Metade das mulheres de Tulma esperavam gerar sua prole, seja como sua esposa ou como sua companheira. Você recusou a todas e se prendeu nesta união falsa!

— Ela não é falsa! — eu gritei, sem me importar com quem ouvia nossa discussão — Serena e eu estamos vinculados à Deusa e à tribo de Krada. Eu exijo respeito pela minha companheira!

— Ela não é sua companheira. Você vinculou sua vida a Serena diante da Deusa e de toda Krada. Ela não.

Eu senti meu sangue sumir do meu rosto quando a compreensão finalmente me ocorreu. — Nós abordamos o assunto com a Anciã Krathi. Ela concordou-

— A Anciã Krathi é uma tola — interrompeu meu pai com raiva — Ela e sua tribo adotiva podem ter achado isso aceitável, mas ela deveria saber que as outras tribos não o fariam. A notícia se espalhou por toda parte. E o que você acha que todo mundo está dizendo?

Eu engoli a bile que subia em minha garganta. Eu não me importava com o que os outros pensavam de mim, mas não conseguia aceitar que pensassem mal da minha companheira ou que a minha situação envergonhasse a minha família.

— Eu não permitirei que meu filho primogênito seja ridicularizado —meu pai acrescentou, erguendo o queixo — Nem sua mãe. Eu posso garantir que ela resolverá isso antes de você partir.

Eu balancei a cabeça rigidamente.

CAPÍTULO 13
SERENA

E u tentei silenciar meus nervos enquanto seguia Erastra até a casa deles. Ao contrário de Krada, a aldeia de Tulma não era cercada por uma montanha, e sim cercada por água. Nós atravessamos uma ponte larga até à ilha em forma de diamante. A maioria das residências eram propriedades à beira-mar. Construídas principalmente em pedra e madeira, todas possuíam imensas janelas reflexivas que impediam que as pessoas de fora espiassem os moradores de dentro.

Assim como com a casa de Szaro, a habitação do seu pai estabelecia claramente o seu status na tribo Tulma. Ela era enorme e altamente ornamentada por fora. Padrões delicados foram esculpidos em baixo-relevo na pedra e na madeira que moldavam o edifício. Eu tinha visto esculturas semelhantes em Krada. Mas lá, assim como aqui, não havia muitas moradias. Companheiros de vida não esculpiam suas fachadas, apenas companheiros unidos. A extensão e a complexidade da decoração revelavam há quanto tempo um casal ocupava a casa. Era a homenagem do homem à sua esposa. A cada ano de união, a cada nascimento de um filho e a qualquer grande acontecimento relacionado à família, mais esculturas eram colocadas na parede.

Eu sabia que Szaro queria começar a esculpir a fachada da sua caverna em Krada. Segundo Salha, meu primeiro encontro com Szaro na fronteira, depois de resgatar ela e Eicu seriam as primeiras coisas a serem esculpidas. Mas antes que eu pudesse pensar em como eu me sentia a respeito, Erastra abriu a porta da casa e me fez entrar. Meu queixo caiu com a beleza que me recebeu lá dentro.

Como eu esperava em uma residência Ordosiana, os móveis de "conforto" eram escassos. Não havia sofás, cadeiras ou superfícies almofadadas, nada que tradicionalmente se traduza como sala de estar ou sala de jantar. E, no entanto, a grande sala em que entramos se qualificava como ambos. De um lado, uma mesa enorme com bordas e pernas primorosamente esculpidas ficava em frente a uma série de prateleiras igualmente ornamentadas. Algumas caixas que pareciam jogos de tabuleiro estavam ali guardadas. Do outro lado, várias placas de aquecimento circulares cercavam uma mesa baixa em semicírculo. E uma tela gigante montada na parede estava pendurada na frente delas.

Mas o que prendeu minha atenção foram as imensas estátuas de uma mulher Ordosiana em cada extremidade da sala, cada uma delas emoldurada por enormes janelas. Elas agiam quase como uma coluna, seus capuzes tocando o teto enquanto seus belos rostos olhavam para a sala, e apenas as pontas de suas caudas tocavam o chão. Com os braços bem abertos, elas seguravam as fitas com as quais as mulheres dançaram durante nosso casamento. Nesta versão esculpida, as fitas percorriam o teto como sancas.

Sem palavras, eu segui Erastra enquanto ela me levava ao antigo quarto de Szaro. Isso também me surpreendeu. Enquanto seu quarto em sua própria residência era completamente vazio, as paredes deste eram decoradas com armas, ossos, escamas e plantas ou galhos secos, cada um deles ligado por um padrão esculpido na parede. Eu levei menos de um segundo para perceber que esta era sua jornada como caçador – desde o arco de prática de madeira do tamanho de uma criança até o temível crânio de uma criatura que eu nunca tinha visto antes.

— Como é seu dever, Leshu registra a história de cada um de nossos descendentes — Erastra disse com orgulho enquanto olhava para a parede. Ela foi até o último objeto na ponta do fio esculpido. Parecia a ponta de uma lança feita de pedra — Meu companheiro fez isso para marcar o dia em que Szaro se tornou o Grande Caçador de Krada - a vila nas montanhas rochosas. Leshu está ansioso para prolongar o fio. Mas como Szaro se recusa a gerar uma prole com uma companheira de vida, a próxima adição a este muro provavelmente será para marcar sua ligação.

A sensação desconfortável que me atormentava desde que entrei na aldeia, e que se intensificou no momento em que conheci os pais de Szaro, só aumentou ainda mais.

— Se ele está tão ansioso, por que ainda não começou? — eu desafiei.

Erastra se virou para mim, com um brilho duro em seus olhos dourados enquanto me encarava desafiadoramente — Porque não há nada a acrescentar. Szaro não está vinculado.

Uma parte de mim sabia que isso estava por vir, mas ainda assim parecia um tapa na cara. Eu cerrei os dentes e respirei fundo para manter a calma. Eu sustentei seu olhar inabalavelmente, me recusando a ser intimidada.

— Você não gosta muito de mim, não é? — eu disse em um tom cortante.

— Eu não desgosto de você — refutou Erastra, em tom casual — Ou melhor, *não desgosto mais* de você desde que a conheci. Mas ainda não decidi se gosto de você.

— Você não desgosta de mim? No entanto, você e todos os outros habitantes da aldeia olharam para mim com desprezo no minuto em que chegamos. E agora você insulta Szaro e a mim ao descartar nosso vínculo como se ele não existisse? — eu respondi.

— Porque não existe! — ela sibilou, antes de avançar em minha direção. Parecia ameaçador, mas ela permaneceu a uma distância respeitável, embora eu não conseguisse escapar se ela decidisse atacar.

— Com certeza existe! — eu disse, mantendo minha voz um pouco abaixo de um grito —Szaro e eu nos casamos duas vezes. Primeiro de acordo com as leis humanas e depois através de um elaborado ritual Ordosiano. Nós fomos vinculados diante de Krada e de sua Deusa.

— Szaro se vinculou a *você*. Você não se vinculou a *ele*! — Erastra gritou, a raiva distorcendo suas lindas feições.

Eu recuei, totalmente confusa. Eu repassei a cerimônia em minha cabeça, tentando descobrir o que não havia conseguido realizar.

— O quê? Como assim? Eu fiz tudo o que me mandaram fazer. Eu fiquei no meio do círculo, Szaro e eu nos abraçamos, as mulheres dançaram ao nosso redor, e então os Anciões fizeram aquele círculo e nos beijamos. O que mais eu deveria fazer?

— Szaro dançou para você. *Você* dançou para ele?

Eu balancei a cabeça, franzindo a testa — Não. Salha dançou no meu lugar porque eu não conhecia a coreografia.

— Salha não é a companheira dele! Ela não pode vinculá-lo — resmungou Erastra — Por que você deixaria outra mulher realizar o ato mais importante da sua vida?

— Olha, você precisa sair do meu pé — eu rebati, começando a perder a paciência — Caso você não tenha notado, eu não sou Ordosiana.— Eu fiz um gesto para mim mesma — Eu não conheço seus malditos rituais porque eles não estão documentados em lugar nenhum. Me disseram para ir ao círculo, sentar e esperar até que alguém me desse mais instruções. Eu nem sabia que deveria haver algum tipo de dança envolvida. Se fosse tão importante, então alguém deveria ter me contado. Não me venha com essa merda porque eu não consigo ler mentes!

Eu inspirei profundamente e expirei lentamente, fechando os

olhos para tentar recuperar o controle. Por mais que desabafar minha frustração tenha sido libertador, eu me senti péssima por levantar a voz para a mãe de Szaro. Quaisquer que fossem nossos problemas atuais, ela era minha sogra. Para minha surpresa, em vez de agravar as coisas, minha explosão pareceu atenuar um pouco da raiva de Erastra. Ela franziu os lábios e me lançou um olhar avaliador antes de assentir rigidamente.

— Você tem um argumento válido — admitiu Erastra — E a Anciã Krathi ouvirá sobre minha ira por permitir que essa humilhação recaísse sobre meu filho. Você já estava na aldeia. Eles poderiam ter atrasado a cerimônia alguns dias para permitir que você aprendesse a manusear as faixas para que o vínculo fosse feito corretamente. A coreografia não precisa ser perfeita.

— Espere! Volte um pouco! O que você quer dizer com *essa humilhação*? — eu exigi.

Erastra olhou para mim. Desta vez, a raiva deu lugar à dor e à vergonha — O fato de você não ter dançado para ele disse ao mundo inteiro que você está disposta a aproveitar todos os benefícios de ter um companheiro vinculado, mas que não está pronta para retribuir porque não o considera digno de você.

Chocada, eu cobri minha boca com a mão enquanto olhava para ela sem acreditar.

— Meu filho era o homem mais procurado aqui e em todas as aldeias que visitou. Mas nenhuma mulher jamais obteve sua aprovação — Erastra disse com uma voz cheia de dor — E agora está se espalhando a notícia de que ele escolheu uma forasteira apenas para ele ser rejeitado. Ele se tornou uma zombaria.

— Isso é besteira! — eu sibilei — Se eles sabiam que as pessoas reagiriam dessa maneira, por que diabos a Anciã Krathi - e Szaro, aliás - permitiram isso?

— Porque Krada se orgulha de ser 'progressista' em seus modos e adaptável a situações em constante mudança — Erastra disse com irritação enquanto acenava com a mão em desdém — É por isso que a maioria das interações com a sua Federação tem sido feita através deles. Mas eles esquecem que não vivem isolados. As outras tribos ainda seguem os costumes antigos e as coisas que acontecem têm consequências.

— Certo, tudo bem. Mas chorar pelo leite derramado não vai mudar nada — eu disse, muito chateada por alguém zombar de Szaro, e especialmente por causa de uma falha de comunicação. Eu queria sair e atirar uma das minhas flechas na cauda de qualquer idiota que olhasse para o meu homem do jeito errado — Como nós consertamos isso?

— Você precisa dançar para ele — Erastra disse energicamente.

— Tudo bem. Vamos fazer isso — eu disse.

Erastra recuou e seus olhos se arregalaram em choque — Você... você vai fazer isso?

— É claro! — eu respondi como se fosse evidente - porque era — Por que você duvidaria disso? Szaro salvou minha vida e tem sido maravilhoso comigo desde o primeiro dia. Eu não serei a razão pela qual alguém o humilhará. Ele não merece isso.

Seu rosto se suavizou e seus olhos brilharam de gratidão — Você tem carinho por ele — ela disse com uma ponta de surpresa em sua voz.

Meu rosto esquentou — Ele é um bom homem. Bem, um bom macho.

— Obrigada, filha — Erastra respondeu — Nós temos muito orgulho dele.

O fato dela me reconhecer como filha me comoveu profundamente. Eu não era muito próximo de minha mãe, mas ainda a amava e sentia falta dela.

— Então o que fazemos agora? Você pode me ensinar a coreografia? — eu perguntei timidamente.

— A coreografia não é importante — Erastra disse com desdém — As faixas são o que importa. Você pode dançar como quiser. De qualquer forma, sua anatomia não é adequada para nossas coreografias. Como você move as bandas é o que conta.

Para isso também não existe uma forma ou padrão específico para seguir. É apenas a complexidade que marca a extensão do seu compromisso com o vínculo e a fluidez que expressa a felicidade e o sucesso da sua união. Você é o vínculo que une sua unidade familiar. As faixas são apenas uma extensão de você. Venha, eu vou te mostrar.

Nós voltamos para a sala de estar, onde ela pegou uma caixa de madeira ornamentada em uma prateleira. Ela continha um par de fitas cuidadosamente dobradas que ela chamava de faixas. Ela pegou uma e me entregou.

— Essas são minhas faixas de união — Erastra disse com uma voz melancólica — Você pode treinar com elas enquanto preparamos um par especialmente para você. Levará apenas algumas horas, então elas estarão prontas a tempo para você apresentar a dança amanhã.

Eu franzi a testa diante do peso da única faixa que ela me deu — Isso é pesado — eu disse com preocupação. Ela pesava pelo menos 10 quilos — Eu não poderei dançar mais do que alguns segundos enquanto giro a faixa com esse peso em cada braço. Eu vou me cansar muito rapidamente.

O queixo de Erastra caiu. Ela olhou para meus braços por um momento, como se pudesse ver meus músculos através do traje de caça, depois olhou de volta para meu rosto, com a mente disparada.

— O tecido com que as faixas são feitas é bastante leve. A costureira aplica uma substância nele para torná-lo mais pesado e para que não se dobre — Erastra disse pensativa — Podemos pedir a ela para deixar as suas mais leves, mas isso pode impedir sua capacidade de fazê-las funcionar conforme o esperado.

Eu mordi meu lábio inferior.

— Pode haver uma alternativa — eu disse cautelosamente. Erastra inclinou a cabeça com curiosidade — Há alguns anos eu fazia uma dança com fita, para a qual havia treinado intensamente. Eu fui classificada entre as dançarinas mais habilidosas da Terra na época, em uma competição esportiva mundial que chamamos de Olimpíadas. A dança usa uma fita... uma faixa assim, só que mais estreita e presa a um bastão — eu disse nervosamente — Se a coreografia não importa, apenas como manipulamos a faixa, estaria tudo bem se eu fizesse isso? Já que precisamos criar um conjunto de faixas para mim, talvez pudéssemos criar a varinha de fita para mim?

Erastra hesitou, olhando para mim com uma expressão incerta — E essa dança envolve movimentos complexos da faixa? — ela perguntou.

Eu balancei a cabeça vigorosamente — Sim. Você tem um tablet para me emprestar? Eu devo conseguir encontrar imagens online."

Momentos depois ela me deu um tablet, e eu rapidamente encontrei algumas fotos e vídeos que tranquilizaram instantaneamente minha sogra.

— Elas são muito mais estreitas do que as faixas, mas este parece ser um compromisso aceitável — Erastra disse — Você sabe as medidas?

— Sim — eu disse, com a empolgação borbulhando dentro de mim.

Já se passaram mais de sete anos desde que eu parei de praticar ginástica rítmica em nível competitivo – ou tive qualquer treinamento adicional, aliás. Mas eu ainda praticava isso de vez em quando apenas por diversão, e minha meditação regular com ioga me mantinha tonificada e flexível. Isso eu poderia fazer com confiança. Parte de mim também ansiava por me apresentar novamente diante de um público.

Erastra me levou até a costureira, cujo comportamento frio instantaneamente aqueceu quando minha sogra explicou o propósito de nossa visita. Ela ficou chocada a princípio com meu pedido pela varinha de fita em vez das faixas. Por um momento, eu temi que desviar novamente de seus costumes não apenas anularia o propósito desta dança, mas também alienaria ainda mais os Ordosianos no que dizia respeito ao meu vínculo com Szaro. Porém, mostrar a ela as fotos de ginastas a acalmou totalmente.

— Você pode fazer essa faixa estreita girar como nessas imagens? — ela perguntou.

— Mais ainda — eu disse presunçosamente — Mas só se eu conseguir uma boa varinha.

A expressão impressionada em seu rosto me deixou rosada. Mas ver Erastra erguer o queixo com orgulho me comoveu ainda mais. Naquele instante, eu sabia que iria me apresentar naquele círculo, não apenas para restaurar a honra de Szaro, mas para justificar minha sogra pela humilhação que ela e sua família sofreram por causa desse mal-entendido.

— Então será uma dança inesquecível — a costureira disse — Eu vou começar a trabalhar nisso imediatamente. Você ficará satisfeita com o resultado final.

Eu agradeci à mulher e deixei Erastra me levar de volta para fora. Ela então me deu um passeio pela vila com uma parada no átrio para eu pegar algo para comer. Quando voltamos para sua casa, ela me levou para os fundos da casa, para um terraço que eu ainda não tinha visto. A vista me tirou o fôlego. Embora eu ainda preferisse o vale escondido atrás da casa de Szaro, isso era incrível.

Com pelo menos vinte por dez metros, o terraço de pedra parecia flutuar no oceano. A orla servia de trampolim para mergulhar na água. Uma pequena rampa lateral permitia que os Ordosianos subissem novamente. No canto esquerdo, um buraco circular com bordas elevadas para evitar que alguém caísse inadvertidamente, continha uma série de criaturas vivas parecidas com camarões que ficaram presas dentro. Havia uma mesa a alguns metros dela, incluindo – para minha grande surpresa – um banco almofadado, perfeito para um humano se sentar. E ao lado, uma pedra para cozinhar. Eu soube imediatamente que Mandha havia avisado seus pais sobre minhas necessidades específicas antes de nossa chegada.

Mas foi o grande peixe saltando da água que me surpreendeu. À distância, ele parecia um cruzamento entre um golfinho e um peixe beta.

— Mais tarde, Szaro irá levá-la para nadar com eles, se quiser — Erastra disse em um tom amigável, enquanto trazia a pedra de cozinhar para a mesa — Mas agora, coma. Eu não permitirei que meu filho me acuse de deixar sua mulher passar fome.

Eu me sentei à mesa e comi minhas frutas e vegetais, enquanto Erastra descascava os "camarões" e os colocava para cozinhar na pedra para mim. Quando Szaro e seu pai finalmente voltaram para casa, sua mãe já havia me contado cada uma de suas histórias embaraçosas de infância.

CAPÍTULO 14
SZARO

Eu esperei nervosamente na beira do círculo, nu exceto pelo colar de ouro com a pedra de sangue dos meus antepassados, já que todos os meus adornos estavam em Krada. Toda Tulma se sentou atrás de mim nesta cerimônia incomum para completar meu vínculo parcial. Eu fiquei angustiado por ver Serena sentada na dança durante nossa cerimônia original, mas sabia que ela não tinha força física para segurar as faixas.

Eu tinha me convencido de que nosso vínculo não seria contestado mesmo que ela não tivesse dançado. Descobrir que todas as outras tribos o desafiavam foi como uma chuva de ácido. Serena era minha companheira. Nossa união à beira do rio apenas confirmou que nunca haveria outra mulher para mim. Portanto, eu fiquei muito grato à minha mãe por colocar tudo isso em ação. Isso eliminaria qualquer dúvida de que minha Serena pretendia me reivindicar durante a primeira cerimônia.

Embora não fôssemos realizar o ritual completo esta noite, Serena e eu ainda tomamos banho antes. Meu peito se aqueceu ao lembrar de seu grito de alegria em nosso primeiro dia em Tulma, quando mostrei o chuveiro e o banheiro privativos que Mandha e meu pai prepararam para ela antes de nossa chegada.

Ele era improvisado, rapidamente montado para ser funcional. Mas, no futuro, eu pretendia que cada tribo estabelecesse um permanente para as vezes em que minha companheira e eu os visitássemos.

Nenhuma dançarina cercava o círculo, nenhum homem tocava seus tambores e nenhum guerreiro me desafiaria esta noite. Mas nossos três Anciãos estavam no estrado aos pés da Deusa, olhando para o círculo que, apenas naquela noite, havia sido coberto com uma esteira fina para cobrir o chão de pedra dura.

Meu coração deu um pulo no peito e um silêncio caiu sobre a plateia quando a figura delicada da minha companheira se aproximou do lado esquerdo do círculo e caminhou até o centro. Ela estava usando o que eu passei a chamar de sua roupa íntima. Na verdade, eles eram chamados de sutiã esportivo e shorts de treino. Ambos eram pretos e escondiam muito pouco de sua bela pele. Eu gostaria que ela se vestisse com roupas leves com mais frequência. Para minha surpresa, Serena estava descalça, exceto por uma espécie de tira preta de tecido enrolada em seus tornozelos e dedos dos pés. Na mão, ela segurava a faixa estreita em uma vara.

Ela se ajoelhou de frente para mim, seu olhar travado no meu. Uma comunicação silenciosa ocorreu entre nós. A confiança em seus olhos aplacou parcialmente a preocupação que estava me atormentando. Serena sorriu e lançou um olhar para Mandha. Minha companheira assentiu com um movimento sutil, dando ao meu irmão o sinal para iniciar a música de outro mundo que ela havia selecionado.

Serena fez uma reverência, a testa pressionada contra o tapete e os dois braços estendidos à sua frente. Eu prendi a respiração enquanto o silêncio se estendia por mais alguns segundos. Então as notas claras de uma melodia pacífica surgiram ao nosso redor. Ainda em posição curvada, Serena começou a sacudir o bastão, logo acima do chão. A faixa parecia deslizar em alta velocidade à sua frente enquanto seu braço livre ondulava em um movimento gracioso. De repente ela se sentou, girando a fita em movimentos amplos ao seu redor, um sorriso luminoso iluminando seu rosto.

Um suspiro coletivo de admiração surgiu da multidão. Nossas faixas eram grandes e pesadas demais para realizar os movimentos complexos e rápidos da fita da minha companheira. E o tecido azul-claro brilhante da fita na escuridão fazia parecer que uma serpente espiritual estava saltitando em uma dança alegre ao seu redor.

Sem interromper o movimento da fita, Serena jogou a mão livre para trás, empurrando-a até a ponta dos pés e girando para trás usando a mão como alavanca, para ficar em pé. Ela então começou a correr ao redor do círculo, executando passos de dança impossíveis, saltos e movimentos acrobáticos – alguns dos quais me fizeram temer que ela se machucasse – enquanto sua fita desenhava o arabesco mais hipnotizante. Observá-la ficar na ponta de um pé e girar me impressionou. Mas vê-la levantar a segunda perna para que os dedos daquele pé apontassem para o céu sem perder o equilíbrio e girar a fita freneticamente me deixou sem fôlego. Eu estava me sentindo sufocado pelas emoções, um orgulho indescritível enchendo meu coração.

E então o desastre…

Eu observei com horror quando, depois de girar algumas vezes sobre si mesma, Serena jogou seu bastão. Meu coração se despedaçou e meu sangue se transformou em ácido enquanto suspiros horrorizados subiam atrás de mim. O tempo pareceu desacelerar enquanto Serena dava algumas cambalhotas e giros, e depois pegou cegamente o bastão, formando mais padrões com a fita.

— Ela pegou... — eu sussurrei em choque e descrença.

Assim que as palavras saíram da minha boca, um rugido coletivo surgiu atrás de mim, seguido pelo som de incontáveis chocalhos em homenagem à minha companheira. Eu me senti tonto ao observar a atuação fascinante de Serena. Ela se movia mais rápido, acompanhando a música que se tornou mais intensa, mais dramática. Mais duas vezes minha mulher jogou a fita e mais duas vezes ela a pegou antes que ela tocasse o chão. Nas duas vezes, ela mal precisou olhar para fazer isso – seu coração sabia onde ela estaria.

Não importa quais desafios surjam em nosso caminho, não importa quem ou o que tente nos separar, ela sempre irá nos segurar e manter nosso vínculo fluindo em direção ao nosso futuro conjunto.

Quando a música começou a diminuir, Serena voltou ao centro do círculo e gesticulou para que eu me aproximasse. Meu coração transbordou de orgulho e emoções demais para identificá-las quando fui até ela. Minha companheira circulou ao meu redor algumas vezes, sua fita girando em padrões complexos, apagando qualquer dúvida de que eu havia sido devidamente reivindicado e vinculado. A música terminou ao mesmo tempo que minha mulher parou bem na minha frente. Eu a puxei para meu abraço e esmaguei seus lábios em um beijo possessivo enquanto minha cauda a envolvia.

Eu mal conseguia ouvir os chocalhos nos saudando, ou mesmo os Anciões dando sua bênção enquanto nos cercavam de mãos dadas. Quando eles se separaram, eu não fiquei para receber os parabéns e elogios da minha tribo natal. Tudo que eu podia ver, tudo o que me importava, era a linda deusa em meus braços. Com os olhos fixos em Serena, eu a peguei no colo e ela envolveu as pernas em volta da minha cintura. Sem dizer uma palavra, eu a levei para a casa dos meus pais sob os aplausos da multidão.

Depois do que pareceu uma eternidade, nós entramos em casa e eu levei Serena diretamente para o meu quarto. Eu já estava tirando as roupas dela - quase as rasgando - antes que a porta fosse totalmente fechada atrás de mim. Ontem à noite, Serena ficou constrangida por se juntar a mim, pois temia que meus pais e irmãos nos ouvissem. Apesar das minhas garantias de que as paredes eram à prova de som, ela ainda insistiu que mantivéssemos silêncio. Para agradá-la, eu obedeci. Esta noite, não me importava se eles pudessem nos ouvir lá em cima, na estação orbital da Federação. Eu era um homem devidamente vinculado prestes a reivindicar sua deusa como companheira.

Embora meus pais tivessem trazido um colchão improvisado para Serena na noite passada, ela dormiu em cima de mim. Mas primeiro fizemos amor no colchão, como faríamos agora para protegê-la do chão duro.

Eu joguei sua blusa no chão e reivindiquei seus lábios com um beijo ganancioso. Mesmo enquanto eu a abaixava no colchão, minha língua invadia sua boca. Foi tão estranho a primeira vez que nos beijamos daquele jeito. Eu nem tinha certeza de que algum dia me acostumaria com o formato e o tamanho estranhos de sua língua ou com as fileiras de dentes sem fio que preenchiam sua boca, em vez do punhado de dentes afiados que possuíamos. Mas agora eu não me cansava de beijá-la. Eu não conseguia parar de pensar nela.

E agora, um sabor diferente me chamou e fez meu sangue ferver de necessidade. Relutantemente interrompendo o beijo, eu passei meus lábios pelo pescoço dela até o peito. Incapaz de resistir, eu parei no botão endurecido de seu seio, minha língua provocando o círculo marrom escuro de sua aréola antes de chupar seu mamilo. Eu adorei o sabor levemente salgado de sua pele devido ao esforço anterior.

Embora minha companheira tenha levantado o peito para maior fricção e colocado a mão na parte de trás da minha cabeça como se quisesse me manter no lugar, eu retomei minha jornada até meu prêmio. O estômago de Serena estremeceu quando mordi seu umbigo. Enganchando meus dedos na cintura de seu short, eu o puxei para baixo enquanto lambia e chupava a carne sensível de sua pélvis. Um arrepio a percorreu, me fazendo ronronar de aprovação. Eu amava como minha companheira respondia ao meu toque.

Minha única decepção ao tirar sua roupa de baixo foi a ausência de pequenos cachos em volta de sua fenda. Minha pesquisa indicava que os humanos tinham alguns ali e sob as axilas. Alguns deles até os tinham nas pernas e em quase todas as outras partes do corpo - especialmente os machos. Mas Serena me informou que nunca teve pelos nas pernas – o que não era incomum em mulheres humanas de sua etnia – e que ela havia removido permanentemente os que estavam debaixo dos braços e ao redor do sexo, para que nunca mais tivesse que lidar com eles. Uma pena. Eu adoraria saber se eles eram tão macios quanto os cachos firmes de seus longos cabelos.

Para minha surpresa, quando eu estava prestes a saciar minha fome, Serena pressionou a palma da mão na minha testa e me empurrou para trás. Minha cabeça se levantou e eu lancei um olhar interrogativo para ela.

— Deite-se — ela disse, seus olhos dourados escurecidos pelo desejo.

— Mas eu quero-

— Ah, você vai. Apenas deite-se. Confie em mim.

Confuso, eu considerei resistir, mas obedeci.

— Coloque para fora — ela comandou.

— Mas-

— Pare de discutir — Serena disse com uma carranca — Eu também quero provar você. Nós dois podemos fazer isso ao mesmo tempo.

Meus olhos se arregalaram e uma bola de luxúria explodiu na minha região pélvica, me fazendo rosnar de necessidade. Eu fantasiei sobre isso desde a primeira vez que pesquisei sobre casais humanos. Eu liberei meu pênis com um gemido quase doloroso enquanto minha mulher montava em mim, alinhando cuidadosamente seu núcleo com meu rosto. Sem quaisquer preli- minares, eu mergulhei de cabeça e enfiei a língua dentro dela.

Serena estremeceu e eu agarrei a curva carnuda de suas costas com as duas mãos para mantê-la no lugar enquanto eu me banqueteava.

Mas logo isso se mostrou um desafio quando a mão delicada da minha companheira se fechou ao redor do meu comprimento e começou a me acariciar. O calor úmido de sua língua lambendo meu eixo, provocando meus espículos e circulando ao redor da cabeça me fez gemer enquanto fogo líquido borbulhava na boca do meu estômago. Quando ela finalmente me levou na boca, eu quase derramei. A mão de Serena apertou e acariciou a base do meu pênis em contraponto ao movimento de sua cabeça balançando sobre mim. Meus músculos abdominais se contraíram dolorosamente enquanto eu lutava para me controlar. Eu não podia me libertar antes de minha companheira.

Deslizando uma mão entre as coxas da minha mulher, eu esfreguei sua pequena protuberância enquanto acelerava a velocidade e a força da minha língua fazendo amor com ela. Eu me concentrei especialmente no pequeno feixe de nervos dentro dela que sempre a fazia chegar ao limite da felicidade em pouco tempo. Temendo ainda perder a batalha, levantei minha cauda perto da orelha de Serena, soltei meus chocalhos e produzi o som de acasalamento que agia como um poderoso afrodisíaco.

Em segundos, minha companheira gritou, jogando a cabeça para trás em êxtase. Esse adiamento me permitiu recuperar o controle parcial. Enquanto ela navegava nas ondas do prazer, eu saí debaixo dela, segurando-a imóvel de quatro enquanto me posicionava atrás dela. Isso também eu tinha fantasiado. Era impossível se unir com mulheres Ordosianas dessa forma. Eu me empurrei dentro da minha companheira, o calor escaldante de sua bainha apertada fechando-se ao meu redor.

Eu sibilei de prazer, meus espículos doendo para entrar em ação. Eu silenciei o desejo, dando tempo à minha companheira para se ajustar à minha circunferência enquanto eu lentamente bombeava para dentro e para fora dela. Havia algo cru e primitivo em segurar minha mulher assim enquanto ela se submetia à minha posse. Serena gemeu e arqueou as costas quando começou a balançar para frente e para trás em contraponto aos meus próprios movimentos. Segurando seu quadril com uma mão, eu acariciei suas costas com a outra, deixando minhas garras arranharem suavemente sua pele.

Serena soltou um grito estrangulado e se virou para me olhar por cima do ombro. O olhar de pura luxúria que ela me deu ecoou direto na minha virilha. Ela lambeu os lábios de uma forma tão lasciva, a memória dela girando em torno do meu comprimento quando ela me deu prazer com sua boca me atingiu com uma violência vertiginosa. Algo estalou dentro de mim. Segurando seus quadris com ambas as mãos, minhas garras cavando com muita força em sua carne macia, eu comecei a meter nela. Serena jogou a cabeça para trás e gritou de felicidade.

Por instinto, eu me inclinei para frente, deslizei meu braço esquerdo na frente de seu peito e a levantei enquanto ainda enfiava freneticamente dentro dela. Ainda ajoelhada, com as costas apoiadas no meu peito, Serena se virou para olhar para mim. Eu capturei seus lábios em um beijo apaixonado. Minha mão direita alcançou seu clitóris e permiti que meus espículos ondulassem dentro dela.

Minha companheira gozou instantaneamente. Eu engoli o grito de seu clímax e apertei meu abraço em torno dela enquanto espasmos de êxtase a abalavam. Como toda vez que ela encontrava alívio, as paredes internas da minha companheira apertaram meu pênis, tentando forçar meu orgasmo para fora de mim. Eu resisti e persegui minhas atenções até que minha companheira desceu do seu estado de euforia.

Eu a soltei apenas o tempo suficiente para deitá-la de volta no colchão antes de me enterrar profundamente dentro dela novamente. Desta vez, meu olhar nunca deixou o lindo rosto da minha companheira enquanto eu a atacava. Deusa, eu nunca me cansaria da aparência de Serena, seu rosto dissolvido em uma expressão de puro êxtase, a maneira como ela se contorcia debaixo de mim - sua pélvis girando enquanto ela me encontrava, impulso após impulso, sua voz rouca me estimulando, cantando meu nome, e implorando por mais - para ir mais fundo, com mais força.

Eu nunca vi seu clímax chegando. Isso a varreu tão de repente que fui pego pelo maremoto. Eu gritei, minha semente atirando em minha mulher com tanta força que me deixou tonto. Meus quadris estavam em chamas. Cada jato que eu liberava era como êxtase líquido saindo de mim. Eu não pretendia prender minha companheira. A cabeça do meu pênis inchou, selando minha semente dentro de Serena para aumentar as chances de concepção. Ao mesmo tempo, eu senti meu saco hormonal de acasalamento se esvaziar, enviando outro arrepio de felicidade pela minha espinha enquanto se derramava em minha fêmea. Isso tentaria regular os níveis hormonais de Serena para facilitar a concepção.

Isso foi um esforço inútil neste momento. Minha mulher não estava em seu período fértil – seu cheiro me dizia isso. Mesmo que eu não tivesse a intenção de fazer isso, eu me deleitei com a conexão. Eu nos virei, embalando minha companheira trêmula em meus braços. Como eu adorava a sensação dela assim, seu corpo escorregadio de suor, vibrando com o prazer que eu lhe dei, agarrando-se a mim como se ela desejasse que pudéssemos estar ainda mais próximos, fundidos como um só corpo e alma. Ela parecia tão frágil, tão vulnerável e tão confiante.

Eu gentilmente acariciei seu cabelo úmido enquanto ela suspirava contente, com a cabeça apoiada em meu peito. Eu apertei meu abraço, meu coração se enchendo de carinho e saudade enquanto imagens de minha companheira crescendo com nossos filhos dançavam diante de minha mente.

Eu fechei os olhos e adormeci com um sorriso melancólico.

CAPÍTULO 15
SERENA

Nós acabamos estendendo nossa estadia em Tulma por mais alguns dias. Se eu pudesse, provavelmente teríamos ficado ainda mais tempo. Leshu e Erastra eram incríveis. No começo, eu temia que o relacionamento deles tivesse azedado ao longo dos anos, pelo jeito que ela estava sempre na cola dele e criticando uma coisa ou outra que ele fazia, como ela fez com a muda dele. Mas então eu percebi que era uma brincadeira entre eles. Quando ela não tinha nada para incomodá-lo, ele deliberadamente fazia algo para incentivá-la. Muitas vezes eu peguei um ou outro tentando esconder o rosto para não vermos as risadas que não conseguiam reprimir.

Mas sempre que não estavam implicando um com o outro, eles se abraçavam da maneira mais doce. Isso me fez doer de saudade. Ir para o chuveiro e ver aquele macho raspando suavemente as escamas do capuz, costas e cauda de Erastra com a pedra porosa que eles usavam para lavar me fez derreter de dentro para fora.

Saber que Szaro se tornaria tão grande ou maior que seu pai mexeu muito com minha cabeça. Havia algo irresistível em um homem grande e intimidador que se transformava em um ursinho de pelúcia para sua parceira. Os irmãos de Szaro também eram muito divertidos, mas a mãe deles continuava sendo aquela com quem eu realmente tinha um vínculo.

Para minha surpresa, minha fita dançante se tornou uma sensação da noite para o dia. A pobre costureira foi inundada de pedidos – as mulheres Ordosianas as queriam aos pares, como se fossem faixas. Pegar algumas mulheres praticando com elas me deu uma sensação calorosa.

Voltar para casa foi agridoce, mas Erastra me fez prometer que iria visitá-la com frequência. Como Grande Caçador de Krada, Szaro não conseguia mais ficar tempo longe. A Anciã Krathi só lhe deu uma folga porque eu afirmei que era nossa lua de mel — algo que eles não tinham aqui.

Ao retornarmos, eu quase caí de bunda no chão ao ver o trabalho que Irco havia feito em nossa ausência. A área de cozinha fora da casa poderia ser a cozinha externa de uma mansão chique, completa com pia e unidade de refrigeração. A sala de jantar instalada dentro da sala principal ficou ainda mais bonita do que a referência que eu havia fornecido ao construtor. Minha cama era incrível, e o colchão parecia uma nuvem. Ele quase me fez querer reconsiderar dormir em cima de Szaro. Quase...

Isso não significava que não o usaríamos para sermos travessos.

Mas o que realmente me deixou sem fôlego foi a sala de higiene interna que meu adorável marido miserável autorizou secretamente pelas minhas costas. Irco percebeu minha reação a um banheiro luxuoso e louco enquanto procurávamos referências para meu banheiro e chuveiro na área de limpeza compartilhada. Eu não conseguia acreditar que ele tinha mostrado isso a Szaro e eles haviam planejado isso. Eu não poderia ficar brava. Eu amei. Era muito lindo. Mas a determinação de Szaro em me dar uma vida boa e me fazer feliz estava me afetando bastante.

Eu esperava que a culpa me consumisse ao ver meu marido

moldando sua casa para acomodar uma esposa que ele nem tinha certeza de que ficaria. Mas ela não estava em lugar nenhum. Em um nível subconsciente, eu já sabia que as chances de deixar Trangor - de deixar Szaro - estavam diminuindo a cada dia que passava. Eu estava me apaixonando forte e rápido por aquele Naga. Mas eu também estava me apaixonando por esse mundo, por esse povo e por esse estilo de vida...

Os próximos doze dias passaram pacificamente. Sem mais incursões de Flayers perto de setores vulneráveis, nós deixamos os caçadores da Federação terminarem a tarefa para a qual foram trazidos aqui. Em dois, três dias no máximo, eles fariam as malas e partiriam. Meu peito não se contraiu de tristeza e nenhuma angústia ou sentimento de condenação me tomou. Apenas paz. Durante as últimas semanas, eu criei uma rotina agradável com os caçadores enquanto saíamos para explorar e cuidar da flora e da fauna locais. Sempre havia algo para fazer, algo novo para descobrir.

Eu terminei de preparar a refeição e fui pôr a mesa no terraço, como já era norma para nós. Szaro estava atrasado. Ele geralmente sentava comigo, me fazendo companhia porque sabia que comer era uma coisa social para os humanos. E mesmo que ele não pudesse compartilhar minhas refeições comigo, ele queria me dar aquela sensação de companheirismo.

No momento em que esse pensamento passava pela minha cabeça, a porta da frente se abriu e Szaro entrou, carregando uma grande tigela. Ele gesticulou para que eu esperasse um minuto e foi para a cozinha. Eu esperei pacientemente, minha curiosidade despertada. Ele saiu para o terraço carregando um prato cheio de cubos. Ele o colocou na mesa à minha frente. Eu levei um momento para reconhecê-lo como carne crua... completa com pelos e garras. Meus olhos se arregalaram e eu olhei interrogativamente para Szaro.

— Eu esgotei minhas reservas — ele explicou, gesticulando

para que eu me sentasse — De agora em diante, eu vou jantar com você.

Meu queixo caiu enquanto eu olhava para seu prato de comida nada apetitoso. Eu olhei para seu rosto sorridente e simplesmente derreti novamente. Maldito seja o homem e suas inúmeras atenções.

— Isso é muito fofo. Mas isso não parece nem de longe comida suficiente para você — eu disse, preocupada.

— Isso deve me sustentar por um dia, talvez menos — Szaro disse encolhendo os ombros — Mas prefiro errar por excesso de cautela. Já faz um tempo que não como, pelo menos algumas semanas.

— Você é realmente incrível — eu disse com carinho.

— Eu sei — ele disse presunçosamente.

Eu bufei e franzi o rosto para ele — Eu retiro o que disse.

— Você não pode. Você já disse isso, e você com certeza quis dizer isso — ele retrucou com um sorriso desagradável que me fez querer jogar algo nele.

Naquele instante, eu vi o Leshu que ele se tornaria e derreti um pouco mais. Ele trouxe um garfo – que eu sabia que os Ordosianos não usavam – e esfaqueou um pedaço de carne antes de enfiá-lo na boca.

Ele não mastigou.

Isso me assustou um pouco, mas nem de longe tanto quanto eu temia. Por outro lado, sua garganta mal inchou quando a peça desceu. Embora eles fossem diferentes, as cobras sempre pareciam estar em agonia, pois seus rostos se esticavam ao máximo para deixar a comida entrar.

— Você cortou em pedaços pequenos para mim — eu sussurrei, entendendo.

Szaro sorriu, mas permaneceu em silêncio por mais alguns segundos até que o pedaço desceu em sua garganta.

— Eu normalmente engoliria esta criatura inteira — ele

admitiu — Mas tenho certeza de que você não teria gostado do espetáculo enquanto eu tentava comer.

Eu me contorci na cadeira, o constrangimento aquecendo minhas bochechas — É o jeito do seu povo — eu disse, parecendo um pouco na defensiva — Isso me angustiaria no início, mas eu acabaria superando.

— Por que angustiá-la quando existe uma alternativa simples que realmente não faz muita diferença para mim? — ele desafiou — Se eu engolir vários pedaços menores ou um único grande, eu levarei aproximadamente o mesmo tempo. A única diferença é que um modo me permite fazer companhia a você e conversar, enquanto o outro me deixa praticamente fora de serviço durante todo o tempo.

Eu fiz uma careta para ele, o que o fez rir — Quando você coloca dessa forma, é difícil argumentar — eu murmurei.

Ele sorriu, espetou outro pedaço – este incluía pele – e o enfiou na boca. Felizmente, meu reflexo de vômito não apareceu. Ainda levaria algum tempo para me acostumar. Eu dei mais algumas mordidas no meu próprio prato quando um pensamento repentino me ocorreu ao me lembrar da minha conversa com Salha.

— Então... os pedaços que você comeu até agora tinham ossos, e este aqui tem pelos — eu disse, escolhendo as palavras com cuidado — As cobras conseguem digerir ossos, mas não pelos, penas, chifres ou qualquer coisa que contenha queratina. Você vai transformar esse pelo em uma espécie de 'bola de pelo' e simplesmente cuspi-lo?

Szaro riu, sem dúvida em reação à expressão no meu rosto. Eu tentei mantê-la neutra, mas...

— Na verdade, o primeiro pedaço que eu comi tinha ossos e dentes, e o segundo tinha pelos, ossos e garras — Szaro especificou com uma expressão divertida.

Eu olhei para ele com horror e meu olho direito se contraiu. Szaro jogou a cabeça para trás e começou a rir. Foi profundo e poderoso, seus ombros tremendo de alegria. Em circunstâncias diferentes, eu ficaria entusiasmada com o quão bonito e durão ele era, mas eu estava um pouco ocupada demais sendo traumatizada.

— E sim, eu vou cuspir uma coisa do tipo 'bola de pelo' para me livrar dos pelos e das garras. Mas não tenha medo, eu vou poupá-lo desse espetáculo — ele continuou, com diversão ainda brilhando em seus olhos — E não, isso não vai acontecer no próximo minuto ou algo assim. O processo levará algumas horas para ser concluído.

— Certo — eu murmurei — Você está se divertindo muito com isso.

— Eu estou, minha companheira. Eu estou — ele confessou sem o menor remorso.

Mesmo que alguns de seus hábitos e funções biológicas me assustassem, eu poderia aceitá-los... assim que me recuperasse do choque cultural. Mas eu adorei poder discutir o assunto com Szaro, e ele não ficou ofendido com minhas respostas involuntárias. Meu rosto miserável era excessivamente expressivo e péssimo para diplomacia.

Nós terminamos de comer enquanto conversávamos amigavelmente. Por mais nojenta que eu achasse a comida dele, eu realmente gostei de compartilhar uma refeição, em vez dele apenas me fazer companhia enquanto eu enchia minha barriga. Mais uma vez, meu coração se aqueceu com a consideração constante de Szaro.

Como era seu costume, meu querido marido recolheu a louça suja para lavá-la. Antes de voltar para dentro, ele se inclinou para me beijar. Eu recuei e bati a palma da mão em seu peito para segurá-lo.

— De jeito nenhum! — eu disse em resposta à sua expressão atordoada — Você não vai me beijar com essa boca, não depois das coisas estranhas que acabaram de acontecer. Vá usar meu enxaguatório bucal primeiro, depois eu reconsiderarei.

Os olhos de Szaro ficaram tão arregalados que pareciam prestes a saltar das órbitas — O quê? — ele exclamou, pasmo — Você come coisas mortas o tempo todo e nunca tem problemas em me beijar.

— Isso definitivamente não é a mesma coisa — eu disse, chocada por ele comparar os dois — Você acabou de comer dentes, pelos e garras!

— Tecnicamente, eu os engoli junto com a carne à qual estavam presos. E você acabou de comer a bunda e os pés de um kweelzy. Como isso é melhor?

— Se chama presunto e jarrete — eu argumentei — E ele está cozido, eliminando todas as coisas desagradáveis.

— Esses são apenas termos sofisticados para descrever a bunda e as patas de um animal —Szaro disse com uma expressão teimosa.

— Eu não ligo. Eu ainda não vou beijar essa boca desse jeito — eu disse com uma cara igualmente teimosa.

Szaro emitiu um som sibilante de aborrecimento, me lançou um olhar como se estivesse ansioso para me colocar no colo e me espalmar, depois ele deslizou apressadamente para dentro de casa. Eu me senti excitada com aquele olhar, e divertida com sua irritação. Eu entrei para vê-lo na sala de higiene, com a louça suja no balcão enquanto ele passava um pouco de enxaguante bucal na boca. Depois de uns bons trinta segundos, ele cuspiu e me lançou um olhar de 'você está satisfeita agora?'.

Eu mordi o lábio inferior, hesitei e balancei a cabeça timidamente — Faça uma segunda vez, só para garantir.

O silvo ainda mais alto que saiu de sua garganta enquanto ele obedecia com indisfarçável exasperação me deixou no ponto. Eu estava literalmente sufocando de tanto rir, lágrimas escorrendo pelo meu rosto enquanto ele olhava para mim, suas bochechas inchando e murchando enquanto ele usava o enxaguante bucal. Apesar de seu comportamento mal-humorado, eu não perdi o brilho de diversão em seus olhos, por mais sutil que fosse.

Sim, eu definitivamente poderia ver meu futuro Leshu.

Quando ele cuspiu, ele lavou a boca com um pouco de água e veio me puxar para seu abraço. Eu não resisti.

— Agora, pare de me negar, mulher — ele resmungou.

— Beije a vontade, meu querido. Você merece.

E ele me beijou.

Como amanhã é o último dia da Primeira Caçada, os Ordosianos e eu estávamos nos aventurando nas profundezas das áreas de caça autorizadas para começar a avaliar e reparar os danos que os Flayers haviam causado. Foi uma experiência esclarecedora para mim. Em meus cinco anos como caçadora profissional, eu nunca parei para avaliar o quanto a flora e a fauna locais foram destruídas por tais incursões, especialmente quando feras enormes e selvagens corriam por áreas que normalmente nunca frequentavam.

Claro, eu notava os canteiros de vegetação pisoteados e as árvores derrubadas. Mas eu nunca pensei no fato de que, com uma violência da escala que Trangor experimentou, a vegetação esmagada sob os pés era composta principalmente de raízes e pequenos frutos que constituíam a principal fonte de alimento de muitas pequenas criaturas.

Eu não percebi que as batalhas e as árvores caídas ocasionalmente causavam colapsos subterrâneos dos covis de criaturas escavadoras. Algumas conseguiram cavar para sair, mas as espécies invasoras que apenas ocupavam esconderijos abandonados ficariam presas e morreriam sufocadas ou de fome.

Nós encontramos duas dessas famílias em perigo: uma era um tipo de roedor e a outra uma espécie de lagarto. Os roedores estavam extremamente fracos, mas vivos. Nós os alimentamos com pasta rugal com seringas. Eles levariam alguns dias para se recuperarem, então deixamos um pouco de comida em seu covil.

Os lagartos não se saíram tão bem. Ambos os pais morreram, a mãe ainda chocava os ovos. Nós pegamos os ovos e os colocamos dentro de uma das incubadoras do Drayshan de carga. As fêmeas cuidadoras no átrio cuidariam deles até que eclodissem, e então eles seriam soltos na natureza novamente.

O grito de um Flayer ao longe chamou nossa atenção. Szaro me fez ativar meu escudo furtivo e usou sua própria camuflagem natural, mudando as cores de suas escamas para fazê-lo se misturar com o ambiente. Eu pulei em suas costas e ele me carregou em direção à fera. Os outros caçadores, também camuflados, nos seguiram em silêncio.

Os nossos scanners indicaram que um caçador da Federação já estava lidando com ele. Eu descobri que os Ordosianos nos observavam regularmente em segredo desde o início da Caçada. O que eu não tinha percebido era que eles exigiram que a Federação removesse alguns caçadores da Caçada por causa dos métodos cruéis que eles usavam para matar os Flayers. Os Ordosianos queriam que o excesso de população dessas feras fosse eliminado para manter um equilíbrio saudável, e não para que sofressem desnecessariamente.

Nós chegamos bem a tempo de testemunhar a batalha. Meus olhos se arregalaram ao ver o caçador humano, Donovan Craigh. Nós desenvolvemos uma amizade saudável ao longo dos anos em que nos encontramos nos circuitos de caça. Eu nunca o tinha visto em ação antes. Os caçadores escondiam zelosamente seus segredos comerciais uns dos outros. Afinal, estávamos em uma competição. Eu quase me senti culpada por espioná-lo... quase.

Para minha surpresa, ele estava usando um jetpack para voar ao redor da fera, fora do alcance de seu longo pescoço. Ele lançou quatro pequenas esferas que pairaram ao redor da cabeça do Flayer e emitiram uma poderosa luz branca, cegando os incontáveis olhos da criatura. A esfera na frente de seu rosto transmitia um som ameaçador de rosnado. O Flayer imediatamente estalou seus dentes em forma de adaga enquanto balançava cegamente seus braços em forma de foice. As quatro esferas acenderam sua luz novamente para mantê-lo cego enquanto Donovan pairava silenciosamente atrás da criatura, que estava muito focada na distração rosnante para perceber o que estava acontecendo.

Que filho da mãe inteligente!

Ele apontou uma arma estranha para as pernas do Flayer. Uma etiqueta laser apareceu nas patas dianteiras e traseiras de cada lado da fera. Quando ele disparou, quatro bolas brancas foram disparadas, cada uma caindo em sua respectiva marca. Assim que fizeram contato, a substância branca envolveu a perna e imediatamente se esticou para se conectar com a outra bola do mesmo lado, prendendo as pernas do meio no processo. As quatro pernas de cada lado acabaram embrulhadas como um buquê, fazendo o Flayer cair de bruços. Ele gritou de indignação, lutando em vão contra as suas restrições.

Donovan voou ao redor para encarar a criatura. Ele deu um comando vocal, e cada uma das esferas emitiu um feixe de luz na base do que seria considerado a cabeça do Flayer. A princípio eu fiquei confusa, depois percebi que eles agiam como raios extratores em miniatura, mantendo a cabeça da criatura imóvel enquanto ela gritava. Isso permitiu que Donovan mirasse perfeitamente no ponto vulnerável no fundo de sua garganta. Em segundos, a batalha terminou.

— Nossa — eu sussurrei — Não é de admirar que ele esteja obtendo tantas pontuações perfeitas.

— Isso foi muito bem feito — Szaro sussurrou de volta, com a voz cheia de respeito.

— Posso falar com ele por um minuto? — eu perguntei — Ele é um velho amigo — eu reprimi a vontade de acrescentar que esta poderia ser minha última chance de vê-lo novamente.

Szaro olhou para mim por cima do ombro e depois assentiu.

— Obrigada — eu sussurrei quando ele me colocou no chão.

Eu beijei sua bochecha e depois fui em direção a Donovan,

que estava ocupado reivindicando sua morte com um farol. Eu fiz barulho suficiente para que ele ouvisse minha aproximação. Alertado, sua cabeça se ergueu enquanto ele procurava a fonte. Eu desativei meu escudo furtivo. Seu choque deu lugar à descrença e depois à alegria.

— Ei garota! O que você está fazendo aqui? Você parece bem! — ele disse se levantando.

— Estou bem. Eu estou com os Ordosianos, fazendo coisas de guarda florestal. Eles estão aqui perto. Eu acenei com a cabeça para o Flayer — Boa execução. Não admira que você esteja obtendo pontuações tão boas.

Donovan bufou — Disse a mulher que está tão à frente na liderança que ninguém tem a menor esperança de alcançá-la e ganhar o grande prêmio — ele disse com desespero zombado.

Eu ri — Certo, mas na verdade não vou reivindicar o grande prêmio — eu disse quando parei na frente dele — Eu já informei a Federação para dar para quem ficar em segundo lugar.

— Por que diabos você faria isso? São cinco milhões de créditos!

— Porque, honestamente, só os créditos que eu estou ganhando com as pontuações são muito maiores do que eu esperava — eu disse, encolhendo os ombros — Além disso, não seria justo. Eu nunca receberia tantos bônus de execuções perfeitas se não fosse pelos Ordosianos, ou tantas execuções no total. Vocês estão aí fazendo isso sozinhos. Vocês merecem mais.

— Isso é muito legal da sua parte — Donovan disse gentilmente — Mas, você sempre foi uma senhora elegante.

Eu sorri.

Ele ficou sério, a preocupação enchendo seus olhos — Como você está, Serena? Todos ficaram bastante chocados quando ouvimos a notícia. Não acredito que eles queriam te executar por salvar um deles.

Eu me mexi desconfortavelmente — É complicado. Eles não queriam me machucar, especificamente por esse motivo. Mas você sabe que tipo de precedente isso teria criado se eu simplesmente tivesse conseguido ir embora. As pessoas abusariam disso para tentar escapar impunes.

Ele assentiu lentamente, uma carranca marcando sua testa — Sim, eu posso ver isso. Ainda é uma merda para você. Quero dizer, estamos aliviados por eles terem encontrado uma solução alternativa, mas você está bem? Eles estão te tratando bem?

— Mais do que bem. Eles são incríveis para mim e eu estou amando a vida aqui. É sério — eu insisti quando ele me lançou um olhar duvidoso — Você sabe que eu sempre quis me tornar guarda florestal em um grande parque. Neste momento, o planeta inteiro é o meu playground com as criaturas mais incríveis que eu já vi.

— Eu posso imaginar — ele admitiu — A fauna deles é incrível. Não me admira que a Federação e a OPU estejam fazendo de tudo para permanecer nas boas graças dos Ordosianos. Um dos representantes farmacêuticos nos deu uma lista de todos os medicamentos e tratamentos que eles poderão obter apenas com os Flayers. É insano.

— Você não tem ideia — eu disse com um sorriso — Szaro, meu marido, estava me mostrando uma criatura cujas cascas vazias de crisálida podem ser usadas para criar um creme que regenera pele gravemente queimada, entre outras coisas.

Uma expressão preocupada cruzou o rosto de Donovan, imediatamente colocando todos os meus sentidos em alerta máximo.

— O que foi? — eu perguntei.

Donovan ficou inquieto — Olha, talvez não seja nada, mas se vocês estão explorando, vocês podem querer ir para sudoeste — ele hesitou antes de continuar — Eu estava lá ontem. Com os Flayers cada vez mais escassos, ficou um pouco superlotado de concorrentes, por isso decidi vir para este setor hoje. Mas enquanto eu estava lá, eu tropecei na braçadeira de um caçador.

— Uma braçadeira? Nenhum braço preso a ele? — eu perguntei, surpresa.

— Sem braço e sem sangue — Donovan disse — Foi pura sorte tê-lo encontrado. Eu o deixei com uma de minhas presas para a equipe de extração recuperar para que pudessem tentar encontrar e resgatar seu dono. Mas onde a encontrei não parecia que poderia ter caído por acidente.

— Você acha que o proprietário se livrou dela deliberadamente para que a Federação não pudesse rastrear seus movimentos — eu disse.

Donovan assentiu — Quando eu voltei ao acampamento base ontem à noite, todos estavam presentes. Não tenho ideia de a quem ela pertencia. Mas tenho minhas suspeitas.

— Oh?

— Como estes são os últimos dias da Caçada, todos estão trabalhando longas horas para tentar marcar o máximo de pontos possível — ele disse — A pontuação de todos aumentou visivelmente na noite passada, exceto para três pessoas: Baron, Tholya e Djomoug.

Meu coração afundou — Baron, é claro — eu disse com os dentes cerrados — Sempre que alguma coisa dá errado, ele está envolvido. Mas e os outros dois? Havia outras braçadeiras faltando?

Donovan balançou a cabeça — Eu só encontrei essa. Mas isso não significa que os outros dois não esconderam melhor as suas e conseguiram recuperá-las antes de voltarem para a base.

— Onde ela estava escondida? — eu perguntei com uma voz tensa, uma sensação de pavor tomando conta de mim.

— Espere, deixe-me transferir as coordenadas para o seu mapa.

Momentos depois, minha braçadeira apitou com a confirmação — Obrigada. Bem, foi muito bom te ver novamente. Dê meus cumprimentos aos outros e cuide bem de si mesmo.

— Você também — ele disse com um sorriso gentil.

Eu acenei com a cabeça em despedida e corri em direção ao local onde os Ordosianos esperavam por mim. Szaro dispensou sua camuflagem muito antes de eu alcançá-lo.

— Acho que pode haver um problema — eu disse cautelosamente.

— Nós ouvimos — Szaro disse, depois ele gesticulou para suas costas com a cabeça — Vá em frente, minha companheira.

Eu obedeci. Enquanto ele me carregava nas costas até onde havíamos deixado nossos Drayshans, eu me perguntei se eles tinham escutado nossa conversa. Bem, tecnicamente eles não tinham. Com sua audição aprimorada, eles estavam perto o suficiente para entender o que estávamos dizendo sem fazer nenhum esforço. Eu queria acreditar que simplesmente fosse esse o caso e não que eles quisessem nos espionar por falta de confiança.

Quando chegamos às nossas montarias, um dos caçadores levou o Drayshan de carga de volta à aldeia com os animais e ovos resgatados, e o resto de nós cavalgou com rapidez até as coordenadas que Donovan havia compartilhado. Szaro havia enviado uma mensagem às aldeias daquela vizinhança para que pudessem começar a explorar os setores proibidos próximos em busca de qualquer sinal de crime.

Vinte minutos antes de chegarmos às coordenadas, meu peito se contraiu dolorosamente quando a luz roxa de um sinalizador de socorro começou a pulsar acima de mim. Um segundo e depois um terceiro apareceram: o sinal Ordosiano para que todos os forasteiros deixassem suas florestas imediatamente e se retirassem para o acampamento base. Qualquer um que não fizesse isso seria morto imediatamente. Este era o sinal que todo caçador temia e que a Federação temia: a confirmação de que alguém havia fodido tudo.

Então a notícia chegou até nós. Um covil de Khenads foi praticamente dizimado. As criaturas eram a versão alienígena de um minigrifo, com corpo de feneco, cabeça vagamente parecida com a de uma coruja e um grande par de asas. Eles estavam entre as poucas criaturas em Trangor imunes ao canto apaziguador dos Ordosianos. Apesar de seu pequeno tamanho, eles podem causar sérios danos quando se sentem ameaçados. Suas garras cruéis e seu veneno ácido poderiam destruir qualquer um tolo o suficiente para mexer com eles, especialmente durante a época de nascimentos.

Quando chegamos, os caçadores da tribo Cizsa estavam trabalhando duro cuidando de muitos filhotes órfãos que gritavam por comida. Lágrimas brotaram dos meus olhos ao ver os incontáveis cadáveres dos Khenads adultos que apenas defendiam sua toca.

— Eu não entendo — eu sussurrei, olhando ao meu redor — Todos eles têm queimaduras de laser, mas nenhum corte, nenhum órgão removido. E todos os jovens ainda estão aqui. Por que esta matança sem sentido?

— Por causa disso — Szaro sibilou, apontando um dedo furioso para uma série de galhos de videiras que corriam por toda a face da caverna, alguns deles até mesmo rastejando para dentro.

Eu levei um momento para entender como as vinhas eram relevantes para esta tragédia. A seção superior, fora do alcance até mesmo dos mais altos entre nós, estava coberta de flores vermelhas brilhantes com pétalas com bordas amarelas que me lembravam malmequeres, enquanto nenhuma delas podia ser vista abaixo.

— Não! — eu sussurrei, olhando para Szaro sem acreditar — Eles mataram esses animais para pegar algumas flores?

— Não são flores, mas fungos dos quais os Khenads se alimentam — ele rangeu os dentes — Forasteiros chamam isso de Attrimat.

Eu senti o sangue escorrer do meu rosto. Attrimat era um analgésico poderoso, sujeito a receita médica. Nos últimos anos, ele se tornou uma droga recreativa muito procurada pela ausência de dependência ou efeitos colaterais negativos. Por ser extremamente difícil de cultivar e necessitar de condições específicas para tal, o seu comércio era rigorosamente regulamentado. A julgar pelo tamanho da superfície saqueada, o maldito que fez isso arrecadaria milhões em créditos no mercado negro.

Pouco depois, nós recebemos a notícia de que mais dois locais haviam sido profanados. Em um deles, metade da população foi massacrada e órgãos específicos removidos. O outro era um pequeno vale escondido, semelhante àquele onde Szaro e eu fizemos amor pela primeira vez. Uma fúria cega tomou conta de mim ao descobrir que o filho da puta arrancou os pequenos Scogas de sua crisálida para roubar suas conchas, deixando-os morrer, meio transformados. Em apenas mais dois ou três dias, eles teriam deixado as conchas por conta própria.

Assim que as cuidadoras das aldeias vizinhas chegaram aos locais devastados para cuidar das criaturas sobreviventes, os caçadores e eu montamos em nossos Drayshans e descemos ao acampamento base da Federação.

CAPÍTULO 16
SZARO

Meu sangue ferveu com uma fúria inabalável. Como eles ousaram? E para quê? Créditos? Eu nunca compreendi a obsessão dos forasteiros em adquirir riquezas muito além do que necessitavam para viver confortavelmente e proporcionar estabilidade e segurança às suas famílias. Mas este massacre de criaturas inocentes por ganância?

Mesmo que eles alegassem que era para fornecer remédios ao seu povo, nada justificava a morte sem sentido de uma espécie não ameaçada em benefício exclusivo de outra. Os Flayers eram uma ameaça global que precisava ser controlada. Os Khenads, os Scogas e os Varolas não representavam uma ameaça para ninguém. Eles só queriam cuidar pacificamente de seus filhotes durante a época dos partos.

Ao longe, as naves de extração da Federação buscavam os caçadores em vários pontos de encontro. Eu queria todos eles presentes quando eu liberasse minha ira. Eu tentei silenciar meu desconforto por Serena me testemunhar matando um — ou mais — de seus colegas caçadores. Mas ela compartilhava minha raiva. Até mesmo agora, eu podia sentir a fúria tensionando seu corpo embaixo de mim e saboreá-la em minha língua enquanto Dagas nos levava para a base forasteira.

Assim como eu, ela queria sangue.

Como Krada havia negociado principalmente a permissão da Federação para caçar em nosso planeta, e como o Grande Caçador da vila, coube a mim julgar essa atrocidade e exigir a punição que considerasse apropriada. Um caçador mais poderoso do que eu poderia ter reivindicado esse papel e me pedido para me afastar, mas só meu pai poderia ter feito isso. Embora a notícia sem dúvida já tivesse chegado até ele, Tulma estava longe demais para que ele chegasse em tempo hábil.

Quando derrubamos a última árvore antes do acampamento base da Federação, 600 metros à frente, eu finalmente tive uma boa visão de quantos caçadores das aldeias vizinhas se juntaram a nós. O som dos cascos dos nossos Drayshans trovejou enquanto surgíamos como uma onda mortal sobre a base.

Eu desmontei antes que Dagas parasse completamente e ajudei Serena a descer. Eu tirei a lança pendurada nas minhas costas e a segurei firmemente enquanto avançava, Mandha e Raskier me flanqueando, Serena e os outros caçadores seguindo atrás. As grandes portas do hangar da base começaram a abrir muito antes de chegarmos até elas.

Um Edocit muito nervoso nos esperava na entrada do hangar. O cabelo parecido com uma videira do homem parecia murcho devido ao estresse, assim como as flores que cresciam neles.

— Eu sou Bron Kflen, o Caçador Mestre da Federação — disse o homem — Nós recebemos a notícia da horrível desco-berta que vocês fizeram. Nós-

— Eu quero os culpados — eu sibilei, o interrompendo.

— Nós não sabemos quem eles são — Bron disse em tom de desculpas, quase suplicante — Nós temos apenas um suspeito em potencial. Mas revistamos os alojamentos e naves de todos e não encontramos nada.

Eu passei por ele e entrei no hangar onde os forasteiros

estavam reunidos. A sala cheirava ao medo que eu podia ler em cada rosto. Para minha surpresa, nenhum deles estava armado. Então, eu pude ver por que a Federação poderia ter ordenado isso para evitar um acidente lamentável.

Não que isso fosse salvá-los.

— Grande Caçador! — Bron exclamou, correndo atrás de mim — Por favor, vamos resolver isso pacificamente. A maioria das pessoas aqui são inocentes e respeitaram suas regras.

Eu o ignorei, meu olhar examinando a sala até pousar naquele que eu estava procurando — Zamoriano, dê um passo à frente — eu gritei.

As pessoas ao seu redor se espalharam como se de repente ele tivesse sido infectado por uma doença altamente transmissível.

— Eu sou inocente! — ele gritou de volta, batendo no peito com os quatro punhos — Eu estou sendo incriminado por causa do incidente com aquela maldita fêmea humana!

— Você escondeu sua braçadeira para que não pudéssemos rastrear sua invasão — eu sibilei, avançando ameaçadoramente por uma curta distância.

— Eu não escondi nada! Ela foi roubada de mim — argumentou o Zamoriano com raiva — Eu coloquei minha braçadeira como sempre antes de sair para caçar. Depois de apenas algumas horas, eu percebi que não era minha braçadeira de verdade, porque nenhuma das minhas configurações de varredura predefinidas funcionava. Eu relatei seu desaparecimento, e o Mestre Caçador me disse que estava aparecendo em seu radar como estando sudoeste, a pelo menos duas horas de viagem em um speeder de onde eu estava. Quando eu cheguei lá, ela já havia sido recuperada por outra pessoa e alguns extratores a trouxeram de volta para a base.

— Ele me contatou sobre a substituição de sua braçadeira — Bron disse com cautela.

— E como você sabe que ele não usou deliberadamente a errada para fingir que estava sendo incriminado? — eu desafiei.

— Eu não sei — admitiu o Mestre Caçador — Mas também não posso provar que ele fez isso. Um acusado é inocente até que sua culpa seja provada. Tudo isso é circunstancial.

— Então encontre quem é o culpado, ou consideraremos que todos vocês estão conspirando para protegê-lo, e vocês enfrentarão igualmente nossa ira — eu rosnei.

Gritos indignados responderam à minha declaração, muitas das pessoas presentes gritando para o Zamoriano confessar.

— Você não pode fazer isso! — Bron exclamou.

— Eu posso e irei.

— Szaro... — a voz suave da minha companheira gritou atrás de mim. Minha cabeça virou em direção a ela. Ela se aproximou cuidadosamente e parou ao meu lado — Eu não gosto daquele Zamoriano, mas o Mestre Bron está certo. Um acusado é inocente até que sua culpa seja provada. Eu conheço mais da metade dos caçadores nesta sala, e eles são pessoas honestas e respeitáveis que não merecem ser punidas pelos crimes dos vermes que fizeram isso. Embora eu não duvide que Baron tenha cometido essas atrocidades, nós precisamos de provas.

— E como você propõe que encontremos essa prova, minha companheira — eu disse, lutando para manter minha raiva sob controle.

— Se eles não encontraram nada em seus alojamentos ou em suas naves pessoais, isso significa que uma nave furtiva veio recuperar a recompensa ilícita — ela explicou — Pelo que parece, os Varolas e os Scogas foram massacrados ontem. Os Khenads foram atacados esta manhã. Isso significa que a nave espacial ainda está por aí. Ou eles estão armazenando tudo em seu porão ou a nave está fazendo viagens regulares para a doca espacial para descarregar a carga na nave de seu acólito.

Serena se virou para olhar para o Mestre Caçador.

— Se você ainda não fez isso, verifique o manifesto da

nave no cais para ver se há alguma atividade em terra —
minha companheira disse — Embora eu suspeite que você
não encontrará nenhum. Se meu pressentimento estiver
certo, eles são espertos demais para isso, e o idiota do
Baron está realmente sendo usado para assumir a responsa-
bilidade.

— O que significaria que a nave ainda está aqui em Trangor
— eu disse, entendendo a lógica da minha mulher.

— Sim — Serena disse com um sorriso feroz — Se procu-
rarmos assinaturas de energia residual ao longo da fronteira da
área proibida perto desses locais, poderemos rastreá-las.

O Mestre Caçador lançou um olhar para um dos funcionários
da Federação e gesticulou com a cabeça de uma forma que
presumi que significava para ele agir imediatamente. Eu não
conhecia os aspectos técnicos aos quais minha companheira se
referia, mas entendi a ideia geral. Gratidão e orgulho encheram
meu coração por ela ser capaz de usá-los para nos ajudar a
alcançar a justiça.

Eu enrijeci, e de repente tive uma ideia.

— Há outra coisa que vocês podem tentar — eu disse ao
Mestre Caçador enquanto encarava o Zamoriano — O culpado
colheu uma grande quantidade de Attrimat na toca dos Khenads.
Ele deve estar coberto de esporos. Mesmo que ele tenha se
limpado ou usado proteção, provavelmente haverá vestígios em
suas roupas, no speeder e em qualquer coisa com a qual ele tenha
interagido.

— Bryna, Tarn, vão examinar o quarto e o speeder de
Bayrohnziyiek em busca de esporos — ordenou o Mestre Bron.

Em vez do pânico que eu esperava, o sorriso desafiador que o
Zamoriano me deu desencadeou a primeira centelha de dúvida
em minha mente quando os dois funcionários da Federação
saíram da sala. A expressão preocupada no rosto da minha
companheira confirmou que ela também havia notado.

— Por favor, faça com que os quartos e speeders de Tholya e

Djomoug também sejam escaneados — Serena acrescentou de repente.

Eu levei um momento para identificar os dois homens que ela havia mencionado no meio da multidão. A expressão chocada e aterrorizada estampada em seus rostos gritava culpa e pânico – a reação que eu esperava do Zamoriano. Eles eram uma espécie bípede e peluda que me lembrava vagamente os felinos.

— Tholya e Djomoug? — Mestre Bron perguntou, confuso — Assim como todo mundo, seus rastreadores pessoais os mostraram se movendo por toda a floresta o dia todo.

— Eles podem ter anexado suas braçadeiras a um drone pré-programado camuflado para enganar seus radares enquanto vagavam por outro lugar — rebateu Serena.

— Assim como qualquer outra pessoa poderia ter feito — argumentou um dos acusados.

— Exceto que todo mundo caçou um monte de presas ontem — desafiou Serena — Mas a sua pontuação e a de Djomoug mal se moveram. Como você explica isso?

— Má sorte! — Djomoug respondeu no lugar do seu companheiro — A população de Flayers está baixa agora. Todo mundo está perseguindo os mesmos. Nós apenas-

— Pare de discutir — eu rebati — Se você não fez nada de errado, então não deveria ter nada a temer. Mas se você fez isso, aposto que seu lindo pelo está coberto de esporos.

— É fácil de confirmar — disse o Mestre Bron.

Ele estendeu a mão para um dos funcionários da Federação, que lhe entregou um scanner portátil. Ele primeiro foi até o Zamoriano, que abriu bem os quatro braços enquanto me olhava desafiadoramente. Antes mesmo do Mestre Caçador começar, quaisquer suspeitas que eu ainda tinha sobre aquele homem evaporaram. Ele estava confiante demais para ser culpado.

— Limpo — confirmou o Mestre Caçador antes de se virar para os outros dois.

Eles começaram a discutir novamente, afastando-se do

Mestre Bron. Um humano e outro Edocit pegaram os braços daquele chamado Djomoug, que imediatamente começou a lutar para se libertar. Assim que o Mestre Bron ergueu seu scanner na frente de Djomoug, ele disparou.

— Eu invoco o direito de santuário — gritou Djomoug — Eu exijo santuário! Misericórdia! Misericórdia!

Tholya tentou fugir, mas Raskier e Mandha - tendo previsto isso - o pegaram e imobilizaram, de bruços no chão. Cada um deles enrolou a cauda em uma das pernas e manteve um dos braços torcido atrás das costas. Eu ignorei seus pedidos de misericórdia.

— Não há direito de santuário em Trangor. Existe apenas a lei Ordosiana. E eu sou seu executor — eu sibilei, minhas presas descendo enquanto avançava em direção a Djomoug —Libertem-no.

O humano e o Edocit obedeceram, todos os outros caçadores se afastaram, formando um círculo ao nosso redor. Djomoug tentou correr, mas eu me movi muito mais rápido. No minuto em que peguei seu braço, Djomoug girou sobre si mesmo, golpeando meu rosto com suas garras cruéis. Eu me inclinei para trás e para o lado, meu grande número de vértebras me permitindo alcançar ângulos agudos sem esforço, sem perder o equilíbrio. Usando meu impulso, eu me virei, quebrando o braço que ainda segurava. Ele gritou de dor e tentou me dar uma cotovelada no peito. Eu bloqueei com a palma da mão, peguei sua garganta com a outra mão e cuspi ácido em seu rosto.

Seus gritos de dor e o cheiro acre de carne queimada apenas alimentaram minha sede de sangue. Eu puxei a mão com a qual ele cobria o rosto derretido e também quebrei aquele braço no cotovelo. Eu não podia arriscar que ele usasse suas garras em mim enquanto tentava se libertar do que viria a seguir. Eu então dei um tapa nele com força suficiente para deslocar sua mandíbula e fazê-lo cair no chão. Indiferente aos grunhidos de agonia de Djomoug, eu deslizei sobre ele, enrolando lentamente minha cauda de três metros em volta dele.

E então eu apertei.

Eu senti cada um de seus ossos quebrando sob meu aperto. Durante todo o tempo, meu olhar nunca se desviou de Tholya, que assistia a tudo com horror. Sangue jorrou da boca, nariz e orelhas de Djomoug momentos antes dele ficar completamente imóvel. Eu desenrolei minha cauda de seus restos mutilados e avancei em direção a Tholya.

— Eu não quero lutar com você! Eu não vou lutar com você! — Tholya gritou em tom suplicante.

— Você pode lutar ou pode ser executado como o verme que é — eu rosnei — De qualquer maneira, você morre.

— EU NÃO VOU LUTAR! VOCÊ NÃO PODE ME FAZER LUTAR! — ele gritou.

— Como quiser — eu respondi.

Eu olhei para meu irmão e depois para Raskier. Palavras eram desnecessárias. Eles o levantaram pelos braços, suas caudas ainda mantendo suas pernas algemadas. Enquanto invocava uma bola de veneno, eu passei minha mão em sua nuca e afundei minhas garras em sua carne. Assim que ele abriu a boca para gritar, cuspi a bola no fundo da garganta dele. Ele quase engasgou, interrompendo o grito. Ele engoliu instintivamente e depois tossiu, gritando quando Raskier e Mandha o largaram. Eu me virei e voltamos para a entrada.

— O que... o que você fez comigo? — Tholya perguntou com uma voz assustada.

O barulho da minha cauda foi sua única resposta. Em segundos, ele estava gritando de agonia, contorcendo-se no chão enquanto veias escuras cobriam as partes não peludas de seu corpo. Espasmos violentos o sacudiram, fazendo-o bater brutalmente a nuca no chão duro, enquanto espuma se formava em sua boca. E então ele ficou mole. Eu parei de sacudir a cauda – o veneno serviu ao seu propósito e não precisava mais desse aprimoramento.

Eu permiti que o silêncio ensurdecedor pairasse na sala por um momento, meu olhar vagando por cada um dos caçadores presentes para ter certeza de que eles entenderam que o pior aconteceria com qualquer um deles que pensasse em contaminar nosso planeta assim novamente. Então eu me voltei para o Mestre Caçador deles.

— A Primeira Caçada acabou — eu disse em um tom áspero — Vocês todos deverão ir embora ao anoitecer.

— Mas você não pode—

— A Primeira Caçada acabou! — eu rebati, mostrando minhas presas para ele — Vá embora ao anoitecer ou enfrente as consequências. E encontre aquela nave para mim.

Eu me virei para Serena, me preparando para o horror que poderia encontrar em seu olhar. Mas não encontrei nenhuma condenação nos seus olhos, apenas o brilho satisfeito de alguém que tinha sido inocentado.

Minha Ashina... Minha Deusa...

Eu estendi a mão para ela. Ela a pegou sem hesitação e me seguiu enquanto eu a conduzia para fora do hangar, com os caçadores das tribos unidas nos seguindo.

CAPÍTULO 17
SERENA

Nem preciso comentar a merda que deu após a execução dos dois Nazhral, Tholya e Djomoug. As exigências de reparação do seu governo apenas os levaram a receber uma multa brutal da Organização dos Planetas Unidos e a todos os seus caçadores serem banidos dos eventos da Federação durante os cinco anos seguintes. Como a Federação realizava as caçadas mais prestigiadas e lucrativas, este foi um golpe duro para os seus cidadãos. Estas medidas disciplinares foram instauradas depois do piloto ter confessado que a sua equipe tinha sido enviada pelos seus oficiais para adquirir os órgãos e os casulos. O Attrimat era o esquema pessoal de Tholya e Djomoug para enriquecerem.

Seguindo minha sugestão, eles conseguiram rastrear a assinatura da nave que havia sido usada. Depois que os sinalizadores dispararam, a nave espacial retornou apressadamente à doca espacial e seu piloto tentou fugir a bordo da nave Nazhral com todos os seus saques. Mas o Mestre Caçador Bron felizmente teve a precaução de proibir qualquer saída da doca espacial até que tudo estivesse resolvido. O piloto e sua recompensa foram entregues à tribo Cizsa. Eu nem queria imaginar que destino ele teve. Mas, pelo menos, o Attrimat que recuperaram iria sustentar os órfãos Khenads. Dos adultos, apenas algumas fêmeas e um macho sobreviveram. Eles ficaram gravemente feridos, mas com o creme dos casulos dos Scogas, os cuidadores esperavam que eles se recuperassem o suficiente para serem mentores funcionais dos incontáveis jovens que precisavam de orientação.

Para meu alívio, o decreto de Szaro de que a Federação saísse imediatamente não representou uma ruptura permanente de qualquer associação. Apesar de sua fúria, meu marido os fez partir para sua própria segurança. A julgar pela extensão da raiva que se espalhou pelas tribos quando a notícia chegou até eles, as coisas poderiam ter ficado feias se qualquer Ordosiano se deparasse com um forasteiro. Assim que todos se acalmassem, eles reconheceriam que, dos cerca de cem caçadores que vieram para Trangor, apenas dois violaram realmente as suas leis – da forma mais abjeta – e um flertou com o desastre.

Aqueceu meu coração quando Kayog Voln me procurou, não para me pedir que interviesse em favor da OPU ou da Federação, mas para me agradecer por moderar as coisas quando Szaro parecia querer entrar em um ataque sangrento, e para perguntar se eu estivesse indo bem.

As negociações com a OPU continuariam, mas quaisquer caçadas futuras precisariam ser discutidas exaustivamente.

Porém, atualmente, a Federação era a menor das minhas preocupações. Eu tive um lugar na primeira fila para assistir ao espetáculo da versão Ordosiana de um homem gripado. Szaro estava começando a mudar de pele. Seu rosto miserável envergonharia até o cachorrinho mais desavergonhado. Nem uma única parede da casa foi poupada dele se coçando. Hidratar-se bastante ajudou a descamação da pele velha, então Szaro estava engolindo litros e mais litros de água, o que significava que ele também precisava fazer xixi constantemente. Durante esse tempo, ele desenvolveu um novo apreço por uma sala de higiene interna, especialmente porque, na sua infinita sabedoria, Irco também incluiu uma rampa de resíduos para Szaro ao lado da minha privada.

Quando a coceira se tornava insuportável para ele, nós ficávamos de molho na louca banheira de hidromassagem que Irco também havia construído ao lado do chuveiro separado. Elevada sobre um estrado, elas nos dava uma vista deslumbrante do vale escondido lá fora. Enquanto eu abraçava Szaro e raspava suas escamas com uma pedra de esfregar, ele fazia os ronronados mais sexy que bagunçavam totalmente minhas partes femininas.

Depois de uma semana, ele acordou e descobriu que a pele velha de seu braço esquerdo estava caindo. Eu quase fiz xixi de tanto rir enquanto ele fazia uma dança excessivamente feliz. Naquela noite, a do braço direito também se despediu. Por mais que eu gostasse de provocá-lo, eu simpatizei com sua situação. Ela parecia realmente desconfortável. Mas suas novas escamas por baixo eram absolutamente lindas. Eu não conseguia acreditar que costumava pensar que as antigas dele brilhavam. Em comparação, elas pareciam opacas e desbotadas.

Hoje era nosso dia de folga. Embora os Ordosianos seguissem um calendário semanal de sete dias, não havia dias de folga oficiais, como fins de semana. Você tirava um dia de folga quando quisesse. Geralmente, as pessoas trabalhavam de três a quatro dias seguidos e depois tiravam um ou dois dias para descansar. A maior parte era coordenada com outras pessoas para garantir que sempre houvesse alguém para atender às necessidades em suas respectivas áreas. Szaro passou a manhã com Mandha enquanto eu nadava com Salha, o pequeno Eicu e as outras mulheres e crianças da aldeia.

Alguns deles me lançaram olhares estranhos que eu não consegui interpretar. Quando perguntei a Salha sobre isso, ela simplesmente disse que eu cheirava bem, que cheirava saudável. Como eu poderia não viver a vida mais saudável de todos os tempos aqui em Trangor?

Szaro já estava em casa quando eu voltei.

— Pronta para nossa viagem pelo vale! — eu disse alegremente enquanto caminhava em direção a ele.

Seu sorriso de boas-vindas endureceu e uma expressão quase selvagem apareceu em suas feições, me paralisando no meio do caminho. Ele sacudiu a língua algumas vezes em minha direção, e um rosnado profundo, prolongado e estridente saiu de sua garganta enquanto ele deslizava ameaçadoramente em minha direção.

— Szaro? — eu disse cautelosamente, sem saber se estava excitada ou com medo.

— Você está madura — ele disse com os dentes cerrados.

— O quê?

— Você está no cio... — ele disse, me puxando para seu abraço antes de esmagar meus lábios em um beijo apaixonado.

Certo... eu estava ovulando agora. Não me admira que as mulheres pensassem que eu cheirava bem... *saudável*. Szaro e eu não havíamos conversado sobre filhos. Honestamente, eu não achava que havia algum sentido nisso, primeiro porque isso não era algo que deveríamos considerar até termos certeza de que eu ficaria aqui, e segundo porque eu realmente não achava que éramos compatíveis dessa forma. De qualquer forma, eu coloquei um implante anticoncepcional para o caso de sermos mais compatíveis do que eu pensava. Mesmo assim, agora eu sentia que precisaríamos discutir abertamente o assunto, pelo menos para que ele soubesse que nenhuma gravidez era possível no momento, para que ele não se sentisse pego de surpresa.

Mas as mãos febris de Szaro quase rasgando as roupas das minhas costas chutaram esses pensamentos sérios para o meio-fio e me trouxeram de volta ao aqui e agora. Eu levantei meus braços para deixá-lo me livrar da blusa. Assim que ela desapareceu, ele me empurrou contra a parede do corredor. Sua boca mergulhou em um dos meus seios e suas mãos começaram a tirar minha saia. Szaro adorava saias, que ele achava altamente convenientes para ter acesso rápido às minhas partes safadas sem ter que me despir.

Ele nunca me deu a chance de tirar a saia. Assim que eu levantei uma perna para fazer isso, ele se abaixou na minha frente, deslizou a perna por cima do ombro e enterrou o rosto entre minhas coxas. Eu gemi e esfreguei as escamas do seu capuz enquanto ele me devorava. Szaro tinha se tornado um grande especialista em me atacar, sua língua louca mexendo dentro de mim do jeito certo para me deixar louca, enquanto seus dedos rapidamente me levavam ao limite.

Eu estava a segundos de cair quando Szaro de repente se afastou de mim com um grunhido enfurecido. Eu escorreguei e caí de bunda com um grito. Atordoada e desorientada, eu olhei incrédula enquanto Szaro batia com as costas na parede oposta, balançando de um lado para o outro enquanto se coçava. Muitas emoções, do choque à descrença, me percorreram em rápida sucessão. Mas a expressão feliz em seu rosto enquanto ele coçava freneticamente me fez chorar. Eu comecei a rir, o latejar surdo na minha nádega direita, onde havia caído, logo foi esquecido.

Quando a coceira passou, Szaro me viu ainda sentada no chão. Sua expressão mortificada me fez soluçar de tanto rir. Ele me pegou e me levou para o quarto. Mas não deixei que ele me colocasse na cama. Em vez disso, eu ordenei que ele se deitasse no chão para que pudesse coçar as costas na superfície áspera, caso sentisse novamente uma coceira urgente para aliviar.

Mesmo tendo sido negada do meu orgasmo, eu não me importei. O pau mágico de Szaro me faria cantar rapidamente. Ele não estava brincando quando disse que, uma vez que eu ficasse com um Ordosiano, eu não teria tempo para homens humanos. Meu marido me arruinou para qualquer outro homem. As coisas que ele fazia com seu pau eram indescritíveis. Só de pensar em como ele fazia seus espinhos massagearem minhas paredes internas, atingindo meu ponto G do jeito certo repetidas vezes, eu ficava com vontade de ser preenchida. E pensar que um pênis espetado me aterrorizou. Como eu era sem noção... E eu também adorei atacar meu homem e vê-lo desmoronar por mim. E não era nada mal que seu autolubrificante tivesse vagamente um gosto de mel.

Mas agora, eu estava muito impaciente para terminar o que ele tinha começado, especialmente porque eu não sabia quanto tempo tínhamos antes que outro ataque de coceira fizesse com que ele me abandonasse. Assim que ele estava deitado de costas, eu montei nele e arranhei suas escamas ao redor de sua pélvis para fazê-lo expelir. Ele fez isso sem hesitação e sibilou de prazer quando envolvi minha mão em seu comprimento para brincar um pouco antes de me empalar nele.

Deus do céu! Eu nunca me cansaria disso. Não era apenas a sensação insanamente feliz dele dentro de mim, mas a maneira como ele olhava para mim, que me tocava toda vez que fazíamos amor. Szaro definitivamente estava se apaixonando por mim. E eu não podia negar que estava me apaixonando por ele. Eu sempre me considerei bem tranquila quando se tratava de sexo, mas com ele eu gostava de explorar posições diferentes. Szaro adorava, porque ele nunca teria feito isso se tivesse ficado com uma mulher Ordosiana.

Mas como era de costume, ele logo assumiu o controle de nosso acasalamento, mesmo que fosse eu quem o montasse. Deslizando as mãos sob minha bunda, ele me levantou sem esforço, como se eu não pesasse nada, e começou a bombear para dentro de mim. Eu pressionei minhas mãos em seu peito musculoso para me apoiar e joguei minha cabeça para trás com um gemido estrangulado enquanto seu pau mágico me incendiava. Cada impulso, cada golpe fazia meus olhos quase rolarem para a parte de trás da minha cabeça.

Meu orgasmo me atingiu do nada. Eu gritei e desabei, acabada em cima dele. Sem diminuir a velocidade, Szaro passou um braço em volta de mim, me segurando firmemente contra ele, e agarrou o cabelo da minha nuca com o outro antes de reivindicar minha boca em um beijo exigente. Nossas línguas se misturaram enquanto ele metia em mim por baixo, um segundo clímax crescendo enquanto o primeiro diminuía.

Quando eu gritei em êxtase novamente, Szaro juntou sua voz à minha enquanto sua semente invadia dentro de mim. Ele sussurrou meu nome com uma voz quase dolorida, seguido por uma série de palavras em Ordosiano que eu não entendi. E ainda assim, elas me bagunçaram. No meu coração, eu sabia que ele tinha me dito que me amava. Mas ele ainda não havia terminado. Mais duas vezes ele me fez chegar ao clímax, uma delas com o efeito potencializado de seu chocalho afrodisíaco. Cada vez, ele me encheu com sua semente. Na última, assim que ele disparou a última gota, a cabeça do seu pau começou a inchar dentro de mim.

Szaro costumava fazer isso enquanto fazia amor comigo. Além de seu controle sobre os espinhos que o cobrem, meu homem conseguia expandir a ponta de seu pênis para maior fricção. Ele normalmente fazia isso enquanto puxava para fora, o que dava um choque extra no meu ponto sensível, mas o estreitava ao voltar.

Mas isso era diferente.

Sua cabeça se expandiu não a ponto de doer, mas o suficiente para que ele não conseguisse sair. Nós estávamos efetivamente presos juntos. Eu conhecia espécies de cães e lobos que muitas vezes se prendiam às suas parceiras, mas nunca tinha ouvido falar disso com uma espécie reptiliana.

Com a cabeça apoiada em seu peito, ouvindo seu batimento cardíaco desacelerar para um ritmo normal, eu pensei em como resolver o problema ou se agora era o momento certo. Sua mão grande acariciando preguiçosamente minhas costas tornou difícil me concentrar.

Respirando fundo, eu levantei a cabeça para olhá-lo diretamente nos olhos. A expressão lânguida em seu rosto desapareceu quando ele viu a minha. Suas feições assumiram aquele ar atento que ele sempre tinha quando discutíamos um assunto sério.

— Você me deu um nó — eu disse com uma voz suave e factual.

— Não é um nó — Szaro corrigiu gentilmente — Mas sim, estamos ligados.

— Por quê? — eu perguntei.

Szaro estudou minhas feições por alguns momentos, como se procurasse uma pista sobre onde estava minha cabeça antes de responder — Você sabe por quê — ele disse em tom coloquial — Isso aumenta as chances de concepção. Você está fértil.

Eu lambi meus lábios nervosamente, me culpando por atrasar essa conversa. Eu deveria ter feito isso logo depois da primeira vez que fizemos amor.

— Nós não discutimos sobre ter filhos — eu disse cuidadosamente.

— Não mesmo — ele admitiu.

— Na verdade, essa não era uma conversa que eu esperava que tivéssemos, ou pelo menos não antes de eu tomar uma decisão se permaneceria ou não em Trangor após os seis meses do acordo — eu disse, me sentindo- culpada por falar essas palavras. Mas nós precisávamos colocar tudo na mesa.

— Já nos acasalamos muitas e muitas vezes há quase um mês — Szaro argumentou — Pelo que sabemos, minha semente pode já ter criado raízes. Você já pode estar carregando minha prole. Seria tão terrível assim?

A melancolia em sua voz enquanto pronunciava essas palavras partiu meu coração. Outra onda de culpa torceu minhas entranhas enquanto eu procurava as palavras mais gentis para destruir suas ilusões. Foi ainda mais angustiante ter essa conversa enquanto estava presa de forma tão íntima com ele.

— Não, não seria terrível — eu admiti — Você é um homem maravilhoso. Mas um filho é um compromisso para a vida toda.

Eu gostaria de ter certeza de que o pai dos meus filhos será o homem com quem passarei o resto da minha vida.

Ele assentiu lentamente, uma expressão ilegível no rosto — Mas você ainda não tem certeza se quer que esse homem seja eu — ele disse factualmente.

— Na verdade, eu quero que esse homem seja você — eu disse, surpresa com minhas próprias palavras, mas ainda assim impressionada com sua veracidade — Eu só preciso ter certeza de que você é. Os humanos normalmente cortejam por muitos meses, às vezes até anos, antes de assumirem um compromisso de vida. É muito cedo para eu tomar essa decisão. Mas eu realmente gosto de você. Mesmo que às vezes possa ser um desafio devido às nossas diferenças culturais e anatômicas, eu adoro viver em Trangor.

Seu rosto se transformou em uma expressão terna que me virou de cabeça para baixo — Então por que se preocupar tanto, minha companheira? Se eu te fizer feliz e você encontrar alegria em sua vida aqui, então todo o resto se encaixará como deveria ser — Szaro disse, acariciando meu rosto com os nós dos dedos — Eu já estou comprometido para a vida toda no que diz respeito a você. Um filho seria apenas a personificação dos meus sentimentos por você e do nosso vínculo. Você está onde sempre deveria estar. Mas como deseja mais tempo, eu honrarei seu pedido. Se você ainda não concebeu—

— Eu não concebi — eu interrompi gentilmente, a culpa surgindo novamente — Eu não posso conceber agora — Szaro franziu a testa, com uma expressão confusa no rosto — Quero dizer, em primeiro lugar, eu nem sei se você e eu somos compatíveis dessa forma. Nossas espécies são muito diferentes. Eu não creio que um humano e um Ordosiano possam ter filhos juntos. Mas mesmo que possamos, não há como eu estar grávida agora. Muito antes de vir para Trangor, eu obtive um implante anticoncepcional. Ele ainda funcionará por dois anos. Enquanto ele estiver dentro do meu braço, eu não poderei engravidar. Meu plano era removê-lo depois de seis meses, se eu decidisse ficar aqui.

— Entendi — Szaro disse, falhando miseravelmente em esconder sua decepção.

— Eu sinto muito — eu disse, me sentindo horrível — Eu-

— Não se desculpe, minha companheira — Szaro disse em um tom tranquilizador — Não vou negar que estou triste ao ouvir isso. Sonho em ver você inchar com minha prole. Você pode não ter me escolhido ainda, mas eu definitivamente escolhi você. Eu não quero ninguém menos que você. Ainda assim, você agiu com sabedoria. Eu sou o culpado por não discutir isso com você. Me destruiria se tivéssemos um filho e você decidisse me deixar e eu perdesse vocês dois.

— Vamos apenas concordar que nós dois deveríamos ter tocado no assunto no minuto em que começamos a ser travessos — eu disse, aliviada. Isso foi muito melhor do que eu esperava.

— Concordo — Szaro disse suavemente — Obrigado por sua honestidade. Você poderia ter mantido isso em segredo, e eu simplesmente teria presumido que não éramos compatíveis ou que não conseguimos conceber.

— Eu não quero mentiras entre nós — eu disse com uma carranca — Seja lá o que isso for, e onde quer que vá, será baseado na honestidade.

Szaro sorriu e apertou seu abraço em volta de mim — Então deixe-me ser honesto — ele disse com um sorriso terno — Eu vou continuar trancando com você sempre que você estiver no período fértil, mesmo que seja inútil. Eu adoro estar tão intimamente unido a você. Eu também não me preocupo com suas incertezas. Você é minha alma gêmea. A Deusa a arrancou você das estrelas e enviou para mim. Você foi feita para mim e para este mundo. No seu coração, acredito que você já sabe disso. Mas leve o tempo humano que você precisa. Nada mudará o inevitável.

CAPÍTULO 18
SERENA

As coisas mudaram depois daquela conversa... de uma forma positiva. Ou melhor, eu mudei. Szaro continuou a ser amoroso, atencioso e solidário. Eu acabei de derrubar todas as paredes que ainda mantinha erguidas entre nós.

Enquanto estávamos deitados juntos, trancados no chão, eu fiz muita introspecção e exame de consciência. Eu percebi o quanto eu o mantive à distância. Claro, eu fui caçar com eles, compartilhei sua cama e brinquei de casinha com ele, mas nunca mergulhei realmente na vida Ordosiana, nem me abri totalmente para ele ou realmente o deixei entrar.

Foi um mecanismo de autodefesa para me deixar uma saída. Era muito fácil se apaixonar por ele, e a ideia de me desenraizar para me estabelecer permanentemente em um planeta considerado primitivo em muitos aspectos era aterrorizante. Mas era o medo da mudança, do desconhecido, que me impedia. No final, a verdadeira questão era se eu estava feliz aqui, e a resposta foi um sonoro sim. Mas o mais importante é que eu não pensei que existisse um mundo ou um homem que pudesse me fazer mais feliz do que eu tinha sido até agora.

Esse reconhecimento tirou um peso enorme dos meus

ombros. Szaro estava certo, no meu coração eu já sabia que ficaria aqui com ele. Eu só precisava do meu "tempo humano" para ter certeza de que não estava me apressando.

Transmitir esta notícia aos meus pais não foi tão fácil. Devido à grande distância e à tecnologia básica dos Ordosianos, um relé especial teve que ser temporariamente instalado para permitir a comunicação direta. Alguns dias depois da conversa sobre gravidez com Szaro, eu recebi minha ligação mensal habitual com meus pais. Naturalmente, eles foram informados da minha situação e tentaram – e falharam – usar todos os seus contatos em altos escalões para me tirar de Trangor.

Cinco dias depois, a pele velha de Szaro finalmente caiu – em uma só peça. Foi bastante impressionante. O olhar em seu rosto era impagável. Era como se ele estivesse tendo um orgasmo ali mesmo. Ele parecia maior, mais alto e definitivamente mais deslumbrante enquanto se pavoneava em sua pele nova e brilhante. Mas a sombra da desaprovação dos meus pais diminuiu o prazer de testemunhar o alívio do meu marido.

Nas semanas seguintes, eu recebi uma enxurrada de mensagens dos meus pais levantando os milhões de motivos pelos quais não fazia sentido para mim ficar aqui e todos os perigos que isso envolvia. Eu facilmente rebati a maioria de seus argumentos, demonstrando que o mesmo seria verdade em praticamente qualquer outro lugar que eu decidisse estabelecer que não fosse uma colônia humana. Dito isto, um dos seus argumentos me preocupou.

Na segunda semana após minha chegada a Trangor, eu recebi a cápsula médica que encomendei. Para minha surpresa e alegria, a OPU – a pedido de Kayog – a atualizou gratuitamente para o modelo mais avançado disponível no mercado. Com o formato de uma câmara de estase, a máquina me permitia autodiagnosticar, sugerir e aplicar tratamentos, além de realizar algumas cirurgias bastante avançadas. Ela poderia até ajudar no parto. Na pior das hipóteses, se eu acabasse em um estado crítico onde não pudesse me tratar, a cápsula me colocaria em êxtase e enviaria um sinal de socorro ao meu contato de emergência designado para que eles pudessem vir me ajudar.

Isso, e o fato da curandeira Ordosiana, Teichi, ter começado a aprender anatomia e fisiologia humana para poder cuidar de mim em caso de necessidade, me deram muita paz de espírito. Mas isso durou pouco.

Poucos dias antes do meu terceiro mês em Trangor, eu desenvolvi erupções cutâneas na coluna e nos braços. Eu tive febre leve, mas persistente, cólicas estomacais frequentes e náuseas, especialmente desencadeadas por cheiros específicos. A cápsula médica não conseguiu identificar a causa. Eu não estava grávida. Eu não estava tendo uma reação alérgica. Eu não fui envenenada ou infectada por nenhum tipo de vírus ou bactéria. E ainda assim, a cápsula continuava me dando a mensagem conflitante de que meu corpo estava sob ataque, mas não conseguia identificar a causa ou eliminar a entidade "estrangeira" que o atacava.

Szaro estava fora de si de preocupação. Nós entramos em contato com Kayog para que eu fosse atendido por um dos médicos humanos viajantes da OPU. Como isso exigiria que eu deixasse o planeta por alguns dias - em violação direta do acordo que inicialmente me poupou da execução - isso precisava ser tratado com cuidado. Eu duvidava que os Anciões, ou qualquer uma das outras tribos, teriam desafiado a minha partida temporária dadas as circunstâncias e à luz dos fortes laços que eu desenvolvi com eles ao longo dos últimos três meses. Mas ouvir Szaro dizer que desafiaria os Anciões e qualquer oposição, mesmo que isso significasse o seu banimento, para me tratar, me comoveu profundamente.

Eu me apaixonei fortemente pelo meu Ordosiano. E todos os dias desde então apenas confirmaram o que ele sempre soube: eu fui criada para ele e ele para mim.

Mas essa discussão com os Anciões não foi um problema. Como foram mantidos os acordos comerciais com as indústrias farmacêuticas da OPU, eles enviavam quinzenalmente uma equipe para recolher o que os Ordosianos haviam guardado ou recolhido para eles. Como a coleta estava marcada para depois de amanhã, Kayog ofereceu que um médico especialista fosse a Trangor. O acampamento base da Federação – que na verdade pertencia à OPU – possuía uma área médica de primeira linha, caso um dos caçadores ou outros representantes da OPU fossem gravemente feridos pela cruel fauna local.

Nós aproveitamos essa oportunidade. Szaro confiava em mim para retornar depois de ser tratada se tivéssemos seguido o primeiro caminho. Mas ele odiava a ideia de não estar ao meu lado, especialmente porque não sabíamos por quanto tempo os médicos decidiriam me manter depois que - esperançosamente - descobrissem o que havia de errado comigo.

Embora eu tivesse recuperado o uso do meu speeder para viajar por Trangor, eu compartilhei uma carona com Szaro em Dagas, pois eu não me sentia estável o suficiente para controlar meu veículo. Para minha alegria, nós fomos recebidos por uma mulher, a Dra. Ahmad. Eu sempre me senti mais confortável com médicas mulheres. E, neste caso, como ela me despiu, e me cutucou de todas as maneiras possíveis na presença de Szaro, isso certamente eliminou uma grande quantidade de constrangimento potencial.

E ela certamente me testou pra valer.

Ela coletou sangue e amostras de todos os tipos possíveis. Eu ainda estava mortificada com algumas das perguntas muito pessoais que eu tive de responder, desde minha dieta e higiene até meu histórico médico e vida sexual detalhada.

Sim, querida doutora, eu já caí de boca muitas vezes no pau alienígena do meu marido e engoli. Tem gosto de mel com um pouco de sal. Mais alguma coisa que você gostaria de saber?

Ugh...

A demora em obter resultados tangíveis ou até mesmo a menor indicação da causa da minha condição estava começando a me assustar seriamente. Quando ela pediu para fazer alguns testes em Szaro, eu quase entrei em pânico. Que porra estava acontecendo? Apesar da sua óbvia preocupação, Szaro se submeteu de boa vontade. Ele faria o que fosse necessário para me ver melhorar.

Depois de pelo menos quatro horas desse circo, a médica se encontrou conosco para repassar suas descobertas. Eu me sentei em uma cadeira do outro lado da mesa, e Szaro se acomodou ao meu lado, se sentando daquele jeito estranho em sua cauda e segurando minha mão.

— Então, a boa notícia é que você não está doente — a Dra. Ahmad disse cuidadosamente — Você não tem uma doença que precisa ser tratada.

Eu soltei um suspiro de alívio — Então, é uma reação alérgica? — eu perguntei.

O médico hesitou — Podemos colocar dessa forma. O problema é o seu implante anticoncepcional. Seu corpo está reagindo - rejeitando, na verdade - ao progestagênio que está sendo liberado constantemente em sua corrente sanguínea.

Eu recuei e olhei para ela confusa — O quê? Isso não faz sentido — eu argumentei — Eu uso este implante há anos sem nenhum problema.

— Certo — a médica concedeu — Mas isso foi antes.

— O que você quer dizer? Por que você disse 'antes' desse jeito? — eu perguntei.

A médica estudou meu rosto, enquanto mastigava o lábio inferior, claramente tentando encontrar as palavras certas para lançar a bomba que eu sabia que estava chegando. Ela lançou um olhar para Szaro, que a encarava atentamente, e então pareceu tomar uma decisão.

— O que você presumiu serem erupções cutâneas em seu corpo são, na verdade, mutações — Ahmad disse.

— O QUÊ?! — eu exclamei.

— Que tipo de mutações? — Szaro sibilou.

— Relaxem, vocês dois — a Dra. Ahmad disse com uma voz suave, erguendo as palmas das mãos em um gesto apaziguador — Não é nada ruim. Você não está se transformando em algum tipo de monstro. Você está se adaptando.

— Adaptando a quê? — eu perguntei, à beira do pânico.

— Ao seu marido.

Eu congelei, meu cérebro paralisando por um momento. Então eu me virei para Szaro, que me olhou com a mesma expressão atordoada.

— Nós sabemos muito pouco sobre os Ordosianos, por isso eu fiz alguns testes no Sr. Kota — explicou a Dra. — Inicialmente, eu pensei que você estava tendo uma reação alérgica ou tóxica ao acasalar com seu marido. Embora o acoplamento entre vocês seja obviamente possível, os sistemas reprodutivos Ordosiano e humano não são compatíveis. Com certeza, todos os seus testes mostraram uma grande presença de DNA e hormônios alienígenas em seu sistema.

— Eu estou machucando minha companheira? — Szaro perguntou com tanta dor na voz e uma expressão tão desanimada que partiu meu coração.

— Não, Sr. Kota. Não exatamente — a Dra. Ahmad disse com uma voz gentil — Ao contrário do que eu presumi, seu DNA e seus hormônios não estão agindo como um elemento estranho, ou como um vírus ou bactéria. Eles se tornaram uma parte inerente de você, Sra. Bello. O revestimento do seu útero mudou - ou melhor, está mudando. Todo o seu sistema endócrino também está mudando. Seu corpo está se adaptando para que você possa ter um filho Ordosiano. E o seu implante anticoncepcional está mexendo com isso.

Minha mão livre voou para minha barriga enquanto eu olhava boquiaberta para o médico. Desde o início, eu sabia que Szaro e eu éramos muito diferentes para ter filhos, mas isso mudou tudo. Eu me virei para olhar para Szaro, que olhava para minha barriga com um ar de admiração e desejo. Minha garganta se contraiu. Ele olhou para cima e nossos olhares se encontraram. Palavras não eram necessárias. Seus olhos me contaram tudo sobre suas esperanças e sonhos para nós.

Desviando os olhos dele, me forcei a voltar para a médica.

— E a vermelhidão? — eu perguntei — Você disse que não são erupções cutâneas.

A médica pigarreou e se mexeu na cadeira, olhando para mim timidamente — Você deve desenvolver algumas escamas aí.

— Eu vou ficar coberta de escamas?!

— NÃO! Não não. De jeito nenhum. Ou melhor, não há realmente nenhuma razão para pensar assim — emendou a Dra. Ahmad — Essas mudanças são puramente cosméticas e devem ser restritas aos locais onde você apresenta atualmente a vermelhidão que você supôs serem erupções cutâneas. Então, ao redor da nuca e ao longo da coluna, e no lado externo, da curva dos ombros até o antebraço. Se elas a incomodarem, acredito que poderiam ser removidas cirurgicamente, mas não posso garantir que não voltariam.

— Uau, tudo bem — eu disse, me sentindo sobrecarregada.

— Isso pode ser revertido? — Szaro perguntou.

Eu senti um soco no estômago ao ouvir essas palavras. Eu me virei para olhar para ele com incredulidade. Por que diabos ele perguntaria algo assim? Ele mudou de ideia? Agora que isso se tornou realidade, ele estava reconsiderando querer ter filhos comigo?

— Sim, pode ser — a Dra. Ahmad disse cuidadosamente — Está no limite, mas ainda dá tempo… desde que comecemos o tratamento imediatamente ou nos próximos dias. Porém, isso significaria o fim da troca de fluidos entre vocês dois, principalmente de sêmen e hormônio, seja por penetração ou por via oral. Então, vocês poderiam permanecer ativos, mas usando camisinha. A Sra. Bello também precisaria fazer tratamento hormonal.

Eu me senti fraca.

— Obrigada, Dra. Ahmad — eu disse, ainda olhando para

Szaro, que sustentava meu olhar com firmeza — Você pode nos dar um momento, por favor?

— Sim, claro — respondeu a médica.

Ela ficou de pé e saiu da sala como se não conseguisse sair rápido o suficiente. Eu abandonei qualquer pretensão de controle que ainda possuía e deixei meu rosto mostrar o quanto eu me sentia magoada agora.

— Por que você perguntou isso? Você não quer mais ter filhos comigo? — eu perguntei.

— Eu te amo, Serena Bello — Szaro disse com força — Eu quero passar o resto da minha vida com você, com um enxame de descendentes enchendo nossa casa. Eu quero esculpir cada centímetro da entrada da nossa casa com as décadas de memórias que construiremos juntos. Eu quero preencher as paredes dos quartos privados dos nossos jovens com a sua história à medida que crescerem e prosperarem. Eu quero viajar por todos os cantos de Trangor com você ao meu lado, mostrar a beleza deste mundo e redescobri-lo através do seu olhar. E quero que tenhamos tudo isso porque você me *escolheu*, porque você *escolheu* a nós e a esse futuro. Não porque você está presa a uma reação biológica e hormonal.

Meu peito se contraiu e uma onda de amor tomou conta de mim.

— Você quer que eu reverta isso? — eu perguntei, meus olhos passando entre os dele.

— Eu quero que você faça o que achar certo para si mesma — ele disse com firmeza — Qualquer que seja a escolha que você fizer, eu irei apoiá-la. Sua decisão não deve ser tomada porque você se sente pressionada por algum prazo arbitrário ou sente que seu corpo está tirando essa decisão de você.

— E se eu dissesse que não quero reverter isso?

Uma emoção poderosa passou pelo rosto de Szaro. Ele engoliu dolorosamente e sua mão apertou a minha.

— Eu perguntaria por que não — ele sussurrou.

— E se eu dissesse que é porque eu também quero ver você cobrir a entrada da nossa casa com ainda mais esculturas do que seu pai fez para Erastra? — eu perguntei, meus olhos ardendo de emoções avassaladoras.

— Eu responderia que isso me torna o homem mais feliz do universo — ele disse, me puxando da cadeira para me fazer montar nele.

— E se eu dissesse que é porque eu me apaixonei perdidamente por você e não consigo me imaginar com mais ninguém, já que você me arruinou para qualquer outro homem? — eu perguntei, passando meus braços em volta de seu pescoço e pressionando minha testa contra a dele.

— Eu diria que eu te avisei — ele respondeu antes de capturar meus lábios em um beijo apaixonado.

EPILOGUE
SZARO

Minha companheira pediu à Dra. Ahmad que removesse seu implante no mesmo dia. Nós concordamos com o médico que seria sensato fazer acompanhamentos regulares, pois este era o primeiro acasalamento entre um Ordosiano e uma humana já registrado. A médica prometeu vir para uma consulta pessoal uma vez a cada dois meses, mas Serena enviava quinzenalmente o autodiagnóstico que ela realizava com o módulo médico, que havia sido reconfigurado para dar conta de nossa situação única.

48 horas após a remoção do implante, todos os sintomas negativos que minha companheira apresentava desapareceram. Duas semanas depois, lindas escamas douradas, ainda mais lindas do que eu imaginava, enfeitaram os braços da minha mulher e a linha de sua coluna. Algumas espalhadas adornavam sua região pélvica. Elas brilhavam sob o sol, fazendo-a parecer ainda mais com a *Ashina* que ela era para mim. Eu insisti para que ela usasse roupas sem mangas e vestidos sem costas sempre que possível para que todos pudessem ver a impressionante manifestação do nosso vínculo. Para sua alegria, minha compa-

nheira também obteve um notável aumento na força física e uma audição mais apurada.

As coisas não correram muito bem quando Serena comunicou pela primeira vez essas mudanças aos seus pais e sua decisão de permanecer permanentemente em Trangor. Alguns meses se passaram sem que eles respondessem às suas ligações ou mensagens. Mas eventualmente, eles reconstruíram essas pontes. Eles eram uma família.

Embora Serena tenha aprendido a montar um Drayshan sozinha, ela se limitou principalmente a compartilhar Dagas comigo, o que certamente eu não me importei. Ela também se integrou totalmente à nossa cultura e ajudou a expandi-la. Embora a maior parte do seu tempo fosse dedicada ao trabalho de caçador de explorar e cuidar da natureza ao meu lado, ela passava bastante tempo com Salha aprendendo o papel dos cuidadores. E a Anciã Krathi teve grande prazer em lhe ensinar o conhecimento e a história do povo Ordosiano.

Mas a maior imersão veio do passeio pelas inúmeras tribos de Trangor. Após nosso retorno de Tulma, as notícias sobre as proezas de dança de Serena se espalharam rapidamente. Naturalmente, a nossa própria tribo exigiu uma apresentação ao vivo. Serena fez uma dança diferente daquela do nosso segundo encontro, mas igualmente espetacular. Embora os Ordosianos não fossem um povo altamente social, nossos membros da tribo com inclinações artísticas se apresentavam uma vez a cada dez ou doze dias no círculo. Serena passou oficialmente a fazer parte dessa rotação. Ela não apenas nos hipnotizou com as fitas, como também fez coisas incríveis com uma bola e com palitos de formatos estranhos que ela chamava de bastões.

No início, vários caçadores de outras tribos vieram a Krada para dar uma espiada. Mas como a maioria das mulheres Ordosianas não viajavam para longe de sua aldeia, muitas clamavam para que Serena fosse até elas. De qualquer forma, seria mais fácil permitir que todos testemunhassem em primeira mão seu incrível talento. Então, nós viajamos, combinando essas apresentações com a programação de escotismo de longo prazo que já havíamos planejado.

O prazo de seis meses chegou e passou. Embora eu já soubesse que Serena estava totalmente comprometida com nosso relacionamento, eu ainda respirei muito mais aliviado quando ele terminou oficialmente. No mês seguinte, nós autorizamos outra Caçada da Federação, desta vez, a uma criatura muito mais letal e insidiosa que os Flayers. Com um processo de seleção ainda mais rigoroso, a Federação esperava - e conseguiu - evitar quaisquer incidentes lamentáveis desta vez.

No último dia da Caçada, Serena anunciou que estava grávida.

Até mesmo agora, eu não consigo entender como as paredes não desabaram, pois eu gritei tão alto de alegria. Nem preciso dizer que eu deixei minha companheira louca por ser excessivamente protetor. Minha mãe veio ficar conosco para cuidar de minha parceira e de seu futuro segundo neto. Isso ajudou e piorou as coisas. Mas mesmo assim, Serena ficou grata pelo apoio. Ela estava estressada muito mais do que admitiria ao pensar que algo poderia dar errado com a primeira prole humana-Ordosiana.

Para minha alegria, ela voluntariamente se afastou de qualquer corrida de reconhecimento, até mesmo no início da gravidez, quando a Dra. Ahmad disse que seria tecnicamente seguro. Em vez disso, minha companheira mergulhou em um projeto com o qual ela estava brincando há algum tempo. Ela começou a escrever uma enciclopédia detalhada da flora e fauna de Trangor. Além de fatos e imagens, ela incluiu conhecimentos e folclores relacionados a elas, histórias que ela recolheu dos Anciões de cada aldeia que visitamos. Embora ela tenha sido destinada a pessoas de outros mundos, ela também se tornou uma referência educacional para o nosso próprio povo.

Para a consternação de Serena, ela sentiu as primeiras contrações por volta do meio-dia, exatamente seis meses e oito dias depois de anunciar a gravidez. Trinta e quatro minutos depois, nós demos as boas-vindas ao nosso pequeno Sethe ao mundo. Como a gravidez Ordosiana normalmente durava cinco meses, quando a de Serena se aproximou da marca dos seis meses, nós presumimos que levaria os nove meses completos que os humanos demoravam. Considerando a velocidade com que ela passou desde o início do trabalho de parto até a saída do bebê, ela temia que ele fosse prematuro ou estivesse em perigo.

Mas nosso filho era mais do que perfeito.

Eu fiquei paralisado enquanto olhava para ele. Eu nunca tinha visto um Ordosiano com escamas pretas. As dele brilhavam como obsidiana. Escamas prateadas cobriam a borda do capuz, enquanto algumas delas adornavam seus ombros. Pelo seu tamanho e espessura, a sua longa cauda o marcava como um caçador e sugeria que ele cresceria tanto quanto, se não mais que, meu pai. Sethe olhou para a mãe com olhos prateados, as pupilas em forma de fenda um pouco mais largas do que o normal para um Ordosiano. Ele sorriu, suas pequenas presas aparecendo.

— Ele é magnífico, minha companheira — eu disse, minha garganta apertada pela emoção.

— Ele é — ela disse com um aceno de cabeça, lágrimas transbordando de seus olhos —Ele é a cara do pai — Ela se virou para olhar para mim com um mundo de amor nos olhos — No dia em que Kayog me disse que eu teria que me casar com um Ordosiano para evitar a execução, eu pensei que minha vida havia acabado. Eu nunca teria imaginado que era de fato o começo de um conto de fadas. Obrigada por salvar minha vida e por se comprometer comigo quando eu estava cega demais para ver que minha felicidade estava bem diante de mim.

— Obrigado por nos dar uma chance e por me dar a família que ei sempre sonhei, mas nunca pensei ser possível — eu respondi, acariciando seu rosto com os nós dos dedos — Eu te amo, Serena.

— Eu também te amo, Szaro.

FIM

GRIFFIN

SZARO & SERENA

SZARO & SERENA

FLAYER

GUERREIROS XIAN

Doom

Legion

Raven

Bane

Chaos

Varnog

Reaper

Wrath

Xenon

Nevrik

Rogue

AGÊNCIA PRIME

Casei Com Um Homem-Lagarto

Casei Com Um Naga

O NEVOEIRO

Nevonauta

Pesadelo

CONTOS SOMBRIOS

A Maldição do Barba Azul

SOBRE O AUTOR

A autora bestseller do *USA Today*, Regine Abel, é uma viciada em fantasia, paranormal e ficção científica. Qualquer coisa com um pouco de magia, um toque de inusitado e muito romance a fará pular de alegria. Ela adora criar guerreiros alienígenas gostosos e heroínas radicais que evoluem em novos mundos fantásticos enquanto embarcam em aventuras repletas de mistério e reviravoltas que você nunca imaginou.

Antes de se dedicar como escritora em tempo integral, Regine havia se entregado a outras paixões: a música e os videogames! Depois de uma década trabalhando como Engenheira de Som em dublagem de filmes e shows, Regine tornou-se Designer de Jogos Profissional e Diretora Criativa, uma carreira que a levou de sua casa no Canadá para os EUA e vários países da Europa e Ásia.

Facebook
https://www.facebook.com/regine.abel.author/

Website

https://regineabel.com

Grupo de leitura *Regine's Rebels*
https://www.facebook.com/groups/ReginesRebels/

Newsletter
http://smarturl.it/RA_Newsletter

Goodreads
http://smarturl.it/RA_Goodreads

Bookbub
https://www.bookbub.com/profile/regine-abel

Amazon
http://smarturl.it/AuthorAMS

Loja Etsy
http://rapublishing.etsy.com

www.ingramcontent.com/pod-product-compliance
Lightning Source LLC
Chambersburg PA
CBHW051533050726
47595CB00002B/466